국
화
밑
에
서

최일남 소설집
국화 밑에서

펴낸날 2017년 9월 15일

지은이 최일남
펴낸이 우찬제 이광호
펴낸곳 ㈜문학과지성사
등록번호 제1993-000098호
주소 04034 서울 마포구 잔다리로7길 18 (서교동 377-20)
전화 02)338-7224
팩스 02)323-4180(편집) 02)338-7221(영업)
전자우편 moonji@moonji.com
홈페이지 www.moonji.com

ⓒ 최일남, 2017. Printed in Seoul, Korea
ISBN 978-89-320-3032-6

이 도서의 국립중앙도서관 출판예정도서목록(CIP)은 서지정보유통지원시스템 홈페이지
(http://seoji.nl.go.kr)와 국가자료공동목록시스템(http://www.nl.go.kr/kolisnet)에서
이용하실 수 있습니다. (CIP제어번호: CIP2017022172)

국화 밑에서

최일남 소설집

문학과지성사

차례

국화 밑에서

장례식장을 하루에 두 군데나 가다니. 그는 혼잣소리로 이미 정해놓은 겹치기 조문의 선후와 시간을 거듭 다졌다. 가면 갔지 그게 무슨 대단한 일이라고 보조사 '~나'에 은근히 힘을 실어 또 곱씹는담. 남이 들으면 싱거운 사람으로 보이기 십상이겠지만 어느 날 오후의 별난 행보가 딴에는 이처럼 대견스러운 노년도 있다. 누가 살짝 물어라도 주었으면 싶을 만큼.

먼저 간 왕년의 직장 동료네 빈소는 강북의 한 종합병원이었다. 위치가 외진 데다 규모도 작았다. 준비해 간 약간의 비감에 젖기로는 장속 같은 곳보다 훨씬 나았거늘 쉬 빠져나오기 어렵겠다는 겨냥이 앞섰다.

야박한 계산이 실로 군색하되 세상의 이 치레 저 치레가 대강 그렇잖은가. 내남없이 바쁘지 않으면 이상한 조급증을 걸음발이 먼저 알고 나대는 마당에 상주인들 조객의 오면가면 시간에 마음을 둘까 싶다. 손님은 손님대로 망자의 영정 아래 가지런한 국화 더미에 꽃가지 하나를 더 얹으면 그만이다.

그리고 점잖게 인사를 했다. 짧은 조사를 입에 담아야 제격인데, 그는 고인이 된 옛 동료의 부인에 대해 도통 아는 게 없기 때문에도 한 송이 국화를 들고 호남 풍물놀이의 삼진삼퇴(三進三退)처럼 앞으로 세 걸음 나갔다가 빈손으로 세 걸음 물러섰을 따름이다. 상주의 생략 눈짓을 좇아 묵념으로 분향재배를 대신하고 한순간 멍하니 서 있을밖에 없었다.

이같이 밍밍한 분위기를 풀자고 옛날에는 격식을 차려 주고받는 인사법이 따로 있었나 보다. 얼마나들 실지로 써먹었는지 모르겠으나 고래의 장례 절차를 다룬 책에 엄연히 나온다.

어느 시기엔 당쟁의 씨앗이었고 여염의 초상집에서조차 이런저런 관례를 놓고 옳다 그르다 다툴 만큼 유난스럽고 기가 센 것이 우리네 상제(喪祭) 아니던가. 그걸 감안하면 무던히 정중한 말본새랄까 매뉴얼이 귀에 척척 간지러워 차라리 재밌다.

죽은 이를 생전부터 아는 초상 손님은 당자에게 직접 조상을 한다고 했다. 모르면 상주를 향해 '대고(大故)의 말씀을 무엇이라 여쭈리까' 인사를 건넨다. 상주는 '오직 망극할 따름입니다'라고 대답한다.

남편을 여읜 아내와 주고받는 대화법인들 없으랴. 있다.

'천붕지통(天崩之痛)을 무엇이라 여쭈리까' 하면, 미망인은 '그저 하늘이 무너진 듯하옵니다'라든가, '살아 있는 것이 죄스럽기만 합니다'라고 응대하라 일렀다.

반대인 경우는? 당연히 예를 들었다. 상객이 아내를 잃은 남편에게 '고분지통(叩盆之痛)을 무엇이라 여쭈리까' 위로하면, '땅이 꺼진 듯합니다' '앞날이 막막하옵니다' 등등의 답사로 대구(對句)를 삼는다. 그래 놓고 냄새나는 뒷간에 남몰래 조르르 잰걸음을 쳐 회심의 웃음을 웃었느니 마느니 혐의를 씌울 것 없다. 그 따위로 후진 농은 남의 속에 제 본심을 들앉히기 좋아하는 이 바닥의 허풍으로 돌려 마땅하다.

상처(喪妻)를 의미하는 '고분'이 장자(莊子)의 죽은 아내에 대한 우주적 성찰의 소산임을 생각하면 더더욱 무엄하고 칙살스럽다.

자기 아내가 주검으로 돌아간 것은 연속되는 생의 변화에 다름 아니며 춘하추동의 순환 이치와 같다고 그가 일찍 갈파했으니까. 그런 연유로 그녀가 방에 편히 누워 긴 잠을 자는 판에 야단스레 곡을 하기보다는 분(盆)이라도 두드리면서 노래를 하는 게 낫다고 시침을 뗐으니까. 그렇게도 두드릴 게 없어 하필 화분인가 의아하되 장자 같은 진짜 어르신의 드높은 경지를 속인이 어찌 알랴.

지난날을 되짚는 계제에 떠올린 우리 고례(古禮)가 너무 한 갓지려니와 그런 책 가운데에는 어쩌자고 일본인이 쓴 것이 또 적잖다. 원산부윤(元山府尹) 이마무라 도모(今村鞆)가 지은 『조선풍속집』(증보판) 역시 그중 하나다. 부윤은 곧 오늘날의 시장님인데, 어느 하가에 그만한 지술에까지 손을 댔을까. 고색창연한 일본어로 시시콜콜 조선의 장례를 잘도 소개했다. 식민 지배를 위한 참고 자료 냄새마저 풍긴다.

빈소에서 나온 그는 어떻든 접객실로 자리를 옮겼다. 긴 앉은뱅이상 앞에 듬성드뭇하게 좌정한 몇몇 아는 얼굴과 시선을 맞추든가 악수를 하고, 어디나 매일반인 어른들의 주전부리 군음식을 한눈에 훑었다. 늦은 오후의 어지빠른 동안이 심심했는지 소주와 오징어포와 조생종 귤과 방울토마토와 깡통식혜와 절편을 홀짝대고 집적이는 건너편 식탁의 두 노인을 바라보며, 머리로는 강남 쪽 장례식장으로 가는 교통수단을 그렸다. 거기서는 께복쟁이 친구의 모친상이 기다리고 있었으므로.

하나 냉큼 거동하기 어려웠다. 그가 당장 일어선다고 붙잡을 사람 없겠지만 떠난 자리가 눈에 띌 지경으로 휑뎅그렁하면 난감하다. 게다가 강남의 친구네 빈소에서는 발인 때까지 잔일을 거들 작정이어서 대세에 지장 없이 죽칠 여유가 있다면 있다.

그래도 좀이 쑤셔 안절부절못했다. 눈치를 살피다가 자리가 좀 찬다 싶으면 나갈 셈이었는데 그는 막상 이런 자기 타협이 싫다. 하루에도 몇 차례 집 안팎에서 도섭을 부리는 버릇이 지금 다시 언짢았다.

문제가 크다면 또 모른다. 나날의 자잘한 선택을 후딱하면 뒤집고, 일찌감치 퇴짜를 놓았던 머릿속의 소수 의견을 다시 생각하기 일쑤였다.

그러나…… 하고 그는 스스로를 달랜다. 하루에도 열두 번 변하는 게 사람의 마음이라고 했을 때, 먹을까 말까, 나갈까 말까, 줄까 말까…… 심지어 초 단위로 하나씩 꺼지는 교통 신호등의 녹색 역삼각형이 두 개밖에 남지 않았는데도 길을 건널까 말까 망설이거늘, 누구의 하루는 얼마나 서늘하든가 근사하랴 여기며 자위했다.

말없이 자신을 윽박지르고 비웃은 그는 눈앞의 깡통 식혜를 맥없이 집어 들었다. 뚜껑을 따기 위해 어렵사리 생철 고달이를 톡 세워 막 단물을 빠는 참에 누군가가 앞으로 다가와 조심스레 앉는다. 오래 상 위에 놓였던 탓에 뜨뜻미지근해진 깡통을 입에 댄 채 눈을 삐딱하게 겨누자 어라, 상주일세? 손바닥이 오싹하도록 차야 좋은 청량 온도의 온기를 꿀꺽 삼키고 구부정한 상체를 바로 세웠다.

미소를 띤 모습이 긴 세월을 와락 당겨 넵뜨는 폭인가, 그의 예전 얼굴이 빈소에서보다 훨씬 뚜렷했다.

"목이 마르셨나 보네."

"아……"

"이런 데서 내놓는 것들이 장소를 불문하고 하냥 같지요? 명찰(名刹) 주변 관광 기념품이 동이나 서나 같듯이."

"그게 어딥니까. 직접 장만하고 차리는 수고에 비하면 백배 낫지요."

"여부가 있나요. 다만 느낍니다. 기성품 사회의 규격화가 너무 산 사람 위주로 나가는구나. 그럴 바에야 한결같이 삼일 장을 고집할 건 뭐냐. 이일장도 좋고 형편 따라 당일로 화장을 한들 나쁘지 않고……"

잠깐, 하고 오랫동안 잊고 지낸 지인의 입을 막으려다 말았다. 그만한 기미를 저쪽에서 먼저 알고 얼른 입을 다물었으니 망정이지 하마터면 당신 취했구먼, 퉁을 먹일 뻔했다.

아닌 게 아니라 눈 밑 살주머니가 많이도 처진 구 아무개의 후끈한 콧김이 그의 까슬까슬한 볼에 벌써 더웠다. 술에 단련 된 자의 후각에 특히 익숙하게 들러붙는 독주 냄새를 동시에 맡았다.

그런 축들의 취안(醉顔)은 대체로 해쓱하다. 분위기에 따라 내뿜는 콧김의 강약마저 정도껏 조정하는 까닭에 밋밋한 자리에서는 말수가 적다. 시큰둥하다가 음주 수준이 어금버금한 또래를 만나면 느슨하게 허리띠를 풀고 녹녹하게 숨을 돌리는 것이다. 습성(濕性) 아닌 건성(乾性)과 술꾼의 강팍(剛

愎)이다.

지금 이 자리가 어쩌면 그런가. 더불어 한솥밥을 먹으며 청춘의 끝물을 지지고 볶던 생각이 어렴풋이 떠올랐다. 새록새록한 기억은 어떤 회한이나 부담을 동반하는 수가 많지만 어렴풋한 기억은 무책임하게 누리는 맛이 괜찮다.

아무리 그렇기로 들이닥짝 기성품 사회가 어떻고 이일장이 저떻고 언설을 농할 건 뭐냐. 일에는 순서가 있는 법인데 일방이 너무 많이 나가면 다른 일방은 당황하기 쉽다.

근력이 괜찮겠다는 덕담에 내장은 엉망이라는 겸양이 상투적일지언정 말의 디딤돌로는 불가피하다. 허튼수작을 교환하는 사이에 화제의 다음 단계라든가 매끄러운 진행을 궁리할 수도 있기 때문이다.

해서 객이 넌지시 물었다.

"빈소를 비워도……"

말머리를 돌릴 겸 조심조심 입을 뗐다.

"애들이 셋이나 서 있지 않습디까. 걔들이 상주고 나는 헛겁니다. 내 손님 접대를 한답시고 서성거리는데 더 올 분도 없다구요. 뜻밖에 이 선생이 와주셔서 반갑고 고맙소. 나라는 위인이 원체 무심하고 인사성이 젬병이라 더 염치가 없군. 그래서 진 빚이 사방에 이만저만 많은데…… 어떻게 알고 오셨나."

"간단해. 언제부터인가 신문 부고란을 꼭 챙기는 성미라."

"그랬습니까."

구 아무개, 아니 그 옛날의 구문신 선생이 한결 다감한 안색으로 그를 바라보았다. 경어를 쓰다가 반말 비슷하게 나가다가…… 주고받는 어투가 서서히 갈팡질팡이다.

둘이 교편을 잡았던 사립 고등학교는 서울서도 명문이었다. 그는 국사를, 구 교사는 물리를 가르쳤는데 출신 대학도 고향도 달랐다. 동갑내기로 시작한 교편생활이 같다면 같을 뿐이었으나 술로는 죽이 척척 맞아 초면이 그닥 스스럽지 않았다.

풋술의 우악스러움으로 안하무인의 거품을 뿜고, 짝짝이로 노는 피아의 의견과 사유를 내치든가 포개는 재미가 컸다. 그는 또 구문신의 박학다문에 차츰 놀랐다. 담당 교사인 자기 이상으로 국사에 빠삭하고 영어 역시 수준급이었다. 수리계(數理系)는 눌변이기 쉬운 통념을 넘어 활달한 언변이 듣기에 삽상했다.

그쪽 분야에 대한 인문계의 판무식엔 너그럽고 이과계의 인문적 박식을 별종으로 치는 경향이 아주 심한 때였다. 속담 중에 제일 약발이 센 한 우물 파기 풍조는 들먹일 것이 없고.

구문신의 돌연한 전신(轉身)은 물론 이처럼 쩨쩨한 인식과 무관했을 게다. 가두리양식장의 물고기 같다고 자신을 얕잡던 끝에 아무튼 선생질을 곧 그만두었다. 대부분의 물리과 출신이 꿈꾸던 미국 유학을 접고 우후죽순으로 생기기 시작한,

전화와 팩스만 있으면 안방에서도 너끈한 오퍼상을 차린 것이다.

구문신의 구문신다운 선택은 당연히 오래가지 못했다. 큰 밑천 없이 단기(單騎)로 뛰어 성공을 내다볼 수 있고, 수틀리면 당장 발을 뺄 수 있는 신종 직업이라지만 과연 얼마나 버틸까. 위태로운 예상은 미구에 쓸쓸한 소문으로 퍼졌다. 집을 날리고 미국으로 튀었느니 학원 강사로 나섰느니 따위 풍문만이 주변 사람들의 관심을 건드리다 말았다.

그 뒤로는 소식이 끊겼고 그 역시 직장을 바꿔 피차 딴 세상을 놀았다. 길에서 옷소매를 스친 적도 별로 없다가 달포 전에 깜짝 만났다. 평지였다면 그냥 지나치고 말았을 것을 그날은 지하철의 같은 구멍으로 나오면서 용케 눈이 맞아 '차나 한잔'이 술자리로 발전했다. 그런 해후가 오늘의 문상으로 이어진 셈이다. 헤실바실 까먹은 인연을 되살린 지 얼마 안 되기 때문에 종전 같으면 묵살했을 수도 있는 문상을 마음먹었다고 볼 수 있다. 얄팍한 인심이 치사할지언정 어쩌랴. 결과가 좋으면 그만인 것을.

"심심하면 영안실 갈 일이 생기지요? 영안실엔 막상 영구가 없고 요즈음은 장례식장으로 규모를 키웠는데 다들 그렇게 불러 버릇해서……"

이 사람이 두 탕 뛸 내 일진을 알고 하는 소린가. 그는 속으로 슬며시 웃었다.

"심심하면이라는 말이 걸작이네."

"예의가 아니다? 하지만 우리 나이에 어떻소. 덤덤하게 들락날락 품앗이가 따로 없지 뭐. 나도 마누라 묻고 나면 또 어디선가 장사(葬事)를 알리는 기별이 올 텐데."

"말이 났으니 말인데, 참 숱하게 다녔네. 서울 장안의 영안실을 안 간 데 없이 죄 가본 것 같애. 생긴 구조까지 환한걸."

"사람 안 죽은 아랫목 없다는 옛말이 무색하게 됐다구. 죽는 곳이 따로 있다더냐 이런 뜻인데, 이제는 거진 다 병원에서 죽네?"

"병원에서 태어나 병원에서 생을 마치는 꼴이지."

"아무렴. 나올 때도 울고 갈 때도 울고. 나올 때 안 울면 큰일 나. 신생아실 간호사 손에 거꾸로 매달린 채 볼기를 찰싹 얻어맞기 십상이지."

"이른바 고고지성."

"고통에 찬 비명이나 수술 뒤의 가스 새는 소리를 포함한 병원의 모든 소리는 살아 숨 쉬는 자들의 것이야. 넋이야 있고 없고 별채같이 나앉은 영안실 망자들은 아예 찍소리조차 못 내니까."

누가 먼저랄 것도 없이 구문신과 그는 드디어 말을 놓고 앞앞의 일회용 종이컵에 다투어 술을 따랐다.

"그러나 대형 병원일수록 심한 북새통이며 온갖 발소리를 참기 힘들어. 충돌 직전의 인파가 아사리판이야."

"아사리는 지나치다. 바지락조개의 일본말이기도 하고."

"마침내 나오셨군. 척하는 만물박사 티."

"제 버릇 개 줄까. 도시에서는 자기 발소리를 듣기 어렵다는 소설의 한 대목도 그런 내력에서 주위 담은 자투리 견문이야. 때문에 어쩌다 맛보는 달 밝은 밤의 눈 밟는 소리가 한결 정갈하게 들린다고 했지."

"여태도 소설을 읽남."

"무슨 섭섭한 말씀."

"누가 쓴 건데."

"몰라. 동서양을 가리지 않고 닥치는 대로 읽는 편이라. 이름은 물론 국적마저 짚이는 데가 없으니. 쓰야(通夜)를 하다가 나온 인물의 혼잣소리로 기억되기도 하고."

"쓰야면 일본 거네 뭐."

"막연한 느낌일 뿐 정확한 기억은 아냐."

"그들의 쓰야는 꼬박 밤을 새우는 걸로 유명하던데 그것도 고릿적 얘기 아닐까."

"정도 차는 있어도 아닐걸. 암튼 요번에 겪어보니 우리식 절차가 간편하기는 하더만. 왜 있잖아. 원 포인튼가 원 터치 시스템인가 하는 거. 요컨대 그 식이야. 형편껏 장례 수준을 정하고 지갑만 적시에 풀면 만사 척척이더라 이런 말씀이지. 병원 문을 나서면 이번에는 상조회가 바통을 이어받아 화장장으로, 수백 리 밖 가족 묘지로, 지불한 돈에 걸맞은 뒷수발을 드니깐."

"언제는 병원이 직접 나서지 않고 전문 업자에게 용역을 주더니."

"천만에. 지금은 어림없네. 큰 수익 사업으로 쳐. 생각해보라구, 열에 아홉까지 결혼식은 주말에만 올리기로 작정한 거나 마찬가지지? 그러나 장례는 택일이 어딨어. 가는 날이 가는 날이지."

"계절과 무관하고 불황도 타지 않고."

"옳아."

"염라대왕도 돈 앞에선 한쪽 눈을 감는다는 말이 왜 생겼겠나."

"해서 천상병 시인도 걱정하지 않았나. '저승 가는 데도 여비가 든다면 나는 영영 가지도 못하나'라고."

"'인생은 얼마나 깊은 것인가'를 어린애마냥 천진한 얼굴로 잇대어 물었지."

"멋들어진 경지인데 저승으로 떠나는 길목마다 지전을 요구하는 인습을 어쩌나. 입관을 앞두고 돌아가신 분께서 좋은데로 가시도록 노자를 드리라는."

"체액(體液)이 흘러나오지 않도록 망자의 귀와 콧구멍과 항문을 솜으로 막는 건 좋아. 제법 과학적인데, 위아래 입술 사이에 생쌀 몇 알을 물리는 반함(飯含)이라는 게 영 궁상스럽더만. 먼 길을 떠나자면 배가 우선 든든해야 한다는 밥의 영원한 상징인가, 삼순구식(三旬九食)의 잔재인가."

"자상도 하다. 얼마나 많이 주검과 죽음을 보았기에."

"많이 보았다마다. 오래 산다는 것은 죽음의 의식에 임석하는 횟수와 비례한다는 생각이 들 만큼. 과장하면 그래."

"그만 그만. 대충 이해하겠는데, 당신의 말엔 한문 투가 너무 많아. 대명천지 인터넷 세상에 무슨 짝인가. 젊은 인터넷 세대는 인터넷 이전의 인류 생활과 상식을 까맣게 모른다고 미국의 인터넷 게임 전문 교수가 지적한 것 못 보았나. 그런 터에 사전에만 있을 뿐 사어나 다름없이 까다로운 단어를 자꾸 쓰면 어떡해."

"피장파장인 듯하지만 사전 소리를 듣자니 갑자기 생각이 나네. 요즘 한창 떠도는 하이브리드카 있지?"

"있지."

"그거 60년대 초 『이희승 국어대사전』에 이미 올라와 있었네."

"그래서?"

"자그마치 반세기 전 외래어인데, 사람들은 최근의 첨단 과학 용어로만 대하기 쉬워. 시작(試作) 단계인 그때와는 비교가 안 될 정도로 장족의 발전을 했지만, 하늘 아래 새로운 것이 없다는 문물의 내력에 비추면 새삼 놀랄 게 못 된다 이걸세. 말인들 다를까. 생성, 소멸의 계기와 유효기간이 각각 다른 사람의 입말을 누가 무슨 수로 내치고 들이나. 우리 연배는 돈 주고 배운 공력이 아깝고 그 말과 허물없이 지낸 정의(情誼)가 하도 깊어 쓰레기통에 버렸던 놈까지 다시 줍는 경우마저 있잖은가. 깨끗이 씻어 새말에 곁들이면 섞어찌개 같은 맛이 한층 구수하고. 따라서 서운해. 알 만한 친구가 객쩍게 딴청을 부리면 더더욱."

"뭔 말이 뭔 말인지 원…… 염습 얘기만 골로 빠졌네그려. 어디서 길을 잃었더라 우리가……"

"생쌀을 입에 물리는 반함. 금방 잊어먹다니."

"그게 가년스럽다고 했는데 쪽 찐 머리를 길게 풀어 헤친 성복(成服) 전 여자 상제의 괴이한 형상에 비길까. 아이 적에는 질겁을 했지. 귀신이나 다름없이 섬뜩하고 무서웠어."

"웃옷의 왼 어깨를 젖힌 남자 상제 차림은 어떻고."

"차차 사라져 다행이지만 모든 절차가 어차피 산 자 마음대로라면 그같이 숭한 관행엔 좀더 일찍 손을 쓸 법도 했는데."

"재앙이 두려웠던 게지. 공연히 재래의 금기나 관습을 어겼다가 뒤집어쓸 재난이."

"염습은 어떻든 이승과 저승의 경계로 엄숙하고 중요한 절정의 시간이야. 그 점은 동서고금이 같아."

"최근 화제가 된 일본 영화 「오쿠리비토」 말야. 그게 마침 염장(殮匠) 이야기데. 우리말로 옮기면 '애도하는 사람'쯤 되려나."

"영어 제목이 「디파처Departures」던가. 죽음을 또 하나의 출발로 해석한 점이 원제목보다 낫다 싶어."

"잘 아는구먼."

"잘 알기는. 들은풍월이지. 일본 영화 사상 처음으로 아카데미영화제의 외국어 부문 영화상을 받았다면서? 일본 사회가 이만저만 요란을 떠는 바람에 그런가 보다 여기는 수준이지."

"단편 애니메이션 부문에서도 수상했으니 오죽 신이 났겠나. 굉장치도 않았어. 걔네는 염장이를 납관사(納棺師)라고 부르더만. 영화 대신 그걸 소설화한 책을 읽고 알았는데 그쪽에서는 전문 직업인 대우를 받나 봐."

"재밌어?"

"응, 영화 대본이나 마찬가지니까. 장면 전환이 우선 빨라. 소속 악단이 해산하는 통에 백수가 된 신혼의 첼리스트가 주인공이야. 그가 갖가지 곡절을 겪으며 숙련된 납관사로 크는 과정을 슬픔과 유머로 적절히 녹였다구."

"슬픈 장면을 슬프게만 쓰면 외려 격이 떨어지기 쉽거든. 이청준 소설가가 초상을 '축제'로 앙양한 뜻을 생각해봐."

"자세히 설명할까 말까. 우리네와 상관없는 바다 건너 장례 풍습을."

"임자 맘대로 해. 호기심을 자극하기 위해 짐짓 뜸을 들이는 수법 누가 모를까."

"그쪽 염장이, 아니 납관사는 직접 상가로 가서 염을 하되

후스마 있지? 우리로 치면 장지나 미닫이를 활짝 열어젖힌 채
한다구. 두세 걸음의 거리를 두고 유족들이 보는 앞에서 말
야. 이때 가장 중요한 것이 죽은 사람의 얼굴 화장이지. 가능
한 한 아름답게 꾸며야 하니까."

"병원에서는 안 하고?"

"병원에서 하는 수도 있겠지. 훨씬 전에는 우리처럼 가족
중에 누군가 하다가 차츰 장의사로 넘겼대나 봐. 여하튼 고
바야시 다이고(小林大悟)라는 주인공이 장의사의 하청을 받
아 이리 뛰고 저리 뛰는 거야. 원은 납관사인 사장 혼자 하다
가 일이 밀리면서 다이고를 조수로 채용한 거지. 이런 사정이
야 어떻든 다이고는 차츰 송장, 그쪽 표현으로는 유체(遺體)
라 일컫는 남녀노소의 주검을 근사한 모습으로 치장한다구.
보수는 일당 2만 엔. 공치는 날을 빼고도 월수 40만 엔 이상이
랬어."

"괜찮은 벌이네."

"일이 좀 험해? 다이고가 맨 처음 손에 댄 유체는 죽은 지
2주일이 지난 독거(獨居) 노파였다구. 살 썩는 냄새가 코를
찌르고 우글거리는 구더기 때문에 온몸에 소름이 좍 끼쳐 며
칠을 두고 구토를 하지. 그러나 소설의 세세한 묘사는 꽤 진지
해. 알코올에 적신 탈지면을 이불 밑으로 넣어 익숙한 솜씨로
정성스레 유체를 닦고 수의를 입히는 동안 실내에는 평화와
정밀(靜謐)만이 흐른다고 했네."

24

"어차피 꾸민 얘기니까 엄숙을 떨었겠지."

"두말하면 잔소리. 다음에 납관을 하고 화장으로 들어가는데, 그때는 유족들이 바짝 다가와 납관사의 손놀림을 조용히 바라본대요. 여자 유체는 창백한 볼에 연분홍빛 연지를 찍어 화색이 돌게 한 후에 고인이 쓰던 립스틱으로 입술을 붉게 물들이면 끝이야. 화룡점정의 순간 아니겠나. 모여든 친족들이 저마다 탄성을 지르고 합장을 하는 속에서 어떤 남편은 관에 왈칵 달라붙어 죽은 아내의 이름을 부르며 울부짖지 뭐야. 그리고 관 뚜껑을 닫은 납관사에게 인사하는 거야. 지금까지 본 아내의 어떤 얼굴보다 아름다웠노라고. 얘기가 길어 미안하지만 엽기적인 예 하나만 더 들까."

"……"

"다이고가 도쿄서 한참 떨어진 시골로 사장과 함께 일하러 갔을 때야. 연탄가스로 자살한 처녀를 염하기 위해 빳빳이 풀을 먹인 홑이불 밑으로 탈지면을 넣어 유체를 씻다가 질겁을 해요."

"왜?"

"소설 속 사장도 왜냐고 묻더만. 그러자 다이고가 대답하는 거야. 배 밑에 무엇이 달려 있다고. 스스로 손을 넣어 그 무엇을 확인한 사장이 머뭇머뭇 가족에게 말했어. 얼굴 화장을 여자로 할까요, 남자로 할까요 하고. 눈치를 챈 가족이 상의 끝에 당부한다구. 여자로 해달라고. 죽은 처녀는 끝까지 여자로 살기를 원했대. 생전에 성전환 수술도 시도했겠지. 그게 맘대로 되지 않으니까 차 안에 연탄불을 피워놓고 목숨을 끊은 거라. 연탄 자살…… 우리에게도 낯익은 말이지? 소설은 그 이야기를 서문처럼 맨 앞에 앉혔어."

"손님을 끌자고 그랬겠지."

"아무런들 현실과 동떨어지면 공감을 살까. 그건 그렇고 우리는 산 자와 죽은 자를 가르는 벽이 너무 높아. 주로 교회에서 장례를 치르는 사회에서는 사자와의 대면이 예사로운데 말이지."

"사실일세. 죽음과 주검을 따로 나누는 과도한 차단 심리가 아니할 말로 비인간적이네. 말이나 글로는 죽음을 매우 대범하게, 애들이 공기받기를 하듯 가볍게 갖고 놀다가도 주검의 실체에는 극도로 가까이하기를 꺼리는 성향이 지나쳐. 병풍으로 가리던 관을 싸늘한 냉장고에 가두면 그만이야. 가족이 아니라도 다시는 돌아오지 않을 사람의 모습을 보고픈 친구라고 없겠어? 더구나 고인의 얼굴을 곱게 단장하는 솜씨가 발달하여 살았을 때 이상으로 죽은 얼굴이 한결 깨끗하고 평온해진 마당에."

"그렇지. 저지난번에도 유가족들 사이에 끼어 심장병으로 죽은 친구의 입관식을 지켜보았는데 칠십 노인의 사안(死顏)이 어쩌면 그렇게 뽀얗지? 화장발 덕이 크겠지만서도 생시 때저리 가랴였다구. 숨을 죽이고 남편과 아버지의 마지막 모습

을 지켜보던 미망인과 아들딸의 눈이 당장 환해지더만. 흐느
낌을 멈추고 입을 감쌌던 손바닥을 조용히 풀며 지극히 편안
한 사안에 마음을 놓는 기색이 역력했다네. 그다음 순서는 아
주 척척이야. '열람'이 끝나자 까만 양복 차림의 두 청년이 빠
르고 정확한 몸놀림으로 관을 되싸거늘 손재간이 참으로 기
막히더라고. 느슨하게 둘러씌운 순백의 천을 빳빳이 당기는
가 하면 여미고, 겹겹으로 두툼한 끈을 죄는가 하자 매듭을 짓
는 동작이 어찌나 환상적인지…… 일일이 절도 있는 걸음걸
이가 꼭 의장대를 빼닮았더라니깐. 입에 생쌀을 물려 저승 가
는 노잣돈을 바라는 현실 따로 있고 그걸 옛말로 돌리는 현실
따로 있는 와중을 우리가 가고 있다네."

"그건 돈과 관련되는 문제니까 함부로 비교하기 어렵네만
차츰 보기 좋은 쪽으로 형식을 갖추겠지. 그런 신식 직업인을
양성하기 위해 생긴 것이 대학의 위생처리사 과정 아닌가. 덕
택에 보건대학의 장례지도학과나 장제과(葬祭科) 출신들의
취업률이 거의 백 프로라는 말 못 들었나?"

"왜, 들었지. 아무나 그럴 수는 없는 사정도 알겠는데, 내
말은 어디까지나 시대와 기능의 변화에 중점을 두고 있다는
걸 알아주게. 그리고 생각해봐. 비용은 고하간에 사고사로 얼
굴이 왕창 함몰되든가 암이 온 군데로 퍼져 이목구비의 본래
위치마저 뒤틀리면 아예 엄두를 못 낼 거라구. 살가죽이 뼈에
맞붙어 촉루(髑髏)나 다름없는 경우엔 두 손 바짝 들 테고."

"인력의 한계 앞에 돈이 무슨 소용이냐는 말을 하기 위해 든 예가 너무 극단적이군. 하지만 우리나라에도 고인의 민얼굴 공개에 지장이 없도록 하는 전문가가 새로 등장했어. 미국에서 해부학과 미생물학을 가르치는 관련 학과를 졸업하고, 2년 동안의 현장 실습을 거쳐야 자격증 획득이 가능한 특수 처리 기능이래요. 엠바머embalmer라 일컫는 직종으로, 손상된 주검의 복원도 가능하댔네."

"나도 봤네 이 사람아. 신문에서."

"체. 병통으로 굳었구나, 남 맥 빠지게 하는 그대의 입빠름."

"모스크바 붉은 광장의 레닌 묘는 어떻게 되나. 그런 기능의 선례 아닌가."

"얼씨구. 갑자기 레닌은 또……"

"순서를 따지자면 그렇잖아."

"영구 전시 실험이 끝날 때까지는 레닌의 주검도 시체 보관소의 얼음 속에 보관돼 있었다지 아마. 사망한 계절이 한겨울이라 그동안은 부패를 걱정할 필요가 없었겠지. 내뱉는 숨이 입술을 얼어붙게 할까 봐 장례식 나팔수들이 악기에 보드카를 바를 만큼 모스크바의 추위가 혹독했으니까. 그러나 까짓 에피소드는 아무것도 아냐. 보다 더 중요한 것은 레닌의 아내 크룹스카야가 시신의 영구 전시를 극구 반대한 사실이야. 몹시 싫어했는데 스탈린과 정치국의 결정을 이길 수 있나. 국내외 공산주의 지지자들의 일체성 확보를 위해 시체를 이용하려는 그들의 의도를."

"눈으로 본 것처럼 말한다."

"책이 왜 있나. 영국학술원 회원인 로버트 서비스가 쓴『레
닌 전기』에 자세히 적혀 있는걸."

"그런 본을 떠 베이징의 천안문 광장엔 마오쩌둥의 묘가,
베트남 하노이에는 호치민의 묘가 진공 상태인 유리관 형태
로 꾸며졌지."

"영원한 이인자로 시종한 중국의 저우언라이 총리와 경제
발전의 터를 닦은 덩샤오핑 주석의 유골은 당사자의 유언에
따라 그들의 땅과 바다에 뿌려지고…… 듣기만 해도 얼마나
신선해. 국민들의 눈 아닌 가슴에 안긴 산화(散華)가."

"나도 책에서 읽은 얘기 하나 할까."

"누가 말려."

"프랑스 작가 장폴 뒤부아의 장편소설『이성적인 화해』를
보면 집안 유족들끼리 고인의 뼛가루를 나눠요 글쎄. 화장터
직원한테서 큰아버지의 유골 단지를 넘겨받은 아버지가 일
가친척들에게 즉각 묻는 거야, 얼마씩 가져갈 사람은 말하라
고. 서술자인 '나'의 묘사에 따르면, 파티 손님들에게 케이크
를 나눠줄 때처럼 흔연한 어조로 콧노래까지 부르며 의향을
묻더라니깐. 그러자 셋이 나섰어. 하나는 석유회사 로고가 찍
힌 잔을 내밀고, 두 사람은 종이봉투를 흔들었는데 배급하는
과정에 가루를 흘리지 않고 배겨? 아버지의 승용차 트렁크 바

닥이 작은 입자로 금세 하얘질밖에. 형제간 우애는커녕 서로 이를 갈 형편이었다는 복선이야 미리 깔았을지언정 몹시 건조한 서술이 더 흥미롭더군. 그리고 궁금했네. 가져간 골분의 그 후가."

"궁금할 것도 쎘다. 하지만 산이나 물에 뿌리는 문제도 쉽지는 않아요. 요새 사정은 잘 모르지만 전에는 화장장 한쪽에 유골 가루를 뿌리는 화덕 비슷한 장치가 있었는데 방금 말한 것처럼 주변에 허옇게 흘리기 쉬웠지. 마음이 여간 언짢았어."

"뼛가루는 허옇다기보다 약간 잿빛이지."

"아무려나 주검이 재로 변하는 시간이며 단계가 옛날에 비하면 얼마나 빠르고 위생적인가. 내가 서울로 올라온 게 50년대 중반인데, 그때 가본 화장장에서는 모든 걸 손으로 하더라구. 대강 추린 유골을 집에서 늘 쓰는 키 낮은 쇠절구 있지? 그 속에 아무렇게나 넣고 뭉툭한 절굿공이로 탕탕 빻았다면 말 다했지. 가루가 산지사방으로 튀거나 말거나 궐련을 삐딱하게 꼬나문 화장터 노인이, 가랑이 사이에 절구를 끼고 타다 남은 뼈를 탕탕 깨부수는 장면을 상상해보라구. 차라리 목가적이더라니깐. 그 뼈는 더구나 자살한 처녀 것이었어."

"흠."

"거기까지는 할 수 없다 쳐. 나의 고약한 상상은 그런 쇠절구에 빻은 볶은 콩이나 참깨 따위로 바꿔치기 되어 혼났네. 그것들이 풍기는 고소한 냄새는 물론이고, 절구에 들러붙은 깨소금이며 콩가루를 밥덩이에 묻혀 먹던 생각이 자꾸 겹치는 거라, 기분이 영 망측하더라구."

"저런."

"지나친 강박으로 돌릴 수도 있겠지만 그같이 찝찝한 느낌이 오랫동안 머리에서 떠나지 않았어."

"좀스럽기는…… 죽음과 삶이 작은 절구통 안에서나마 한통속으로 논다는 생각은 왜 못해."

"제법 크게 나오네."

"크게 안 나오면? 주검을 태워 산과 물에 뿌린다고 누군가의 삶이 깡그리 말소되는 게 아니고, 살아생전에도 필경 죽음을 외면할 수 없을 바에야 내 말 역시 장난이 아닐 걸세. 잊을 사람 잊고 마음속으로 되새길 사람 되새긴다고 믿어요. 나는."

"……"

"……"

"요즘은 토장(土葬)보다 화장이 대부분이야. 장례 절차 역시 거의 같고. 불교식, 기독교식을 엇섞는 수도 있어."

"짬뽕이지. 있는 사람들은 여전히 호사스런 무덤을 만들고."

"일본인들은 그걸 도만주(土饅頭)라고 불러요. 직역하면 흙만두 아닌가. 묘 모양을 두고 하는 말이겠지만 참 얄궂게 들리더라."

"걔네는 애초부터 불교식 화장으로 일관했으니까. 가와바타 야스나리가 열여섯 살 때 쓴『고쓰히로이(뼈 줍기)』를 읽었는지 모르겠다."

"아니."

"유일한 혈육이던 조부를 화장하고 그 뼈를 그러모아 집안 묘역에 묻는 이야기야. 자전적 장편(掌篇)인데 자기 체험을 작품화한 것으로「장례의 명인」이 또 있다네. 두 살 되는 해에 아버지를 여읜 그는 세 살 때 어머니와 사별하고, 일곱 살 때는 할머니를, 열 살 때는 아홉 살 위인 누나를 잃더구먼. 방금 말한 대로 열여섯 살 때는 또 할아버지마저 세상을 뜨는 바람에, '나는 소년 시절부터 집도 가정도 없었다'는 이 작품의 허두가 독자를 대뜸 비감에 젖게 만들지 뭐야. 도리 없이 친척 집을 전전하며 외돌토리 소년으로 세상과 맞서되 족친의 장례식에도 뻔질나게 쫓아댕기는 거라. 연거푸 사망한 조상 대신 말일세. 하다가 얻은 별명이 '장례의 명인'이었대. 가와바타 문학에 죽음의 음예(陰翳)가 어른거리는 까닭을 초장의 그만한 정황과 결부시킬 수도 있을지 몰라. 120편이 넘는 그의 콩트 중에는 자전소설에 가까운 것이 그 밖에도 적잖은데, 서술 형식이 형식인 만큼 압축될 대로 압축된 기법이 우아하고 깊어."

"떡잎에 고아가 되기로는 춘원과 비슷하군그래. 상허 이태준도 그렇고."

"얼추 그런 폭이지. 하지만 먹고사는 형편으로 치면 가와바타 쪽이 훨씬 나은 편이었네. 아버지가 오사카에서 개인 병원을 차릴 정도면 이광수나 이태준보다는 뭐가 나아도 나았을 것 아닌가."

"그만두세. 부질없는 화제."

"딴은 그렇군."

"나는 말일세, 가끔 생뚱맞은 생각을 해."

"?"

"김소월, 김유정, 이상 있지?"

"난데없이 왜 이러나. 무슨 말을 하려고."

"세 천재가 제대로 천수를 누렸다면 어떻게 되었을까. 자살하지도 죽을병에 걸리지도 않고."

"나 참. 뚱딴지처럼 느닷없기는."

"전공(前功)에 흠집을 낸다? 일신우일신의 거대한 업적을 거두어 더더욱 빛난다? 그대는 어느 쪽인가."

"술이 많이 약해졌구먼. 벌써 주정을 하게."

"무엇에 들린 듯 쏙 빠진 작품을 단기간에 그만큼 왕창 쏟아낸 것으로도 너끈하긴 해. 쓰고픈 건 다 썼을 테니."

"됐네, 이 사람아. 이 국물이나 마시고 헛소리 그만 거두세. 제법 맛이 좋아."

"오나가나 근천스런 먹새 타령."

"조상(弔喪)에는 정신이 없고 팥죽에만 정신이 간다는 속담이 왜 생겼게."

"그 말을 듣자니 생각나네. 어느 해던가, 『혼불』의 작가 최
명희 모친상 때 서울대병원 영안실에서 먹은 밥 생각이."

"어디서는 밥을 안 줄까."

"아냐. 영안실이 비좁기 때문에 마깥에도 따로 천막을 치던
시절이었어. 빈터에 가마솥을 걸고 고향에서 가져온 쌀로 어
머니의 솜씨를 본떠 지었다고 했는데 밥맛이 어떻게나 입에
달던지…… 고인의 유언에 따른 거랬어. 문상 오시는 분들에
게 절대로 밥장사 밥을 드리지 말라고 일렀다는 그 어머님의
따뜻한 뜻과 유족의 정성에 감복할밖에."

"저런. 기어이 벗어나지 못하는구나 먹자타령. 장례 의식일
수록 지극한 우리들의 왕성한 입치레를 어쩔꼬."

"반드시 부정적으로만 볼 게 아닐세. 일하자고 먹고 먹자고
일하는 전래의 높은 지향을 어떡해. 영국의 왕립지리학회 회
원인 버드 비숍도 한국 농부의 위대(胃大)함에 일찍이 놀랐으
니까. 두레의 뜻은 좋으나 작업 후에 벌이는 대식가들의 먹성
에 아연실색했대잖아."

"전혀 차원이 다른 얘기지만, 인민들에게 따스운 쌀밥과 고
깃국을 먹이랬다는 김일성의 유훈(遺訓)은 무엇이며, 그걸 실
천하지 못해 미안하다는 아들의 실토는 다시 무엇인가."

"그 속을 누가 안담. 그나저나 우리 둘의 입에서 터져 나오
는 말들은 왜 이리 두서가 없나. 왔다 갔다 머리와 꼬리를 분

간하기 어렵구먼."

"여보시게. 사는 일이 들쭉날쭉인 터에 사람들의 삶에 언제
는 서론, 결론이 따로 있었다고 믿나. 심심파적인 양 중간에
어쩌다 반전(反轉)이 있기는 있거늘 그것도 믿을 게 못 되네.
잘못 뒤집었다간 본전마저 날리기 쉬우니깐."

"안 믿네. 상대가 마누라일 때는 복상사(腹上死)가 절대 없
다는 어떤 의사의 말은 믿네만."

"이럴 수가. 메멘토 모리."

"아무렴. 죽음을 기억하라."

택시에서 내린 그는 취기를 털어내듯 고개를 뒤 번 흔든다.
표정을 수습하기 위해 손바닥으로 입을 쓱싹 훔치고 넥타이
매듭도 바싹 조였다. 그러자고 으리으리 큰 종합병원의 장례
식장을 저만치 앞둔 지점에서 차를 세운 것이다. 건물 안팎의
이른 점등이 아직은 서쪽 하늘의 막바지 잔광에 밀려 생색이
안 나는 초저녁이다.

초저녁은 고사하고 예전 초상집은 벌건 대낮에도 대문에
불을 밝히던 기억이 새롭다. 전봇대나 담벼락에, 가다가는
'하숙생 구함' 쪽지와 함께 붙은 전단을 따라 발품을 흔히 팔
았다.

굵은 화살표가 지시하는 대로 '박 상가'면 '박 상가', '김 상
가'면 '김 상가'를 둘레둘레 더듬다 보면 나타나는 조(弔) 자

초롱에 슬그머니 안도했다. 부침개 부치는 냄새가 코를 간질이고, 낯선 외래인들의 내왕이 궁금한 개들의 왈왈대는 소리가 파도타기 응원처럼 골목을 차례차례 흔들었다.

그렇던 골목은 이제 없다. 주차할 공간이 없는 동네는 사람 살 곳이 못 된다는 푼수로, 있던 골목도 소방도로 수준으로 넓히고 위로 집을 쌓아 올려야 한다. 개 짖는 소리조차 듣기 어렵다.

하지만 사람의 상상이며 생각이 어찌 눈에 보이는 것만 곧이곧대로 챙길까. 아니다. 그는 깨복쟁이 친구인 봉수와, 이번에 돌아가신 걔네 어머님을 대뜸 떠올렸다. 함께 지낸 골목쟁이 시절이 그토록 간절했던 것이다.

직선으로 치면 3백 미터 안팎이겠지만 뱅뱅 돌거나 휘어야 맛인 고샅길을 걷자면 좋이 10분쯤 걸렸다. 그는 그만한 거리를 휘파람을 불며불며 곱으로 늘이든가 한달음에 반 토막을 내는 축지법의 깨방정을 떨면서 봉수네 집을 줄창 드나들었다. 제집에서 죽치는 시간보다 국민학교 한 반 친구인 봉수 집에서 보내는 시간이 훨씬 많았다면 알 만하지 않은가.

일찍 어머니를 여읜 자기에게 항상 싹싹한 봉수 어머니가 그토록 좋았기 때문이다. 포목상을 하던 아버지가 곧바로 새어머니를 들이면서 눈치코치만 징그럽게 느는 처지에 그라고 무턱대고 남의 친절에 안주할까. 봉수 어머니의 다정한 눈길에도 연민과 동정이 다분하다고 감을 잡았으나 꾸밈이 없어

36

담백한 성미에 한층 끌렸다.

봉수 부친은 소도시의 피혁상이었다. 말이 헤퍼 피혁상이
지 총사냥꾼이나 산촌 주민들이 덫을 놓아 잡은 노루, 여우,
고라니, 너구리, 토끼 가죽 등을 사고파는 중개인이었다. 때
문에 가게 문 대신 한 짝씩 떼었다 끼웠다 쓰는 널빈지에 살
을 발라낸 짐승 가죽을 큰대자 모양으로 붙여놓고 햇볕에 말
리기 바빴다. 빈지가 많을 때는 네댓씩이나 되었다. 더러더러
엽총을 직접 메고 수렵꾼들을 따라나서기도 했다. 그의 기억
에 틀림이 없다면 봉수 아버지가 애지중지하는 총은 공기총
이 아닌 장약총(裝藥銃)이다. 화약 폭발 때 생긴 가스의 압력
으로 산탄을 발사하는.

이래저래 밖으로 도는 시간이 많아 안살림에는 도시 신경
을 쓰지 않고 매사에 덤덤한 분이셨다.

봉수 어머니는 그래서도 운신이 한결 자유로웠을 터이다.
억척을 떨지도 지나치게 조신한 티를 내지도 않는 밝은 성품
이 항상 넉넉했다. 오달진 솜씨로 살림을 꾸려도 시원찮은 세
월을 노상 활달히 보낼 수는 없었겠지만 지켜야 할 관습에 이
왕이면 신식 사고를 앉히길 잘했다. 마음만의 사치로 칙칙한
일상을 눅이는 혹종의 정서적 거품을 꾀했달까. 아들을 찾아
오는 코흘리개들과도 쉽게 어울렸다. 그에게는 군것질이나
녹두죽 같은 별식을 따로 챙겨주는 등 신경을 더 썼다. 녹두죽
에 식혜를 끼얹으면 맛이 한결 좋았다.

사는 형편이 웬만하고 거둘 자식이 딱 남매밖에 없을 만큼 식구가 단출했던 덕인지 모른다. 실지로 그걸 서운해한다는 풍문도 돌았으나 봉수 어머니는 막상 아무렇지 않은 눈치였다. 보통학교만 졸업 맡고도 아는 게 많아 일본 유행가를 흥얼거리고, 그가 브로마이드조치 못 본 일본 배우 하세가와 가즈오, 다나카 기누요를 이따금 들먹였다. 그가 춘사 나운규와 문예봉의 이름을 얻어들은 것 또한 그 무렵이었다.

 정작 댁의 아들은 시망스럽기 그지없어 산으로 들로 정신없이 싸돌아다녔다. 그 역시 천둥벌거숭이로 놀기는 마찬가지였으나 봉수에 비하면 차분한 편이어서 귀염을 받았다. 당신을 잘 따르고 이르는 말에 다소곳이 귀를 기울이는 태도가 맘에 들었는지, 축음기 곁에 그를 앉혀놓고 일본 가요를 간간이 따라 불렀다. 그는 그대로 자신에게 쏟는 잔정이 한없이 고마웠다. 말이 우습지만 봉수 어머니의 고운 얼굴과 향긋한 '구리무' 냄새에 혹해서도 제집처럼 자주 들랑거렸다.

 시계는 밥을 줘야 가고, 유성기는 손으로 돌려야 노래를 하든가 만담을 하는 때여서 봉수 어머니가 부엌에 있을 적에는 레코드판이 에엥…… 하고 숨넘어가는 소리를 내기 무섭게 그가 손잡이를 냉큼 돌려, '다레카 고쿄오 오모와자루(누군들 고향을 그리지 않으리)'랄지, '강남 달이 밝아서 임이 놀던 곳' 같은 유행가를 재생시켰다. 무디어진 바늘을 숫돌에 가는 것도 그의 몫이었다.

들쭉날쭉 자잘한 그의 봉수 어머니 회상은 미소를 지을 둥 말 둥 표정이 다사로운 영정 앞에서 조금 경건하고 많이 슬픈 감정으로 바뀌었다. 벽면에 가득한 국화 속 모습이 한편 반가워 무작정 무릎을 꿇고 큰절을 두 번 올렸다. 봉수가 묵념을 해도 된다고 말렸으나 가볍게 손사래를 쳤다. 봉수를 비롯한 유가족들 역시 그의 뜻을 알 만하다는 투로 함께 맞절을 나눴다.

조문의 말을 몇 마디 건넨 그는 차례를 기다리는 상객이 따로 없는 틈을 타 눈을 다시 영정 쪽으로 돌리고 앉음앉음을 편하게 고쳤다. 국화로 영정을 에워싸는 관례가 하나의 풍속으로 굳어지는가, 새삼스럽게 의아스러웠다. 보기에 나쁠 건 없지만 고인들의 생각은 어떨까 짐작하다 말고 엉뚱한 환상에 빠졌다. 봉수 어머님 입술에 문득 꽈리를 물린 것이다. 남몰래 비밀 코드를 맞추듯 돌연한 상상이 절로 겸연쩍었거늘 당신은 아닌 게 아니라 꽈리 불기의 달인이었다. 아이들 놀이를 노는 어른의 순진이 당신다웠다.

씨를 뺀 꽈리 열매를 입에 넣고 공기를 채우는 순서가 말처럼 쉽지 않다. 아랫입술과 윗니로 가만히 꽈리를 눌러 소리를 내는데, 빨간 열매 속에 가득 찬 씨를 조심조심 빼내기가 참으로 어렵다. 그가 번번이 실패한 이유다. 한데 당신은 눈만 흘겨도 흠집이 날 것처럼 여린 꽈리의 외피를 거뜬히 살려 아이들 앞에서 꾸욱꾸욱 개구리 울음소리를 냈다. 꼬맹이들과도 아무렇지 않게 섞일 줄 아는 어른의 가벼운 몸짓에 대한 입방아야 보는 사람에 따라 여차저차 다르겠으되, 봉수 어머니는 그 모양이 퍽 자연스러웠다. 근사해 보였다.

내친김에 말을 보태자면 그 무렵의 우리네 울안은 심심하지 않았다. 고단한 삶을 다독거리듯 앞마당과 뒤란의 가지가지 과목이나 화초가, '아무렇지도 않고 예쁠 것도 없는' 채색을 앞서거니 뒤서거니 다퉜기 때문이다. 꽃도 보고 열매도 따는 잔재미를 철철이 즐기게 했다.

석류나무는 등불인 양 대문께를 지키고, 앵두나무는 역시 우물가가 제격이었다. 대추, 살구, 모과, 자두, 호두는 있는 집 있고 없는 집 없을망정 위치는 어디나 좋았다. 감나무는 아무래도 뒤란 차지가 불가피하리라. 이파리가 워낙 넓고 커 밑에서 자라는 화초에 해로운 탓이다. 아 복숭아나무는 가엾게도 축에 끼지 못했다.

복숭아는 잡귀를 쫓는 선과요 불로장생의 상징이었다. 따라서 복숭아가 빠지면 신선들의 무릉도원도 없다. 상상하기 어려울뿐더러 미녀에 비유하는 영광마저 누렸다. 신라 진지왕(眞智王)과 '도화랑(桃花娘)'의 연애 사건이 왜 생겼게? 『삼국유사』에 당당히 등재될 만큼 그녀의 미모가 뛰어났기 때문인데 후세의 민속은 어쩌자고 복숭아에 색정을 입혔다. 형태가 여근을 닮았느니 도화살을 경계하느니 하면서 집안에 복숭아나무를 심지 않았다. 이런 금기를 축귀(逐鬼) 사상과 연

40

관시켜 제사상에도 올리지 않았다.

　그 밖에 숱한 한해살이를 비롯한 화초들이야 일일이 챙겨 무엇하리라. 작년 그 자리에 때가 되면 저절로 나왔다가 갈 때가 되면 조용히 스러지는 생명력이 실로 가상하다. 꽃잎을 찧어 손톱을 붉게 물들이다 말고 언뜻 추심하는 봉선화의 역사적 서사로도 알 수 있듯이, 그것들의 이름과 모양새에 깃든 이야기가 만만찮다. 멀대같이 키만 큰 여느 교목에 댈 게 아니다. 유년의 추억을 살찌우는, 다른 나라에는 드문 울안의 색상이 그처럼 오밀조밀 다양했다.

　집집의 별별 초목은 마침내 고향을 떠난 자들의 살아 있는 향수 품목이나 다름없다. 그가 봉수 어머니 초상에 슬그머니 꽈리를 물린 사연도 이를테면 그런 맥락이다. 하고많은 상념 중에 하필이면 싶게 엉뚱한 기억이 스스로 우습기는 하다. 제물에 무렴하여 고개를 숙였지만 아무도 눈치채지 못하는 응감의 순간이 기어코 좋았다.

　"저쪽으로 가자."

　봉수가 그를 일으켜 세웠다. 그러나 함께 옆방으로 들어가려던 그가 조문객들의 신발로 꽉 찬 문간에서 입을 딱 벌렸다.

　"안 되겠다. 너 같은 퇴물 정치학 교수의 끗발이 아직 세구나."

　"허."

둘은 복도의 소파로 뒷걸음쳤다.

"전작이 있었던 모양이구나."

"응 조금. 근데 저 우승기는 뭐냐."

그가 조화 대신 벽에 치렁치렁 늘어뜨린 리본의 이름들을 건성으로 일별하며 물었다. 다 알다시피 큰 병원 영안실에 즐비한 조화는 조목(弔木)으로 말을 바꿔도 무방할 만큼 덩치가 요란하다. 때문에 바글대는 조문객들에게 거치적거리기 쉬워 병원 측에서 아예 반입을 막았다. 장례식장 바깥에 직원을 따로 배치하여 조화를 보낸 사람의 이름이 적힌 리본만 떼고 꽃 무더기는 되돌려 보냈다. 거기까지는 알겠는데 노란 수술로 테를 두른 고동빛 우승기가 낯설었다. 복판의 '근조' 두 자가 뚜렷하여 짐작이 가긴 갔으나 모양이 운동 시합의 우승기와 영락없어 일부러 딴전을 피웠다.

"그렇지? 우승기 같지? 정당에서 보낸 조기(弔旗)란다. 조화나 부의는 선거법에 걸린대나 어쩐대나."

"처치 곤란하겠네. 버리자니 그렇고 간수할 수도 없고."

"걱정 놓으셔. 장례만 끝나면 도로 가져가니까. 얼마나 편리하냐. 돈 한 푼 안 쓰고 생색은 생색대로 내고."

"원래 우승기가 그랬지. 3년 연속 우승한 팀이 우승기를 영구 보존하기로 돼 있었어."

"맞아. 너 내가 중학 시절에 우리 학교 배구팀의 세터를 본 거 알고 하는 소리냐. 요새는 리베로라고 명칭을 바꿨더라만 교장실에 가면 우리가 딴 우승기가 반듯한 기각(旗脚)에 세워져 있었어. 당시의 교장 선생님 별명이 '뱀다리', 즉 사족이었던 생각이 난다. 사족으로 한 말씀 보태겠다 해놓고 새잡이로 연설하는 걸로 유명했지."

그는 친구 입에서 '맞아' 소리가 나오는 순간부터 친구의 말을 귓전으로 들었다. 무언가 간절한 마음을 품고 왔다가도 영안실에 오면 어느새 녹아내려 쓸쓸한 기분을 또 떠올리고 있었다. 개별적으로 지극한 슬픔도 동시다발의 집단 속에 묻히면 제 울음을 못 우는 것 같은 이상한 기분에 잠겼다.

다른 한편에서 가끔씩 접하는, 상대적으로 연부역강한 문필가들의 죽음에 관한 독자적 인식이나 서술에도 그는 적잖이 관심을 갖고 산다. 하다 보면 노년의 입에 발린 소리보다 훨씬 함축에 넘치는 감각에 깜짝 놀라는 날이 있다.

윤재철 시인의 「갈 때는 그냥 살짝 가면 돼」 노래가 맞춤한 예다.

갈 때는 그냥 살짝 가면 돼/술값은 쟤들이 낼 거야/옆자리 앉은 친구가 귀에 대고 소곤거린다/그때 나는 무슨 계시처럼/죽음을 떠올리고는 빙긋이 웃는다/그래 죽을 때도 그러자/화장실 가는 것처럼 슬그머니/화장실 가서 안 오는 것처럼 슬그머니/나의 죽음을 알리지 말라고 할 것도 없이/빗돌을 세우지 말라고 할 것도 없이/왁자지껄한 잡담 속을 치기배처럼/한 건 하고

흔적 없이 사라지면 돼/아무렴 외로워지는 거야/외로워지는 연
습/술집을 빠져나와/낯선 사람들로 가득한 거리 걸으며/마음이
비로소 환해진다

　얄밉도록 시가 잘빠졌다. "마음이 비로소 환해진다"고 죽
음을 슬쩍 빌린 야무진 솜씨가 아주 재밌다. 김사인 시인은
이 시를 두고 "우리를 빙긋이 웃게 하는 이 환함, 여기에 소량
의 비애와 외로움을 수반해야 간이 맞을지 어떨지……" 하고
추임새를 먹였거늘, 그로서는 드디어 한 수 배운 즐거움이 컸
다. 저녁 잘 먹고 잠자리에 들었다가 자는 듯이 조용히 가는
것을 최상의 복으로 치는 판에, "화장실 가서 안 오는 것처럼
슬그머니" 가는 수도 있구나, 무릎을 탁 쳤다.
　하여 친구에게 물을 참이었다. 우리 아버지는 담이 목에 걸
려 그르렁그르렁하다 가셨단다. 가솔린이 동난 일제강점기의
목탄차(木炭車)가 비행기재를 굽이굽이 톺아 오르다 엔진이
툭 꺼지듯 꼴깍 숨을 놓았단다. 한데 자네 어머니의 마지막은
어떠셨느냐 물으려는 찰나에 친구가 벌떡 일어섰다. 조객 두
분이 새로 왔기 때문이다. 아쉬웠다.

메마른 입술 같은

'딜레탕트'라는 말이 있다. 요새는 잘 안 쓰는 불란서제 외래어인데, 예전엔 모르는 것 빼고 다 아는 지적 달인의 별호로 남달랐다. 예술가는 아니되 그 세계에 대한 취향이나 관심이 지극하여 입으로 한가락 하는 사람을 그렇게 대접했거늘, 따르르 단련된 견식과 넓은 섭렵으로 어지간한 전업자 뺨치는 이가 개중에 참 많았다.

지금이라고 이런 교양인이 없을까. 높은 교육 수준의 보편적 확대가 그 같은 분류를 촌스럽게 여길 정도로 쎄고 쎘다. 뿐인가. 마음만 먹으면 아무나 먹물의 길로 들어설 수 있다. 네가 필자면 나도 저자인 세상에 인위적으로 친 벽과 경계 가르기는 더 이상 의미가 없다. 무용지물이 분명하다. 책상다리를 틀고 앉아 애초에 있지도 않은 권위를 뿜어대는 세상이 기어코 아닌 것이다.

하지만 말하자. 판이 아무리 변했기로 기왕에 존재했던 구시대 딜레탕트들의 속멋을 업신여기면 곤란하다. 나는 못한다. 마음이 그쪽에 더 간다. 함께 견딘 풍진 세월이 더불어 각별한 탓이다.

당장 내 앞에 앉아 있는 화상을 두고 하는 소리다. 집안 간이라고는 해도 촌수가 너무 멀어 남만 못할 지경이되 허물없는 말벗으로 치면 다시없이 가깝다. 나이는 나보다 한 살 아래니까 네니 내니 트고 지낸들 누가 말려. 피차 편해서 좋으련만 제가 먼저 수하를 자청하고 나섰다. 그래 놓고, 나를 상석인지 시렁인지 아리송한 자리에 일단 밀어붙이고는 만날 때마다 골리는 재미를 혼자 다 누린다. 무슨 놈의 형 대접이 이런가 싶을 만큼.

얄미울지언정 제가 매번 챙겨오는 화제가 그때그때 엉뚱하고 색달라 못 이기는 척 받아들였다.

어렵사리 상과대학을 마치고 괜찮은 회사를 입맛 따라 전전하는 동안에도 그는 늘 자신의 직업에 시큰둥했다. 두고 온 산하를 그리워하듯 인문적 호사벽(好事癖)에 더 마음을 쓰더니 은퇴 후에는 일삼아 책을 팠다. 찔금찔금 터득한 부스러기 정보로 만만한 나를 수시로 불러내든가 찾아와 너스레를 떤다. 밥집으로, 커피숍으로, 공원으로 장소를 바꾸고, 어떨 적에는 서울 근교의 산으로 데리고 나가 교실에서 배운 공부를 복습하듯 내 앞에서 온갖 이야기를 주절댔다. 밑도 끝도 없이, 알고 보면 허점투성이인 내 글줄의 결락마저 콕콕 찍었다. 가다가는 내가 깜박했던 단어의 오용을 잡아주어 고마웠는데, 나는 악의 없는 그의 입담 속에서 어떤 연민을 느끼기도 했다. 안사람을 먼저 보낸 자의 소슬한 분위기 말이다. 그런 내색을 둘 다 요만큼도 하지 않았다. 외려 용왕매진의 말발로 농을 다뤘다. 오늘도 마찬가지다.

"형. 나 이번에 희한한 책을 읽고 있소. 아니 보고 있다구요."
"?"
읽고 보는 차이를 물을 것 없다. 제물에 금방 실토하기 마련이니까.
"제목이 『뼈라로 듣는 해방 직후의 목소리』라는 겁니다. 근대문학 수집가인 김현식 씨가 30여 년간 모은 컬렉션에 정선태 교수가 해제를 달았습디다."
"그래서."
"굉장치도 않아요. 450여 종이라고 했던가. 해방 직후 3년 동안에 나온 온갖 전단을 4백여 쪽의 특수지에 컬러인쇄한 자료집인데 그걸 글쎄 타블로이드판보다 크게 꾸몄구려. 책이라기보다는 짐짝이나 다름없는 물건을 광화문에서 집까지 사들고 오느라 땀깨나 뺐네. 그러니 값은 또 얼마나…… 한번 물어나 주었으면 좋겠구먼."

"인터넷 주문은 어따 두고 이리 허풍을 떠실까. 전화 한 통이면 다음 날로 득달같이 배달해줄 텐데."

"체. 실물을 손에 들고 이리 뒤적 저리 뒤적 관형찰색을 해야 지갑 열 맛이 나요, 나는. 아날로그의 그런 재미와 여유를 몰라서 이러슈?"

"됐네 이 사람아. 내가 궁금해하는 것은 어디까지나 내용이거든? 부피가 작으니 크니 떠들기 전에 콘텐츠가 어떻드냐 이거지."

"달리 말하면 텍스트? 좋지요. 내가 보낸 어린 시절 기억도 그 속에서 펄펄 뜁디다."

"홍. 그 무렵은 자네나 나나 국민학교 아동이었잖아. 상급반 축에 들기는 했지만."

"아동은 눈 없고 귀 없답녀. 사회가 혼란할수록 빠삭하게 느는 눈치코치로 이것저것 때려잡고, 미군 스리쿼터의 배기가스와 휘발유 냄새를 좇다가 새까만 병사의 유난히 하얀 치열에 섬찟했던 시절이 대강대강 되살아나던데."

"아무려나 코 풀고 밑 씻는 것으로 끝났을 종잇조각도 모으면 역사가 되는 증험으로 볼만하겠군."

"막상 그런 용도로는 별무소용이었소. 지질이며 잉크가 영 말이 아니어서."

"아무튼 그걸 집대성한 공력이 놀랍네. 사료(史料)의 가치하며."

"두말하면 잔소리."

"8월 16일에 나온 건준(建準)의 포고문이 맨 첨에 등장하던가."

"물론. 한데 앞부분이 찢어진 채 나와 있습디다. '제위(諸位)의 일어 일동(一語一動)이 민족의 휴척(休戚)에 지대한 영향이 있는 것을 맹성하라. 경거망동은 절대 금물이니 자중으로 지도층의 포고에 따르기를 유의하라'는 마지막 조각만 큰 활자로. 보실래요? 내 메모지들."

"어. 이 사람이 작정하고 나왔나 봐."

"기다리는 상해임시정부 요인들은 소문만 무성할 뿐 언제 올지 모르는 가운데, 자고 나면 수십 가지 정당과 단체가 속출(續出), 아니 족출(簇出)하는 모양을 빤히 보는 듯했소."

"맞아. 속출보다 족출이라는 표현이 알맞을 지경으로 마구 생겼지."

"기막힌 것은 그렇게 많은 조직이 그토록 빨리 태어난 사실이오. 지하에 숨었다가 노출된 기존 조직은 얼마 안 되고 대부분이 신출이었어요. 달랑 성명서 한 장 내고 거품처럼 꺼진 단체도 있었겠으나, 미군정(美軍政) 3년 동안에 홍수처럼 쏟아진 날 선 목소리들이 요컨대 벽보로 삐라로 문자화되어 약 주고 병 주었더라 이 말이오."

"그런대로 일종의 미디어 구실을 했지. 선동하고 비난하고 호소하고 경고하는 전단 중에는 미점령군의 공식 문건 또한 적지 않았네."

"주조선(駐朝鮮)미군 사령관 존 R. 하지 중장 이름으로 미리 띄운 포고문이 걸작이었소. 이기주의로 날뛰지 말라, 일본인과 미상륙군에 대한 반란 행위를 삼가라, 등등의 엄포가 기막혔어요."

"환영 준비에 부푼 군중들을 다짜고짜 성난 얼굴로 대하는 꼴이었지. 치안 유지에 그만큼 신경을 썼던 까닭이야."

"그 바람에 조선총독부 산하 일본 관헌의 기세가 아직 등등했소. 책에 버젓한, 조선헌병대사령부의 '내선(內鮮) 관민에게 고함' 따위 일본어 전단이 참 가당치도 않습니다. 한토진(半島人) 중에는 이미 독립이 다 된 양 까부는 자가 있지만 어림없다는 식의 기고만장이."

"생각나나."

"뭐가?"

"하지 중장이 조선 독립을 빨리 '하지 하지' 군불을 지피면, 군정장관 아처 L. 러치 소장이 '그렇지 그렇지' 맞장구를 쳤다는 항간의 말장난."

"체. 억지도 유분수지…… 게다가 당시의 군정장관은 아치볼드 V. 아널드 소장 아니었나."

"그는 초대야. 내가 말하는 건 두번째라구. 아널드 갖고는 안 되는 수작이니까. 도지사도 대부분이 미군 장교들이었는데 「남으로 창을 내겠소」의 김상용 시인이 강원 도지사 발령

52

을 받은 걸 보면 예외도 있었나 봐. 일본 릿쿄(立敎)대학 영문과 출신인 그 역시 곧 사퇴했지만."

"그 무렵의 실상을 다룬 저서로는 그란트 미드의 『주한미군정 연구』가 괜찮죠."

"괜찮다마다. 해군 대위로 전라남도 미군정청 정보국장을 지낸 훗날의 학자 아닌가. 버지니아대학 교수로 종신한. 김규식 박사의 비서실장 등을 역임한 송남헌의 두 권짜리 『해방 3년사』는 자료집으로 그만이고. 현장 정치에 대한 생생한 기록이야. 여담이지만 나는 김규식 박사 같은 분이 좋더라. 위대한 이인자들이."

"누가 들으면 웃겠소. 껄렁한 잡담을 지껄이는 주제에 여담은 또 무슨 여담이오."

"세상을 들었다 놓을 것 같은 기세로 한꺼번에 들입다 쏟아부은 말의 홍수가 우리에게 던진 의미는 무엇일까. 속에서만 부글부글 끓던 마그마가 지표를 뚫고 분출하듯 요란하게 사람들의 일상을 흔들고 작살냈네그려. 그 꼬투리가 지금은 어떤 형태로 남아 있는지. 아니 깨끗이 사라졌는지. 있다면 있고 없다면 없는지."

"얼레. 혜식은 흥분이 가당찮소. '것 같은'이라든가 '하듯이'류 어투나 가다듬지 그래요. '처럼'만 보태면 짧은 말마디 속에 어슷비슷한 비유의 세 품사가 일시에 다 모일 뻔했잖아요. 그 셋이 잦으면 언문(言文)이 천격으로 흐르기 쉽다고 자기 입으로 이르고선."

"가능하면 피하라는 뜻이야. 언문일치가 나쁘지는 않되 글 각각 말 각각의 내력은 어쩔 수 없다네. 터진 입으로 마구 주 워섬긴 언어의 파편을 무수한 붓방아질 끝에 다소곳이 내미 는 글과 어떻게 비교해. 게다가 이 사람아. 넓은 의미에서 비 유는 글쓰기의 알파요 오메가라구. 잘빠진 비유 하나 열 문장 부럽지 않은 이치가 거기 있다네."

"그 말 근사한데. 형이 꾸민 말입니까. 들은풍월이오?"

"말버릇이 어찌 그래. 경어를 쓰다가 반말로 나오다가."

"무슨 잠언처럼 들려서요."

"잠언 소리가 나온 김에 덧붙이건대 사람들이 일상적으로 입에 올리는 속담도 비유 내지 은유의 총화나 확대판이지 뭐. 여러 나라 백성들의 축적된 체험과 지혜를 해학으로 버무려 반영하되 본질적으로 문학의 영역에 드니까."

"우리나라 속담사전에 가장 많이 올라 있는 게 무언지 아슈?"

"알면 뭐해."

"이기문 편 『속담사전』을 기준 삼아 헤아리면 첫째가 '놈', 둘째가 '개'인데 각각 백 가지가 넘어요. 셋째는 '물', 넷째는 '똥'이고. 일본은 '개' 대신 '말〔馬〕'인데……"

"그만. 그만. 셀 게 따로 있지 이 친구야."

"삶의 깊은 속내를 송곳으로 찌르고 풍자로 에둘러 일일이 웃기는 맛이 좋다고 할 때는 언제고."

"하긴 나도 속담 신세 많이 지고 사네. 무얼 끼적이다가 쉬어 가는 셈 치고 슬쩍 인용하기 알맞거든."

"꼭 우리 것만 갖고 노나. 서양 격언 등을 빌려 첫머리를 장식하거나 중간에 끼워 넣으면 느낌이 조옴 부드럽소."

"그건 그래. 요네하라 마리(米原万里)의『속담 인류학』생각이 나네."

"프라하에서 수학한,『팬티 인문학』의 저자."

"맞아."

"하지만 그것도 한물간 발상이기 쉬워요. 근자에 와서는 하여간 긴 것을 싫어한대. 똑떨어진 한 줄짜리 문장이라야 환영받는다누만. 트위터니 소셜미디어니 하는 인터넷 공간은 물론, 티브이에서 재치껏 던진 누군가의 한마디가 순식간에 대중을 사로잡는 둥, 사제(私製) 경구가 판을 친대요 글쎄."

"흠흠."

"장황한 연설은 가라. 질린 지 오래이므로 듣자마자 귀에 새롭고 단박 가슴을 치는 일발 장타를 바란다 이거지. 기둥을 쳐 대들보를 울리는 꼼수지."

"예를 들면?"

"삼등은 괜찮다. 삼류는 안 된다."

"옳아. 그럴싸하구나. 하지만 그 생명이 길까. 밀레니엄을 눈앞에 둔 1999년 연말이었어. 시사주간지『뉴스위크』에서 영원히 기억될 20세기 명언을 특집으로 꾸몄네. 생각나지?"

"대충."

"나도 마찬가지야. 하지만 몇 사람의 말은 어렴풋이 머리에 남아 있다구. 히틀러는 말했네. '대중은 작은 거짓말보다 큰 거짓말에 더 쉽게 속는 법이다……' 어때 히틀러답지?"

"아. 나도 한 사람, 아인슈타인의 탄식이 떠오르네. 이럴 줄 알았으면 차라리 시계공이나 되는 건데, 했다구. 자신의 연구 결과가 원자폭탄 제조에 이용당한 것을 그렇게 한탄했소."

"마오쩌둥은 뭐랬더라. 모든 권력은 총구에서 나온다?"

"꼭 『뉴스위크』라야 하나요. 다른 기록에서 볼 수도 있는 거지. 내가 그의 평전인가 어디서 읽은, '혁명은 만찬이나 수놓기가 아니다. 우아하게 달성될 수 없다'는 말 또한 그렇소."

"오사바사 제멋대로 노는 기억의 도깨비짓을 오늘도 어쩔 수 없구먼. 그건 그렇고 우리 담론이 어쩌다 골목쟁이로 빠졌을까."

"조금 전 여담이 이번엔 담론으로 허물을 벗은 격이네?"

"암튼 시작은 꽤 근사하지 않았는가. 오뉴월 장대비처럼 사람들의 뒤통수를 사정없이 때린 말 속에서 어떤 의미를 추린다고 추리되, 신물 나는 정치적 갈등의 재탕을 피하고 한 시대를 주름잡은 언어의 성깔이나 표정에 더 치중하는 판이니까."

"자화자찬 없기."

"아무렴. 시건방을 떨면 어느 세상에서나 미움을 사기 쉽지. 갑오년 동학혁명 때의 노래를 들추기 무엇하지만 그런 마음으로 가는 데까지 가보세. 가보세."

"그러세. 그러세…… 말의 경망과 글의 위의(威儀)가 엄연
히 달라 동일한 잣대로 재면 안 되려니와, 이번 책에 등장하는
오만 가지 문건은 외침 일색이었소. 활자로 인쇄하고 붓으로
도 쓴, 아니거든 가리방으로 긁은 것들이 자기주장을 앞세우
기 바빴던 까닭인지……"

"잠깐, '가리방'은 철필로 긁어 쓰는 등사판의 뜻이렷다."

"맞소. 얼결에 일본말이 튀어나왔는데 삐라의 속성이 원래
그런 걸 감안하면 당연한 일이오. 무얼 '급고(急告)한다' '분
쇄하자' '친일파를 박멸하자' 등등의 주장이 우선 급한 마당
에, 조리를 세워 표현을 가다듬는다든가 설득에 주력할 겨를
이 어디 있겠어요."

"읽는 쪽 역시 마음이 어수선하고."

"그 때문인지 영어를 우리말로 바꾸는 과정에서 드러난 자
의적 차질이 장난 아니었소. 하지 중장의 포고문도 그래요.
원문 제목은 그냥 'TO THE PEOPLE KOREA'로 수수하거
늘 한국어는 '조선인 제군(諸君)'이네? '고 한국민 제언(告韓
國民諸彦)'으로 격을 높인 것도 있는 등, 지리멸렬이었어요."

"아직 총독부에 남아 있던 일본 관료의 번역 탓 아닐까. 그
들은 이런 말을 '여러분'의 뜻으로도 흔히 쓰거든."

"번역은 그나마 양반이오. 영어로 몸값을 올린 그 무렵의
우리 통역은 입이 곧 돈이었소."

"미군정 당국이 고용하고 있는 조선인 통역관은 '필요한 죄 악적 존재'라고 했지. 보다 못한 맥아더 사령부가."

"옳소."

"옳소 소리를 잘 분간해서 내질러야지. 잘못 터뜨리면 골로 가기 쉬운 시대였네. 그 말 한마디에 인생이 파탄 난 경우가 얼마나 많았냐고."

"못 당하겠구먼. 남의 말 중동 치는 성급함."

"그거 참 얄밉지. 핀잔을 들어 쌀 노릇인데, 내친김에 묻세. 유인물이라는 말은 언제부터 생겼나. 기름 먹인 등사 용지에 철필로 글씨를 새기던 때가 아니잖아 지금은. 한꺼번에 왕창 찍어내는 판국에 비밀스런 불법 활동의 냄새마저 풍기는 유 인물이 뭐야."

"알아들었으면 그만이지 웬 성화입니까."

"식자우환이다 이건가."

"아시니 다행이오. 어떻든 꽁꽁 얼어붙었던 입이 한꺼번에 열리면서 생긴 데마고그demagogue 양상이 그야말로 좌충우돌 이었소. 중간은 아직 나타나지도 않았지만, 있다 한들 명함조 차 내밀 형편이 되나. 일방적 주장에 다들 정신이 없는 터라서 거들떠보지조차 않았을 겝니다. 애들은 나가 놀라는 투로 무 시했기 쉬워요."

"당시의 지독한 상황을 두고 약장사 말투를 왜 흉내 내나. 하여튼 쌍방의 막가는 대거리만 주야장천 판을 치다 보니 어쩌겠어. 후일의 민심이 넌더리를 치는 게 당연해. 그래서도 나는 날 선 어휘의 생김새랄지 개성에 관심이 많네. 8·15 이전, 이후의 말이 아주 달랐으니까. 말은 곧 글이요 글은 곧 사람이라는 따위 데데한 입장을 떠나서…… 때문에 자네가 오늘 들고 온 화두가 반가웠다구. 지난날의 실상을 곧이곧대로 반영한 생물이나 진배없으니까."

"집단의 구성원은 색색이되 쓰기는 필시 한두 지식분자의 몫이 아니었나 싶습디다. 조직원 중에서 글줄깨나 다룬 사람이 자기네 뜻을 문어체로 옮긴다고 옮겼을지언정 솜씨는 그게 그거라…… 주장하고 호소하고, 찬반의 입지만 다를 따름, 운필의 순서마저 붕어빵 찍어내듯 똑같애."

"그걸 말이라고 하나. 책 제목이 『삐라로 듣는 해방 직후의 목소리』라면서? 원색적 노호(怒號)를 우겨넣기 바쁜 시간에 문장론 또한 가당찮네. 사치스러워."

"그래도 그렇지. 말을 활자로 바꾸건 철필로 바꾸건, 양자는 어디가 달라도 다른 것을."

"집필자에게 허용된 단어 선택의 자유랄까 재량이야 있었겠지. 그런 관점에서 제목으로 '격(檄)' 자 하나만 달랑 내세운 인쇄물이며 벽보가 옛날에도 오히려 돋보였지. 단도직입 수법이 차라리 간결해서 좋았어."

"역시 그렇군요."

"뭐가?"

"사물을 대하는 사람들의 눈. 책에도 외자 제목이 그만큼 많았다우. 그런 와중에 등장한 '자살동맹(自殺同盟)'이니 '철권회(鐵拳會)'니 하는 단체명은 또 막가는 수법으로 사람들의 허를 찔렀소."

"압박과 설움에서 해방된 민족의 아침에 자살이라니."

"입으로는 무슨 말을 못할까. 하물며 신탁통치 결사반대로 세상이 온통 들끓는 위기 앞에서."

"아, 그때였구나."

"올 것이 기어코 왔다. 노예가 되느니 자살동맹을 결성케 하여 '오냐 싸호자'는 사생결단의 결의가 실로 살벌했소. '오냐'에는 세 개, '싸호자'에는 두 개의 느낌표를 찍었습디다. 합(合)이 다섯이니 그 기개가 어딥니까."

"격변의 세월을 대변하듯 물방울 감탄부호가 으레 붙어다녔지. 그리고 좌익계 성명서는 말미에 꼭꼭 무슨 무슨 만세를 대여섯 줄씩 세우는 문법이 생소했어."

"그래요. 정당은 말할 것 없고 임화, 이태준 등이 만든 조선문화건설중앙협의회도 선언 말미에 보탰습디다. 독립조선 만세! 자유조선 만세! 조선민족해방 만세! 연합군 만세! 등등을."

"'싸호자'는 아마 싸우자의 옛말일 거야."

"물론. 국어사전에 버젓이 나와 있소. 그건 그렇고 살갗에 닿으면 곧 화상을 입을 듯이 절절 끓는 문면이 그러나 삐라의 전부는 아니었소. 개중에는 고래의 한문체 편지들이랄까, 간독(簡牘)의 복사판 같은 것도 눈에 띄었지 뭐요. '조선신문기자대회 준비위원회'의 초대장이 이를테면 그랬소. 메모해 온 인사말의 허두(虛頭)를 보자구요."

"뭐랬는데."

"'국향이 복욱(馥郁)하온대 귀체대안(貴體大安)하오심을 송축(頌祝)하오며……' 투로 갖은 점잔을 빼되 토씨 외에는 모두 한자를 썼소. 띄어쓰기 또한 완전 무시한 채."

"시대의 첨단을 간다는 기자들이."

"시대의 거울인 언론 역시 둘로 짝 갈라진 상황에서 무슨 경황이 있었을라구."

"그냥 해보는 소리에 불과하지만, 시대가 말을 만드는가, 말이 시대를 만드는가."

"우리가 중학생일 때, 선생님이 토론이나 웅변대회 연습용으로 흔히 예시해주셨던 제목 있지요? 시대가 영웅을 낳느냐, 영웅이 시대를 낳느냐."

"있었지."

"그처럼 시답잖은, 수수께끼만도 못한 말은 갑자기 왜."

"얼김에 진짜 수수께끼 하나 낼까 보다. 깨지면 하나, 안 깨지면 둘인 것은?"

"삼팔선. 그 정도는 나도 들어 안다구요."

"맞네. 함석헌 선생이 지적한, 밖에서 주어진 해방의 한계

였어."

"도둑처럼 온 해방이라고도 했소."

"아무나 흉내 못 낼 그분 특유의 격언성 직설이지. 요새 유행어로 바꾸면 장대(壯大)한 버전이고."

"'그날이 오면 두개골이 깨어져 산산조각이 나도록 종로 인경을 머리로 들이받겠다'고 했던 심훈은, 그날이 오기도 전에 일찍 세상을 떴구려. 총독부 검열에 걸려 내지 못했던 시집은 1949년에야 햇빛을 보았고."

"이태준의『해방 전후』를 빼면 해방을 소재로 엮은 소설은 얼마 없지?『해방기념시집』은 셋이나 되는데."

"수는 세어 무엇하리. 찍어낼 출판사도 사 볼 독자도 드문 시절에. 정지용이 울먹울먹 노래한, '그대들 돌아오시니/피 흘리신 보람 찬란히 돌아오시니⋯⋯'쯤으로 감동의 도가니를 최대한 압축한들 그만이지."

"하다가 상극의 일상화가 삼천리강산을 뒤덮고, 그러자 모두들 감격의 그날로 돌아가세, 돌아가세, 외치기 시작했네. 무슨 일을 하다 막히면 처음으로 돌아가 애초에 먹은 마음을 새삼 다잡듯이."

"갑오년 동학혁명 당시의「가보세요(謠)」와 음운이 비슷한 소리를 다시 들먹이누나."

"가보세. 가보세. 을미적 을미적 병신 되면 못 가노니 했다던가."

"갑오, 을미, 병신의 음을 따서 만든 가사가 절묘했으나 실패를 예감한 노래라는 점이 다르오."

"허, 우리가 길을 잘못 들었네. 엄청 다른 파천황의 두 세상을 구전(口傳)하는 노래까지 들어 돌이키다니."

"노래도 노래 나름이오. 역사적 징후와 예후를 지시하는 것도 적지 않으니까. 찌라시로 시작한 화제가 쓸데없이 이리저리 번지는 느낌이오."

"만고에 쓸데없는 일이 어딨담. 더더구나 빅뱅의 해방 공간을 산 이들이 몇몇이나 남았겠는가."

"하기사 그 무렵의 온갖 현실을 어떻게 허투루 넘긴담."

"암. 아까 번에 발가벗은 생짜배기 언어를 투덜거렸지만 그만큼 정직한 면이 있다구. 안 그래? 까놓고 말하면 그렇잖은가."

"안 까놔도 그래요. 갈수록 말의 화장술이 늘고 유니버설 마인드인가 무언가로 안목이 높아진 건 인정하지만 말야."

"어디가. 교묘한 조어(造語) 솜씨만 늘었다 뿐이지 사술을 부리기로는 한술 더 뜨는 감이 있어요."

"하고 보면 아무리 세월이 흘러도 변할 것 따로 있고 변하지 않는 것 따로 있는 문물의 이치를 누가 말리겠소."

"후유. 남이 들으면 두 난닝구끼리 엔간히 주접을 떤다고 하겠다."

"난닝구라…… 옛날의 우리 동네 명물이었던 이 아무개 생각이 나네. 그의 별명이 난닝구 아니었소."

"양복 아니면 두루마기 차림으로 대세를 다투던 지도자들의 서울을 버리고 마침내 골로 빠질 작정인가."

"좁은 지역이라고 얕잡으면 쓰겠소. 더구나 우리가 곁에서 직접 본 그의 8·15 이전, 이후 행실이 동네를 넘어 고장의 화제로 제법 떠들썩했잖아요. 콧구멍 같은 점방에 난닝구만 걸치고 앉아 애들의 코 묻은 돈이나 챙기던 그의⋯⋯"

"겨울에도 입은 것처럼 말하네. 마을이면 마을, 고을이면 고을에 하나씩 있던 명물로 여기면 그만인걸."

"아무려나 돌연히 별별 집회를 쫓아다니며 만세 만세 만만세를 불렀잖아요. 구멍가게마저 제 안식구에게 맡기고, 더러는 맨 앞에서 깃대나 플래카드를 들고 말야."

"힘이 없으면 목소리라도 커야 무슨 축에 들어도 드는 분위기가 경향 간에 출렁출렁 요동치던 때였으니까."

"그렇다고 죄 들떴을라. 설렘과 불안 속에서 도무지 믿고 기댈 곳이 없는 과도기를 보낸 것이 대부분의 민심이었다고 봐야죠. 따라서 난닝구 씨로 통하던 이가의 공연히 우쭐한 변모 역시 제 성깔에 제가 놀아난 격일 게요. 그 이상도 그 이하도 아닌."

"요새 애들 문자로 난닝구의 정확한 콘셉트가 뭔가."

"다 늦게 몰라서 묻소?"

"짐작은 가지만 일단 정리할 건 정리하고 가야 뒤탈이 없지."

"돈도 안 생기는 일에 해설까지 하라네. 오늘 일진의 후반이 꼬일란갑다."

"일진은 너무했다."

"좋소. 솔직히 나도 기연가미연가하오만 결론부터 내리면 영어, 일어에 한국어의 두음법칙을 포함한 꼰대의 뜻이라오."

"복잡하구나."

"애초에 '란닝구셔츠'라는 일제(日製) 외래어가 있었소. 민중서림의 『국어대사전』 때는 '러닝샤쓰'였다가 국립국어연구원의 『표준국어대사전』에선 '러닝셔츠'로 바꿔 좀더 원음에 가까워진 폭인데, 막상 영어권에서는 그딴 표현을 안 쓴답디다. 언더셔츠로 수수하게 일컫거늘 자기들 멋대로 영어를 해체 조립하기 잘하는 일본 사회는 장차 '셔츠'마저 치워버렸소. '란닝구'로 간소화하는 바람에 우리는 두음법칙의 관례대로 '난닝구'를 입에 담게 되었더라…… 이런 사연인데."

"그들의 『사원(辭苑)』에도 올라 있는 '화제(和製)영어'가 바로 그거야. 영어 단어를 적절히 연결하여 제법 그럴싸하게 만든 복합영어를 그렇게 일컫는다면서 '테이블 스피치'와 '버스 걸'의 예를 들었네. 얄밉다면 얄밉고 가볍다면 가벼운 발상이지만 자신이 없으면 못할 일이라고 믿네. 남의 속에 있는 글도 배우려는 극성이 언어적 탈아입구(脫亞入歐)까지 연상시킨다면 억측이 지나칠까?"

"그의 마누라 쪽도 성미가 퍽 센 편이었소."

"몸뻬 입고 방공(防空)연습 할 때 보면 남의 바께쓰 물이 많으니 적으니, 자기가 애국반(愛國班) 반장도 아니면서 꽤나 설쳤어."

"미국 폭격기의 소이탄(燒夷彈) 투하 훈련 때?"

"그래."

"이웃 아저씨네 염량세태(炎凉世態) 처세를 흉보다 날 새겠소. 흔한 소시민의 생계형(生計型) 친일이 무어 대수라고……"

"맞아. 어느 날 들이닥친 해방은 꿈도 꾸지 못했지."

"꿈은커녕 일본이 항복한 다음에도 한동안은 모두들 멍한 상태였잖아."

"해방 공간이라는 뜨뜻미지근한 표현이 그래서 생겼으렷다."

"글쎄올시다. 우리가 이야기의 첫머리에서 말한 '조선건국준비위원회(건준) 포고문'이 나온 게 해방 다음 날이에요. 1945년 8월 16일이었다 이거죠."

"그토록 빨랐나."

"해방 직전의 조선 지도층이나 몇몇 유력자에 대한 총독부의 사전 연락이 있었답디다."

"해서 450여 종의 크고 작은 갖가지 전단(傳單)이 왕창왕창 쏟아지기 시작했군."

"짧은 과도기였지만 그동안의 알력이 얼마나 심하고 험상궂었는지 몰라요."

"하지만 사료(史料) 가치가 어딘가. 버리면 휴지요 모으면 역사적 기록이라는 점에서, 일삼아 그것들을 잘 갈무리한 공력이 여간 대단해."

"맞아요. 별의별 외침이 난무하는 가운데, '친일분자를 분쇄하자'는 주장은 삐라마다 붙어다니기 쉬웠소. 동네 '난닝구'는 누가 치어다보지도 않고."

"해방 당시의 형은 중 1이었소. 나는 국민학교 졸업반이고."

"변덕쟁이가 따로 없군. 그래서 어떻다는 거야."

"우리 꼬맹이들도 전단이나 벽보에서 눈을 떼기 어렵더라 이거요. 길거리 담벼락에도 흔히 붙어 있었으니까."

"간간이 보거나 손에 쥔 건 맞는데, 중학생을 국민학생 속에 넣다니…… 프라이머리스쿨과 미들스쿨의 차이가 어딘데. 나는 게다가 아사히신문 배달까지 했어. 해방되던 해의 늦봄 한때를 동네 선배의 배달 보조로 뛰었다 이거야."

"요샛말로 알바를 했단 말씀이군. 기사 내용이나 제목은 전혀 깡통인 채."

"당연하지. 띄엄띄엄 떨어진 일본인 가게나 주택을 뛰어다니기 바쁜 애들에게 하물며 가당찮거니와, 그 무렵의 우리말인들 온전했을까 싶어. 참. 신문은 저녁에 돌렸는데, 어느 날은 사이고 다카모리처럼 생긴 뚱보가 부르더니 요모기모찌를 주는 거야."

"쑥떡?"

"응. 곡기 없는 쑥버무리."

"노추끼리 주고받는 억지춘향 같은 입씨름에 슬슬 맥이 풀리오."

"허. 누구는 얼마나 팔팔하길래."

"하여간에 보통학교만 나오고도 면(面)서기를 할 수 있는 시절이 그때 벌써 옛말일지언정, 나도 한문이 아주 맹탕은 아니었소."

"일본어 교과서는 줄창 한문 혼용이었던가."

"그렇죠. 암튼 좌우익의 서슬 푸른 싸움이, 특히 신탁통치와 친일파 처벌 문제를 에워싼 막가는 공방이 아이고…… 참으로 지독했지. 다시 옮기기 민망할 만큼 격렬한 역사를 그때 살았더라 이 말씀."

"가만있자. 내가 알기로 당시의 갖가지 성명서 따위 문면에는 파쇼fascio 내지 반(反)파쇼가 어지간히 자주 등장했어."

"아 참 그랬지. 크고 작은 정당이며 가지각색 단체가 흔히 써먹던 단골 용어."

"너는 '파쇼', 나는 '반파쇼'를 일종의 유행어마냥 주고받은 폭이야. 어떻든 난삽한 한문 사이에 구미의 꼬부랑말이 섞이는 것도 괜찮더라니. 여전히 살벌한 내용과는 별도로."

"듣다 보니 딴 생각이 겹치네."

"뭐가?"

"조선문화건설중앙협의회에서 낸 '삼천만 우리 인민에게 고한다'라는 삐라의 중간 제목 가운데에는 '친애하는 우리 인텔리겐치아 제군'도 있지 뭐유. 다른 전단에서는 '프티부르주아'를 발견하고."

"한 세월 저쪽의 진부한 상투어?"

"소싯적에 읽은 러시아 소설 생각이 슬그머니 떠오르잖아요. 아마도 나는 형이 권해서 그것들을 손에 들었을 게야. 러시아어와 프랑스어 구분조차 못하고 일어 번역본으로 마구 읽던 생각이 떠오릅디다."

"삭은 단어나 유행어에도 모종의 그리움을 느끼는 것이 일 왈 지식인의 괜찮은 덕목 아닌가."

"입에 담아 유식을 떨어도 좋은."

"아무럼…… 우리 얘기가 언제는 조리를 앞세워 푸짐했을까마는, 오늘은 대뜸 해방 공간까지 거슬러 올라갔군. 자네 덕에."

"따분하다? 또는 싱겁다?"

"아냐. 미군정 3년을 실감 나게 되돌아보고 공부한 폭일세."

"그런 아수라장 속에서도 연극인은 무대에 올라 굿을 했소. 해방되던 해 가을에."

"얼씨구."

"박영호(朴英鎬) 작, 박춘명(朴春明) 연출, 「번지 없는 부락」(4막 5장)을 서울 약초(若草)극장에서.”

“번지 없는 주막이 아니고?”

“주막을 부락으로 혼동했다고 믿었는지 그냥 해본 소리인
지 모르되, 서사와 노래의 차이가 어딘데 이러시나.”

“백년설이 부른「번지 없는 주막」이야 알지. 알지만 국민학
교 생도가 부를 수는 없잖은가.”

“나는 아이들과 칡뿌리 따위를 캐어 먹고 합창한「독립행
진곡」생각을 더러 한다오.”

“박태원 작사, 김성태 작곡인 일명「해방가」를.”

어둡고 괴로워라 밤이 깊더니
삼천리 이 강산에 먼동이 튼다
동무야 자리 차고 일어나거라
산 넘어 바다 건너 태평양 넘어
아아 자유의 자유의 종이 울린다

“3절까지 나가는 노래를 힘껏 불렀소. 칡뿌리를 씹어 까매
진 입술들이 가관이었지. 그런데 나중에는 노랫말이 몇 대목
바뀝디다. ‘동무야’를 ‘동포야’로, ‘태평양 넘어’를 ‘태평양까
지’로…… 그러다 노래가 아주 사라진 셈이지만 가사 한 도막
을 두고도 그처럼 정치적 근천을 떨다니.”

“소설가 박태원은 미국 민요「나의 사랑 클레멘타인」도 우

리말로 옮겼어. 3·1운동 직후에."

"그건 그렇고, 오늘 우리가 나눈 잡설은 무엇이오?"

"제 입으로 미리 잡설을 전제해놓고 물으면 어떡하나. 그동안도 자네와의 입씨름이 심심파적의 한때로 괜찮았거니와, 오늘은 한층 유달랐네. 프랑스에서 출간된 『분노하라』의 우리말 번역본을 아침나절에 막 독파하여 감동이 컸다네."

"나는 미처 책 구경을 못했는데, '지금은 저항할 때'라는 외침이 그토록 얇소?"

"물론. 레지스탕스 운동의 백전노장인 스테판 에셀 옹이 쓴 그 책 보여줄까…… 아예 갖고 가던가. 삼십몇 쪽밖에 안 되기 때문에 짐스러울 것도 없을 테니 허허."

"웃음소리가 좀 수상쩍소. 두 기록물의 부피와 내용이 그만큼 달라 난감하다는 듯이 말하는 품이."

"꼭 그렇지는 않지만 이 노(老)투사는 많은 나라의 수백만 독자에게 '지금은 민주주의를 수호하기 위해 분노하고 저항할 때'라고 외치다 갔네. 무관심이야말로 최악의 태도라고 강조하면서."

"향년은?"

"아흔다섯."

"어지간히 수를 누렸군."

"우리의 일소일소 일노일로(一笑一少 一怒一老) 개념으로는 그런 셈이야. 하지만 그는 그 때문인지 비폭력을 무척 강조

했어."

"이 길로 책방을 들러야겠소. 진짜 노년의 존엄을 찾아."

매우 오랜 시간 나와 대거리를 벌이듯 떠들던 화상이 드디어 굽은 허리를 펴고 일어섰다. 꽤나 피곤한 기색으로.

오고 싶을 때 오고, 가고 싶을 때 가는 그를, 공자님이 말씀하신 '먼 곳에서 찾아온 친구의 즐거움'에 새삼 빗댈 건 없다. 그냥 함께 늙은 속세의 아삼륙으로 간절한 사이니까. 이 바닥의 빈번한 질풍노도를 오래 견딘.

하여 오늘은 초년의 해방을 덧없이 놀았다마는 다음에는 또 무슨 화제로 쓰잘머리 없는 한때를 죽칠지 모르겠다. 마지막은 꼭 '우리가 너무 오래 살았다'는 말을 엔드 마크로 삼으라면서.

물
수
제
비

"모두에게 다른 세상에서 만나자고 전해달라. (세상을 떠나게 된 것이) 그리 나쁜 것은 아니다. 단지 잠들고 있는 것일 뿐…… 사랑한다."

근사하구나. 옛 세상 위인들이 이승을 뜨는 순간 토로하던 역사적 유언에 견줄 만하구나.

퇴직 교장 박 교장은 탄복해 마지않았다. 아침 겸 점심 겸 끓인다고 끓인 라면이 어쩌다 떡으로 졸아붙는 바람에, 있는 대로 상한 기분을 부엌 바닥에 팽개치고 신문의 박스 기사에 거듭 빨려 들었다. 폭발 사고로 숨진 미국 웨스트버지니아주의 탄광 광부 마틴 톨러 주니어가, 갱 속에서 가족들에게 남긴 최후의 편지를 읽고 또 읽었다.

나이 쉰하나. 32년 동안 탄광에서 일했던 톨러는 결국 열한

명의 동료와 함께 숨졌거늘, 그들의 유가족과 친지는 이 편지를 보고 그나마 위안을 얻었다고 신문은 썼다. 마지막 순간에 고통을 겪지 않고 잠든 것을 알았다는 가족들의 말을, 요령껏 간단히 전했다.

뭐라고? 고통을 겪지 않았다고? 남은 사람들의 억지 자위에 일단 혀를 찬 박 교장은 곧 마음을 돌이켜 고개를 끄덕였다. 엄청 큰 슬픔을 조금이라도 덜어줄 꼬투리가 없어 한인 유가족들에게, 톨러 주니어의 조각글이 어디였겠는가. 참변을 당한 희생자들의 마지막 여유가 고마워서도 의당 그랬으리라 생각했다.

기사에 곁들인, 손주를 안은 노동자 톨러의 사진 속 표정이 수더분하다. 때문에 더욱 짠한 느낌이 들지만, 그가 보여준 생에 대한 체념이 마침내 넉넉하다. 먼 나라 독자의 가슴에도 잔잔한 감동을 불러일으켰다.

'다른 세상에서 만나자'는 말이 좋다. 세상을 떠나게 된 것이 '그리 나쁘지 않다'는 소박한 달관이 듣는 자의 마음을 도리어 얼얼하게 흔든다. 절체절명의 시간에 직면하면 웬만큼들 그만한 경지에 다다라 속(俗)과 성(聖)의 담장 위를 걷는 경계인이 되는 것일까.

함부로 단정하기 어렵다. 불의의 사고나 위기의 절정이 진행 중인 상태에서는 그 같은 생각을 굴릴 여지가 더구나 없을 터이다. 한시적으로 목숨이 보장된 경우에도 평소의 내공이 없으면 무망한 일이다.

하기야 인위적으로 꾸민 이야기라든가 연예계에 등장하는 주요 인물은 죽는 찰나까지 할 말 다 하더라. 창에 찔린 옆구리에서 용솟음치듯 분출하는 피를 한 손으로 틀어막으며, 글자로 옮기면 모니터 한 면을 채우고도 남을 말을 좔좔 잘도 전한다. 그런 연후에 꼴깍 숨을 거둔다. 숙환이 깊을 대로 깊은 병석에 누워, 입말의 움직임이랄지 의사 전달이 간데온데없는 중환자 역시 매일반이다. 남몰래 숨겨두었던 출생의 비밀 코드 따위를 드디어 밝힌다. 그런 다음에사 머리를 툭 침상에 박는다.

두 장면은 처음부터 설정 구도가 같다고 볼 수 있다. 도저히 말을 시킬 수 없는 정황을 무릅써 비극의 심화가 돋보인다.

따라서 허구 아닌 실제 상황의 보통 시민은 끝내기 단계에 이르러 말의 처신을 어떻게 하는 것이 좋을지 더러 고민할지도 모르겠는데, 그게 그리 쉬울 것 같지 않다.

정신이 말짱할 때 입에 올리면 자칫 쑥스럽다. 죽을 임시에 무슨 말을 누구에게 어떻게 할까 망설이다가 갑자기 숨을 거두면 끝인 까닭에, 미리미리 여차여차한 당부의 말을 남기고 가는 것도 나쁘지 않겠으나 우리 형편으로는 스스럽다. 「떠날 때는 말없이」 노래도 있듯이, 서로 이심전심 알아서 거두고 챙기면 그만이다. 대강은 유용한 말씀을 기대할 것이 없다.

월드컵 축구야 인저리 타임에 승패가 뒤집히기 일쑤일지언정, 건너갈 삼도내를 눈앞에 둔 노년의 총체적 성적표나 됨됨이는 객관적으로 이미 검색이 끝난 단계다. 그런 터에 일신의 몰년(沒年) 직전을 꺽진 소리로 가다듬어봤자다. 별무신통인 수가 많다.

말이야 바른말이지 운명(殞命)하던 시간의 소크라테스가 제자에게 갚아달라고 신신당부했다는 닭 한 마리의 빚은 뜻밖에 쩨쩨하다. 그 말의 임자가 소크라테스였으니 망정이지, 창문을 열어 빛을 더 달라고 했다는 괴테의 호방한 자연스러움만 못하다.

박 교장은 믿는다. 근 2500년 저쪽 대철학가와 닭 한 마리의 대비가 하도 엉뚱하기 때문에, 믿거나 말거나 전설이 역설적으로 더욱 미화되고 부풀려졌을 것이라고 생각한다. 오래전에 정년으로 끝낸 중학교 교장 시절까지만 해도, 박 교장이 아이들과 그 대목을 놓고 크크 웃었다면 알조 아닌가.

그만한 얘기의 근원이나 교육적 효과 측정이야 어떻든, 위대한 인물의 단순성을 사람살이의 평범한 일상으로 주저앉힌 재미가 괜찮다. 그 같은 얘기 소재를 제공한 공덕으로도 소크라테스는 만방의 인류와 내내 친근하다.

뜬금없는 미담으로 간간이 떠오르는 외상 자장면값 갚기라든가 도서관에 돌려주지 않은 책값을 오늘의 시세로 반납한, 우리의 보은성 정직은 다시 어떤가. 몇백 곱절이나 높이 쳐 사과 편지와 함께 보내는 정성이 갸륵하다. 되갚는다는 점에서

는 소크라테스와 같되, 전자는 죽음과 관련되고, 후자는 가난
을 떠올리게 만든다.

　박 교장은 그나저나 큰일 났다 싶어 개수통에 던져둔 라면
냄비를 넋 놓고 바라본다. 감동에 겨워했던 신문을 둘둘 말
아 식탁을 탁탁 치면서 달포 전에 죽은 아내를 떠올린다. 아파
트 생활이 몸에 밴 후로도 주방을 늘 부엌으로 부르는 박 교장
은, 부엌일을 한답시고 하다가 사고를 칠 적마다 아내의 빈자
리가 많이 간절했다. 본인이 들으면 섭섭해도 어쩔 수 없다.
그런데도 파출부를 집 안에 들이기는 싫었다. 아내는 그래서
죽기 전에 일렀다. 사람 꼴을 못 보는 당신이 조금이라도 오
래 살려거든 그런 성깔부터 고쳐야 한다고. 손아랫사람을 주
무르듯 타일렀다. 하물며 사는 곳이 지방 도시 아닌가. 미국
서 사는 아들은 별문제다. 서울 사는 두 딸이 오면가면 수발을
들고 싶어도 엄두를 못 낼 지경에 쓸데없는 고집 좀 작작 피워
라, 안 그러면 제명에 못 산다면서 생전에 마땅한 파출부까지
구해주고 갔다. 일주일에 사흘, 오후에만 와서 일을 하는 조
건이었다. 그러고도 마음이 놓이지 않았던지 발걸음할 파출
부를 불러 한 달치 월급을 자기 손으로 앞당겨 건넸다.
　그의 아내는 남편의 염인증에 대해 전에도 누차 말했다. 당
신이란 사람의 속내를 도무지 이해하지 못하겠다고. 눈만 뜨
면 다른 선생님들서껀 아이들 속에서 평생을 복닥거린 이가,

교문만 나서면 안면을 싹 바꾸려드는 이유가 뭐냐. 이중인격자 소리를 들을까 겁난다고 다그치기까지 했다. 박 교장은 그럴 때마다 나도 내 속을 모르겠는 걸 어쩌란 말이냐고 고백조 엉너리를 쳤다. 징한 사람 냄새에 치여 경황없는 속에서 나를 잃지 않고 지탱하려는 안간힘인 모양이라고 눙쳤다.

하지만 자기 단속이 지나치면 거꾸로 왕따를 부르기 십상이라고 아내는 믿는 것 같았다. 박 교장은 박 교장대로 자격지심이 없는 건 아니었으므로, 죽은 사람 원도 풀어주는데 산 사람의 까짓 당부쯤 열 번도 더 들어주마고 장담했다.

결론부터 말하면 웬걸이었다. 타고난 천성은 어디 가지 않고, 기르는 개가 없어 개에게 던져줄 수조차 없었다. 생래의 성정은 더구나, 나이를 먹을수록 냄비 바닥에 눌어붙은 라면 가닥마냥 견고하기 마련이었다. 물컹물컹 풀어지지 않고, 그가 아직 살아내지 못한 여든까지 갈 공산이 크다.

그러므로, 이를테면 김치의 개심심한 맛을 파출부의 솜씨와 결부시켜 탓할 생각이 없었다. 그 부분도 당자가 나름대로 배우고 익힌 손맛에 다름 아닐 것이기 때문이다. 다른 데에서는 칭찬받고도 남을 만큼 매운 손끝이, 박 교장이라는 주인을 잘못 만나 제값을 못 받을 따름이라고 양해했다.

비슷한 예의 연장선상에서 부엌에 있어야 할 플라스틱 쓰레기통이 다용도실로 좌천당하고, 서가를 장식하던 목각 토르소가 소파 옆 탁자에 어리둥절 놓여 있는 작태 또한 마찬가지다.

온갖 기명 외에 잡다한 세간의 부적절한 이동을 포함하여, '아내 이후'의 소소한 변화를 왜 예상하지 않았겠는가. 그러려니 짐작했다. 더 나아가 자신의 고집을 죽이고 매사에 너그럽자고 마음을 다잡았다. 살림을 도와줄 손이 이왕 필요한 마당이고 보면, 자청한 환경 변화에 하루바삐 동화하는 게 수라고 여겼다.

그런데 아니었다. 파출부가 와 있는 동안은 신경이 온통 중노인 또래 아주머니가 작업하는 동선에 일일이 쏠려 안절부절못했다. 여기서 딸그락, 저기서 좌좍 물 끼얹는 소리가 영 생소하고 혼란스러웠다. 아내의 딸그락, 좌좍과 똑같은데도 그랬다. 단조로운 생활 리듬에 훼살을 놓는 수준의 소음이나 거동은 천만에 아니라 하더라도, 설면한 외래인의 일상적 내왕을 참지 못했다. 익숙해지자는 마음 따로, 연때가 안 맞는다는 생각 따로인 날들이 어수선하게 흘렀다.

그때마다 밖으로 나돌거나 몇 안 되는 친구를 불러 기원에 가든가 차를 마셨거늘, 요새는 단둘이 만나는 약속도 대번에 이루어지는 예가 드물다. 시간이 주체스러워 못 견딜 듯한 백수도 그냥들 바쁘다. 안 바쁘면 위신 문제인 양, 채신없이 척 거드름을 일단 피우고 본다.

박 교장은 해서 실천적 홀로서기를 애초에 작심했다. 도처에 먹성 입성의 기성품이 흔전만전이다. 식은 밥도 전자레인지에 넣고 1, 2분만 봉 돌리면 딱이다. 손이 델 정도로 뜨끈하게 데워준다. 등푸른 생선을 구우라고 그릴은 있다. 청소? 문제없다. 실내운동을 겸하고 싶으면 다용도 스팀청소기가 제격이다. 그게 귀찮으면 로봇형을 구입할 일이다. 앉은뱅이처럼 생긴 녀석이 제가 다 알아서 구석구석을 돌아 먼지를 훔친다.

그것들을 움직여 얻은 시간의 총합은 곧 박 교장이 그토록 희망하는 자유의 용량과 정비례한다. 홀아비 사각팬티에 이가 서 말은커녕, 고것들이 한 알의 알조차 슬 여지가 도무지 없다. 애당초 있지도 않다. 있다면 WHO한테 혼난다.

그래서 말할 수 있다. 박 교장이 아내의 파출부 제의를 기꺼이 수용한 것은 필요 불가결한 궁지에 몰린 탓이 아니라는 것을. 자기 세상을 암 가운데 최고 악질인 췌장암으로 끝내는 단계에 이르러서까지, 산 남편이 혼자 무얼 끓여 먹는다고 근천을 떨까 봐 조바심하는 아내에의 배려였음을 실토할 수 있다.

그의 아내라고 그것 모르고 저것 몰랐을까 보냐. 간편한 전기 제품의 효능을 십분 알면서도 사내꼭지들의 부엌 출입을 막은 오랜 금기를 감안하여, 부득부득 우겼을 터이다. 낡은 사회의 유물이라고 내치면 그만이다. 현실이 그렇기도 하다. 하나 양단간에 너무 빡빡하게 굴지 못하는 세대의 어중간한 도리로는, 좀더 덕성스럽다고 믿는 쪽을 택하는 게 보통이다. 어벙한 맹문이 짓이 남달리 돋보이는 때가 바로 그런 때 아니겠는가.

아무려나 박 교장의 아내에 대한 감동의 절절한 유효기간
은 한 달을 넘지 못했다. 눈치 빠른 파출부가 먼저 데데한 집
주인의 밍밍한 거부감을 알아차린 것이다. 달을 다 채우기도
전에 자청하고 나섰다.

"어르신, 딴 사람을 구하셔야겠네요. 저는 집에 일이 생겨
서요." 이러면서 말이다.

다행이었다. 수고 많았다는 인사치레로 짧은 인연이 순식
간에 풀렸다.

여담이지만 담담하게 그녀를 보내는 계제에 박 교장이 입
안에서 되뇐 생각이 퍽 엉뚱했다. 파출부라는 호칭이 대체 어
떤 연유로 생긴 건지 모르겠다는, 해묵은 의문을 어쩌자고 또
되작였다.

삼척동자도 다 아는 뜻이야 어떻든, 거친 파열음이 관청 펼
침막의 '강조 기간' 글씨처럼 각지다. 동네의 경찰관파출소
간판이 '지구대'로 바뀐 지가 언젠데 아직도…… 쓸데없이 억
세다.

퓨전으로 짜 맞췄을 법한 '도우미'는 또 미끈한 다리의 연
상과 더불어 날렵한 이미지를 풍기지만, 바로 그 점이 마음에
들지 않았다. 일정 직업에 대한 인공적 꾸밈이 몹시 부자연스
럽다고 느낀다.

박 교장은 자신의 이처럼 공연한 참견이 오랜 직업의식에

서 온 부스러기 사고의 일단임을 부인하지 않는다. 시시로 우국노인을 자임하게 만드는 편벽이 무료를 뚫고 불거져 탈이라는 걸 자인한다. 그러나 어쩔 수 없다. 남한테 구체적으로 해를 끼치지 않는 고질로 둘러대며 시치미를 뗀다.

그건 그렇고, 자신의 요새 처지가 딱하고 멋쩍다. 방금 설명한 대로 홀로서기의 호조건이야 차고 넘친다. 어느 누구에게도 구애받지 않고 입방아를 찧어댈 사람이 없어 만판 자유로워 좋지만, 말뿐이고 생각뿐이다. 보다시피 라면 하나를 옳게 못 끓이는 반거들충이 노릇이 단단히 먹은 의지와는 사뭇 딴판이다.

아내 떠난 다음에 그가 가장 놀란 것이 즉 그와 같은 사실이었다. 일용할 양식에 궁하지는 않았다. 긴 세월을 교직으로 메워 획득한 연금 덕이다. 그러나 일상의 먹거리를 자기 손으로 다듬고 썻고 도막 치고 양념 발라, 익히고 굽고 지지고 볶고 데치고 뒤집고 끓이고 무치고 퍼 담고 따라, 입으로 가져가는 과정이 진짜진짜 장난이 아니었다. 먹고사는 문제를 두고 장난 운운하다니 죄로 갈 일이되 참말로 숨이 콱콱 막힐 지경이었다.

옛날 옛적, 이 아무개 대통령께서 쌀이 떨어지면 사과나 빵을 먹으랬다는 말씀이 오늘날에 와서는 결코 헌 덕담이 아니다. 당시엔 비웃음을 샀을망정, 지금은 아무렇지 않다. 다만 상식(常食)이 어렵다. 밥심을 빼면 쓰러지는 단군 이래의 식

84

성 때문이다. 빵 좋아하는 박 교장도 빵만 먹고는 못 산다.

지금은 절대절대 아니지만, 까딱 말실수를 했다가는 본전도 못 찾기 딱 알맞지만, 집은 여자고, 여자는 집이라는 실감이 폐부를 찔렀다. 다른 것 그만두고 부엌을 일별하는 것으로 족하다. 수많은 기물에 갖가지 모양의 살림 도구 가운데 어떤 것을 버리고 써야 할지 아득하고 막막하다. 하나하나마다에 아내의 손길이 수천수만 번씩 닿았겠으되, 박 교장에겐 그것들이 쏘아대는 눈초리가 매번 낯설다. 당신이 누구시더라? 낯가림을 하는 것 같아 선뜻 손이 뻗어지지 않는다. 노상 축축한 다용도실 식구들은 한층 생소하다. 그러자 집안 것들 전체가 자기를 거부하는 것 같다고 느낀다. 새삼스럽게.

한 사람이 죽었을 뿐인데도 주부는 이렇게 엄청난 것들을 남기는가, 겁도 안 났다. 남편이 죽으면 간단하다. 옷가지와 책 무더기 등속을 치우면 그만인데, 집을 형성하는 오만 가지 물건을 온몸으로 떠메고 살던 안사람이 세상을 뜨면 그녀에게 딸린 유물이 이토록 굉장한가 싶다.

이제사 그걸 알다니 별놈 다 본다는 소리를 들어도 싸다고 박 교장은 자책한다. 다 늦게 웬 수선인가. 콧방귀 뀔 사람이 많겠으나, 몸뚱이만 들락거린 세월을 할 수 없이 접고 목격한 삶의 속살 앞에서 그는 절감했다. 누추하다면 누추하고 웅숭깊다면 웅숭깊은 경이로운 세계를 또다시.

장례가 끝난 뒤 아내의 유품 정리를 돕던 두 딸도 그릇을 비롯한 잡동사니 세간 처리에 대한 의견이 달랐다. 꿈자리 사나운 군더더기를 차제에 아낌없이 치우라는 큰딸의 주장을, 작은딸은 극구 말렸다. 그릇과 사람은 있는 대로 제각기 쓸모가 있다는 말이 별로 생겼을라구. 치우기는 쉬워도 큰일을 치를 때는 특히 새록새록 아쉬워 복장 찢는다고 흰소리 쳤다. 게다가 아버지의 신토불이 식성은 겉보기일 따름이다. 시골 선비답잖게 양식 취향이므로 오믈렛, 베이컨에 부추전 등을 맛맛으로 굽고 부쳐 자시자면 프라이팬도 여러 가지라야 한다면서 박 교장 눈치를 슬쩍 살폈다. 정말로 혼자 지낼 자신이 있느냐고 물은 폭이다. 손때 매운 생활관과 관찰력의 장단은 나이순이 아니구나 싶었다.

이런 상황을 예상했던 것일까. 췌장암 말기의 아내는 내놓고 말했다. 살기가 정녕 팍팍하거들랑 마누라를 새로 얻으라고. 박 교장은 빙긋 웃으며 퉁겼다. 그거야 내 맘인데 염라대왕 품으로 들어갈 당신이 시퉁스럽게 이래라저래라 할 것 없잖느냐고. 그 같은 불상사를 미연에 방지하기 위해서도 당신이나 어서 털고 일어서라고 진심으로 부추기면서.

말인즉 그랬으나 둘 다 영양가 없는 문답을 들은풍월의 쎄고 쎈 미덕에 말아 허공에 날렸다고 보는 게 옳을 것이다. 아내가 다된 서방의 외통고집과 간댕간댕 션찮은 힘의 뿌리를 왜 몰라. 서방은 서방대로 쭈그렁이 노파가 사라지고 없는 날들의 준비가 전혀 없어 두려움에 한참 떨고 있었다. 때문에 하나 마나 한 농담성 화제의 뒤끝이 필경 개운찮았다. 전립선비대증에 걸린 환자의, 노상 무지근한 잔뇨(殘尿)처럼.

보라. 둘이 살다가 앞서거니 뒤서거니 어느 한쪽이 숟가락을 놓는 건 정한 이치다. 그러나 남는 홀앗이가 남자일 때와 여자일 경우의 생활 편차는 천양지판이다.

여노인은 모든 면에서 자연스럽다. 시간이 넘쳐나는 만큼 화장에 정성을 기울일 수도 있어 태깔이 곱다. 이웃과의 친화력이 강해 끼리끼리 작당해서 놀러 다니기도 잘한다. 지하철이나 버스 안에서도 옆에 앉은 아기 엄마에게 "애 몇 살이에요?" 식으로 말을 걸어 여염의 관계를 쉽사리 튼다. 갓난이의 단풍잎 손을 스스럼없이 잡아 흔들며, '까꿍!'으로 어르고 '도리도리' '죄암죄암'으로 구슬려 단박에 친구를 삼는다.

남노인의 멋대가리 없이 뻣뻣한 행태는 낱낱이 열거하기 떨떨하다. 영감 냄새 탓인지 옆자리가 비어 있어도 다들 피한다. 신사용 향수를 뿌리고 나가면 또 주책으로 보이는가, 슬그머니 코를 돌리기 쉽다. 공짜 승객 주제에 좌석까지 독점하는 기분이 미안할지언정 짭짤하지만, 앞뒤 사정을 감안하면 입맛이 쓸밖에 없다.

지나친 노인 유세도 기피 심리의 한 동인(動因)으로 들 수 있을지 모르겠다. 불문곡직 만원 좌석의 어린 학생을 일으켜 세우다 못해 학교에서 무얼 배웠느냐고 닦달하는 장면이 간간이 목격되기 때문이다. 담임선생의 이름을 대라는, 화석화

된 도덕률의 재현이 우울하다. 그런 강골(强骨)일수록 호령
소리 한번 우렁차 차내 시선을 일신에 모은다.

우리들 사는 일이 매양 그렇지는 않다고 박 교장은 도리머
리를 흔든다. 자기 기억을 되새겨 겸연쩍지만, 이내의 몸이
아직 성한 어떤 봄날, 함께 지하철을 탔다가 일방적 존장(尊
長) 의식과는 정반대인 친절을 베풀어 '당신은 당신답다'는
칭찬을 들었다.

교대역에서 수서행 3호선에 둘이 앉아 가는 길이었다. 양재
역에서 올라탄 만삭의 임부가 애 하나를 데리고 그들 내외 앞
으로 다가왔다. 승객이 붐비지는 않았으나 좌석이 꽉 차 서서
가는 손님이 몇 있었는데, 모자가 작정하고 가까이 온 건 아니
었다. 어쩌다 그리된 것뿐임이 분명했다.

여하간에 교장은 말없이 벌떡 일어섰다. 아기 엄마는 일단
사양했다. 뒤미처 자리를 내준 아내와 더불어 앉으라커니 괜
찮다커니 작은 승강이를 벌이는 판인데, 이번에는 중년 여인
둘이 교장 부부에게 자리를 내주어 2차 승강이가 다시 벌어
졌다.

그게 다다. 다지만 그날은 기분이 썩 좋았다.

발병 이전의 아내와는 특히 죽음의 선후를 놓고 가상의 숙
제를 풀듯 이따금 무심하게 얘기를 나눴다. 인력으로는 어쩔
수 없는 중대사를 도상연습처럼 주고받기가 때로는 난감했

다. 도상연습이다, 시뮬레이션이다 하는 것들은 무엇보다 과학적이다. 모르긴 해도 목적이 뚜렷할뿐더러, 모형을 떠 실험을 하고 공학적으로 뒷받침해서 성공과 실패에 대비한다. 막대한 돈과 인력은 말할 나위 없다.

그런데 우리는 뭐냐. 끝이 있다는 건 만고에 확실한 진실이지만, 거기까지 가도록 각자에게 배당된 제한 시간이 얼마인지, 어떤 단계를 어떻게 밟을 것인지 깜깜절벽인 채 애들 바꿈살이만도 못한 암중모색이 막상 우스웠다. 아서라, 말아라, 작파해야 옳았겠으나 내일이라도 염라대왕이 '야들 불러올려라' 명령하면 꼼짝없다. 대왕이 검지에 침을 발라 딱 찍으면 그만이므로 망연히 당하고만 있을 수도 없는 노릇이었다.

그래서 의논도 아니고 막걸리도 아닌 말마디만 그때그때 콩팔칠팔 덧없이 서로 주위댔다. 둘이 한날한시에 딸꾹질하듯 덜컥 숨이 멎으면 좋겠다는 짝퉁 신파를 흉내 낸 것도 그런 맥락이다. 마른자리보다는 진자리를 헤맨 국면이 훨씬 잦았던 삶의 대단원을 알콩달콩 미화할래서가 아니었다. 어느 일방을 가릴 것 없이, 터진 입으로 불쑥 튀어나온 애드리브쯤으로 간주할 만하다.

때문에 노부부는 누가 먼저랄 것이 없는, 어정칠월같이 느린 어세로 대책 없이 튀어나온 한마디에 피차 놀라, 나중에는 그런 요행에 대한 발설을 되도록 삼갔다. 은근히 소망한, 따로 꿰찬 꿍심이야 있고 없고 남우세스러운 심정으로 돌아갔다. 누구 맘대로 우리가 그만한 홍복(洪福)을 누리랴 겸손을 떨다가 말다가, 둘러치나 메어치나 틀림없는 당면 과제로 화제의 줄기를 세우기 일쑤였다.

자신들의 끝을 하늘이 준 명운에 맡기고 처변불경(處變不驚), 다시 말하면 둘 중 하나가 외짝으로 남는 사변에 당황함 없이 정신 바짝 차리는 방도를 궁리했다.

말이 좋아 궁리다. 그냥저냥 배기는 일 이상의 도리가 따로 없고, 떠나는 사람은 떠나는 것으로 그만이다. 나머지 일이나 처신은 필경 홀로 처진 측의 몫일밖에 없다. 살 만큼 산 축들의 굳은 머리에는 더구나 상대방의 조언을 곧이곧대로 수용할 여지가 많지 않다. 뻔한 계좌 추적과 여생의 아귀나 맞추고 부수며 쩝쩝 입맛을 다셨다. '홀로 아리랑' 같은 끝물끼리의 쇠잔한 어깨를 눈으로만 피차 다독거리면서…… 그러다 화제가 결혼 초기의 황량한 고생으로 번지는 바람에, 아내로 하여금 괜시리 베갯잇이나 적시게 만든 밤을 가끔 겪기도 했다.

돌이켜 생각하면 이 모두가 헤어지는 연습이었던 셈이다. 병석에 눕기 전에 일왕일래 교환한 말들이, 박 교장의 뇌리에는 그래서 두서없이 새롭다. 가령 추린다.

—죽을 때 편히 죽는 건 오복의 하나랍디다.
—두말하면 잔소리.
—오복을 유난히들 바치던데 무엇무엇인고? 그게.

-빤하지 뭐. 그나마 말하는 사람 따라 조금씩 다른 것 같아. 지금 얘기한 것 외에, 부자와 장수와 건강과 유호덕(攸好德)을 꼽더라구. 유호덕 모르지?

-그게 누군데. 그 사람은 얼마나 복이 많아서……

-인명이 아니라 도덕 지키는 걸 낙으로 사는 거래요.

-으이구. 오방떡이 낫겠다.

-그러게.

-우리 어릴 때는 아들 많은 것도 들어가던데.

-그것도 딴것과 바꿔치기하는 수가 있어.

-이는 왜 뺏대요.

-이라니 치아 말야?

-그래요. 다들 그러잖아요. 이가 성한 것도 오복의 하나라고. 눈도 있고 코도 있는데, 하필 이만 치는지 몰라.

-그만큼 중요하니까겠지.

-중요하기로는 염통, 간, 허파, 콩팥, 쓸개 등등, 오장육부 가운데 어느 것 하나 뺄 게 없잖우. 한데 어째서 이만 오복에 포함시켰을까.

-체, 걔들이 다 뉘 덕에 사는데? 이가 음식을 오물오물 녹이고 와삭와삭 씹어 넘겨야 제구실을 하잖아. 하지만 오복의 공식 멤버로는 안 쳐.

-참. 작년에 마나님을 앞세운 신 국장 그 냥반 말예요. 위아래 어금니에 삼뿌라치난가 무언가를 씌우고 와서 거금을

썼다고 투덜대더니만 요새는 아무 말 없습디까. 여직 혼자 살고? 한때는 새장가를 드니 마니 해쌓더니.

−새장가고 헌장가고 그 친구 야단났어.

−왜요.

−딩뇨가 악화돼서 오른쪽 발목이 말을 안 듣는대. 발등이 자꾸 썩어 올라와서 말야.

−저런.

−상처 후의 스트레스 영향이 큰 듯해.

−그럴 리가. 발병과 그것이 무슨 상관이라고.

−아냐. 근본 원인은 당뇨를 비롯해서 한두 가지가 아니지만, 스트레스의 무서움이 어딘데. 감기가 만병의 근원이라면 스트레스는 억병의 근원이라고 해도 과언이 아닐걸. 본인 역시 언젠가 그러더라구. 마누라를 떠나보낸 다음부터 무슨 일에고 집중이 안 된다고. 하루가 다르게 근력이 떨어지면서 아무 이유 없이 스트레스가 쌓이는 걸 몸으로 느끼겠더래. 하면서 뭐랬는 줄 알아……

−?

−육십 후반부터의 홀아비 생존 연한은 1년으로 시작해서 몇 단계로 나눌 수 있는데, 잘해야 5년이 고작이라고 단언하더라니깐.

−잘도 까탈을 잡는다. 자기는 몇 년쨘데.

−2년 반? 3년 차까지는 꽉 차지 않았을 거야.

─하면 2년가량밖에 안 남았게? 말도 안 돼.

─말이 되고 안 되고는 둘째 치고, 내 눈에도 팍팍 짜부라드는 게 훤히 보이는걸.

─글쎄올시다. 긴 듯도 하고 새 각시를 맞기 위한 핑계 같기도 하고.

─핑계? 천만의 말씀. 살아남기 위한 몸부림으로 봐야 돼. 그 사람으로서는.

─남의 말을 빌려 자기 본심을 일찌감치 펴는 거예요, 시방? 한동안 잘도 붙어다니는가 했더니 당신도 물이 많이 들었구랴.

─어디가. 일테면 그렇다 이거지. 아무럼 내가…… 천벌을 받을라고.

─걱정 마시고 잘해보세요. 말리지 않을 테니.

─허 참. 공연한 소리 꺼냈다가 나만 덤터기 쓴 꼴일세.

─연만할수록 역경을 지혜롭게 헤치고, 대소사에 너그럽고 원만해진다는 것도 모두 헛소리인가 봐. 책에나 씌어 있는 말인가 봐요.

─상당 부분 타당한 지적일 거야. 홀아비와 유부남을 막론하고 늙으면 내남없이 밖으로 증오가 부글부글 끓지 말란 법 없고. 안으로는 오기와 시기가 늘기 쉬워.

─홀아비는 누가 그러라고 시키는데요. 죽은 안사람들이?

─노! 노! 맹세코 그건 아니니까 안심해요. 화근은 어디까

지나 장본인에게 있으니까. 마음이 약하면 스트레스에 대한 저항력도 덩달아 감퇴하기 십상이야.

  ─오나가나 스트레스군요. 애나 어른이나.

  ─스트레스라는 말이 아직 기승을 부리지 못하던 시절의 우리 세대는 스트레스 대신 멜랑콜리에 젖어 살았지. 맞아. 그랬어. 멜랑콜리는 가슴을 적시는 것이지. 열에 받쳐 나나 남에게 상처를 주진 않았어.

  ─태평스런 말씀. 지긋지긋한 가난은 어쩌고. 멜랑콜린가 개꼬린가가 가슴을 적시지 않아도 좋으니 나는 그때 세상으로 다시는 돌아가지 않을래. 꿈엔들 보기 싫어.

  ─오해하지 말아요. 그 당시가 그리워서보다는 내 나름의 회고조 감상을 길어 올린 것뿐이니까. 상대적으로 단순하고 소박한 사회를 보낸 사람의 자기최면 같은 것. 하지만 돌아가기는 죽도록 싫은 것. 홀아비 홀어미에게는 하물며 그런 지옥이 따로 없었지.

  ─지금은 천국인데?

  ─그으럼.

  ─어떻게.

  ─몰라서 묻나. 홀아비도 지금은 얼마나 살기가 수월해. 여러 가지 생활 조건이 말야. 과부는 더 낫지. 예전엔 저기 과부 간다고 손가락질당하기 예사였지만 요새는 어디 그래요. 이것 가져와라, 저것 달라, 귀찮게 구는 영감태기가 없어 한결

가벼운 걸음걸이로 한길, 고샅길을 휘젓고 다니잖아.

―홀아비는 저기 홀아비 간다는 손가락질을 안 당한다고
유세하는 거유. 잔소리대장 마누라가 사라지자마자 갑자기
젊게 보일라고 멋스런 도리우치를 쓰고 대로를 활보하는 홀
아비들 못 봤수?

―도리우치?

―있잖우. 홀태바지 차림의 서양 사람들이 머리에 삐딱하
게 비껴쓰기 잘하는 납작모자.

―헌팅캡 말이로군.

―그런 걸 눌러 쓰고 뚜레쥬르나 파리바게뜨에 들러 빵을
사되 비만을 피하고자 호밀빵이나 귀리빵만 찾는 모양이 딴
은 보기 좋습디다.

―눈도 밝다. 남자 보는 눈썰미가 그토록 자상한 걸 미처 몰
랐네.

―그러는 당신의 여자 보는 눈은요.

―재밌다.

―뭐가?

―우리 나이가 얼만데 남자 여자 이야기를, 여자 남자 처지
에서 이죽거리니까.

―거리에서 얼핏얼핏 곁눈질한 걸 가지고 뭘 그래요. 당신
말에 대꾸한답시고 험담을 한 격이지만, 사실은 늙을수록 그
래야 돼요. 남이 사는 모습에 상관한다든가 모방할래서가 아

니라, 최소한의 보조를 맞추기 위해서도 별수 없을걸요. 자기 굴속에만 들앉거나 스스로 산 세상을 기준으로 우겨다짐 주장을 펴면 씨가 먹히겠어요. 지나치게 나대는 것도 꼴사납지만.

ㅡ귀리빵을 사는 홀아비라고 신간이 편할까. 가슴엔 빗물이 주룩주룩 흐를지 누가 알아요.

ㅡ또 적신다. 그놈의 멜랑콜리.

ㅡ흐흐.

ㅡ사람은 지금 당장이 제일 젊다는 말도 있습디다. 내일보다 오늘이 젊다 이거예요.

ㅡ과장이 심하다.

ㅡ그런가 보다 여기면 되잖아요. 늘 현실만 의식하면 어떡해. 그러니까 내가 당신보다 먼저 저세상으로 실례를 하더라도 남 보기 초라하게 행세하지 않도록 마음을 써요.

ㅡ잘 나가다가 왜 이래.

ㅡ그렇담 내가 남았을 경우로 가정을 뒤집읍시다.

ㅡ다른 내외도 이럴까.

ㅡ뭘.

ㅡ네가 먼저 가면 이러고, 내가 앞서거들랑 저러라는 따위 뒷갈망 연습…… 빌 공(空) 자 공론.

ㅡ모르긴 해도 그럴 계제에 이르면 한다고 봐야겠죠. 정색을 하고 덤비든, 우연한 기회에 슬쩍슬쩍 비치든 속내를 드러

내지 않고 배길까.

—따지고 보면 죽음에 대한 두려움을 희석시키기 위한 수작일지도 몰라요.

—그런 해석도 있겠네.

—자꾸 주위섬김으로써 자신의 그날을 순순히 받아들이고 외톨이의 고독에 익숙해지려는 꿍꿍이속이지 싶어.

—아니라고는 못하겠지만 그렇게 톡 까발리니까 조금은 느닷없이 삭막하다.

—그렇지? 아무 말 없이 이심전심 헤아렸다가 형편껏 대처하면 될걸, 불확실한 앞날을 미리 끌어당겨 우환을 쌓는 짓일수도 있어.

—미리 약조를 하고 합의 문서를 교환하는 것도 아니겠다. 상황 변화에 따른 후임자의 재량권도 인정해야겠다……

—옳거니.

—이랬다저랬다, 결과적으로 건진 것이 아무것도 없는 푼수네요.

—결과를 추릴 것이 따로 있지 이런 얘기에 성과를 운운한담. 변변찮을지언정 주고받는 대화 자체가 소득이라면 소득이지. 그리고 또 하나. 우리 논의가 갈지자걸음을 걸었음에도 불구하고 재확인한 상식이랄까 진리. 나는 그 공부가 제일이라고 믿어요.

—갑자기 궁금해지네요.

-내가 먼저 이승을 떠나야 한다는 사실.

　-고작 그 소리.

　-그래야 애들이 편하고 만사가 큰 변고 없이 수수하게 진행되기 마련이야. 반대로 이 몸이 남으면 하루아침에 주체스러운 골칫덩이로 나가떨어지기 알맞을 거요. 신 국장이 탄식한 최단 1년, 최장 5년의 생존 기간은 고사하고……

　-시끄럽소.

　-내 말이 맞을걸.

　-당신의 기신기신 초라한 몰골을 상상하면…… 그래도 그렇지 면전에 대고 숭하게시리.

　-아니야. 신 국장 말고도 사자의 뒤를 좇듯이, 부인이 눈을 감자마자 졸지에 기가 꺾여 우루루 따라나선 사람이 주위에 무릇 얼마요.

　-입 아파라. 실없는 소리 그만 거두고, 신 국장 병문안이나 곧 가구랴. 병원에 있다면서요.

　-응.

　-안됐어요. 발이 그렇다니, 남달리 건장한 허우대가 아까워 어쩌까. 치료비도 여간 아닐 테고. 내일이라도 찾아가 봐요.

　눌어붙은 라면 뭉텅이를 몽땅 걷어내고 냄비 바닥을 박박 긁던 박 교장은, 뻘건 고무장갑을 벗어 던지고 식탁 의자에 털

썩 주저앉았다. 더 이상 용을 써댔자 냄비 밑바닥과 한통속으로 시커멓게 탄 검정을 지우거나 닦아내기 어렵다고 판단했기 때문이다.

달아난 시장기 대신 심란한 기분이 꾸역꾸역 멱에 차올라, 냉장고 문을 우악스럽게 열어젖혔다. 플라스틱 물통에 가득 담긴 보리차를 통째로 들어 올려 꿀꺽꿀꺽 마신다. 너무 서두르는 바람에 입가로 샌 물이 스웨터를 적셔 선뜩하다.

하릴없이 쥐여야 할 오후 시간이 막막하다. 익히 외웠던 전화번호 생각이 나지 않았다. 수첩을 뒤져 확인한 숫자를 꼭꼭 누른다. 적적한 살림에 연락할 용건이나 귀에 담을 음성이 그다지 없기 때문에도 핸드폰은 장만하지 않았다.

"신 국장? 날세."

"덮어놓고 나라니. 마패를 품은 이 도령이 춘향 어미 앞에 거렁뱅이 꼴로 나타나 싱거운 농을 하듯, 다짜고짜 나라면 단가. 성명 삼 자를 대야 내가 알지."

걸음이 온전치 못한 후로 바깥출입이 아주 뜸한 마당에 걸려 온 전화가 반가운 기미다. 박 교장 목소리를 금세 알아차리고 되쏘는 입담이 어느새 푸근하다. 박 교장 아내의 상사 때는 불편한 몸을 마다하지 않고 시종 장례를 돌봐주었다.

"한참만이군. 별고 없으렷다?"

"별고를 바라는 소리처럼 들리는구먼."

"어깃장 치우고 점심은 했나."

"끝냈지."

"큰딸이 와서 차려줬겠지."

"점심쯤은 내 손으로도 너끈하다는데 자주 드나드네. 성가셔. 부담스럽고."

"또 또 능청을 떤다. 한동네 사는 딸복을 아무나 누리는 줄 알아."

"하긴 자네에 비하면…… 갑자기 미안해지려고 하네."

"미안하면 커피나 사. 내가 그 동네로 감세. 지난번에 만난 커피숍 괜찮더구먼. 나올 수 있겠어?"

"염려 마. 엎디면 코 닿을 데도 못 갈까."

"지금부터 한 시간가량이면 당도할 것 같애."

"알았네."

한 식경이 지나 커피숍에서 어울린 두 사람은 그러나 오래 똬리를 틀지 않고 이내 자리를 떴다. 바깥 공기를 쐬기 위해서였다. 신통하게도 신 국장이 선수를 쳤다. 봄이 곧이겠다, 구청에서 새로 가꾼 공원도 구경할 겸 나가자고, 다탁 곁에 세워둔 크러치에 자꾸 신경을 쓰면서 말했다.

"나는 좋지만 힘들지 않겠나."

"많이 익숙해져서 그 정도는 괜찮아. 멀지 않다구. 내 걸음으로도 20분이 채 안 걸리니까."

신 국장 말대로 이전부터 흐르던 내를 친환경공법으로 넓히고 꾸민 공원은 규모가 작은 대로 운치가 있었다.

"오기 잘했군그래."

"처음인가."

"알고는 있었지만 와보지는 못했어. 좁은 고장에 함께 살면서도 말이네. 이 벤치 역시 완전 나무 아닌가. 시멘트로 만든 옛날 벤치는 궁둥이가 시려서 정나미가 뚝 떨어졌지."

"저 할마시들 좀 보소. 오래 살겠다고 두 주먹 불끈 쥐고 경보 선수처럼 앞만 보고 잰걸음 치는 스타일."

"제비 모양의 유선형 헬멧을 쓰고 산악자전거를 모는 영감들은 어쩌고."

"내 몰골로는 웃긴다 싶겠지만, 그렇게 다진 힘들을 어따다 쓰는지 몰라."

"걱정도 팔자."

"저어기 저 건너 버드나무 보이지."

"응."

"그 밑으로 퍼진 수면이 요번에 확장 개수한 인공호수라네. 자네는 국민학교 때부터 물수제비를 잘 떴지. 가서 옛날 솜씨를 발휘해봐."

"난데없이 소싯적 물장난은 왜 들먹이나. 주변에 둥글납작한 돌이 있을 것 같지도 않구먼."

"맞아. 물수제비는 돌 모양에 달렸다고 했지. 일본어 '미즈키리(水切り)'는 물을 자른다는 뜻인데, 우리는 먹는 음식 이름을 갖다 붙인 것이 희한해."

"희한할 것 없네. 원래부터 그랬던 것 같애. 돌팔매라는 명칭이 있기야 있지만, 사전도 사람들도 물수제비를 훨씬 많이 쓰잖아. 북한에서는 뭐라는 줄 아나. '물찰찰이'와 '물종개'……"

"와 웃겼다…… 점심은 했나?"

"아니 굶었네."

"어째서."

"그냥."

"알 만해."

"무얼."

"혼자 지내노라면 끼니를 거르는 것이 항다반사라는 걸 내가 안 알아주면 누가 알아주겠나."

"유경험자끼리 차 치고 포 치는 투로."

"암."

"까닭에 몸과 마음이 더더욱 졸아붙는 기분을 끼니때마다 절감해."

"못지않게 지랄 같은 시간이 또 제 손으로 차린 밥상 앞에 죽칠 때 아닌가."

"고약하지 그 느낌."

"이게 죽이지 밥이냐고 책잡던 시절이 죄스럽고 그리워."

"김치가 짜니 싱거우니."

"국이 뜨겁니 차니."

"열무 숨이 펄펄 살았도다. 밭으로 되돌려보낼 도루묵감이로구나."

"콩나물이 파마를 했나, 꼬불꼬불 질겨 못 먹겠네."

"한우는 어디 가고 엘에이제만 올라온다냐."

"생태찌개에 생태는 없고 미나리만 수북한 이유가 나변에 있는지를 깨달을 즈음엔, 사람도, 솜씨도, 가고 없었지."

"수출 실적이랄지 코스피지수 등에는 이따금 눈을 돌릴지언정, 다락 같은 물가 속에서 노상 흔들린 부엌경제와 안식구의 노력(勞力)에 등한했던 죄가 커. 그에 따른 후회가 줄창 뒤통수를 치고, 그래서 식탁에만 앉으면 겸연스럽고 무안해지는가 싶어."

"팔 할이 거짓말이다 그건."

"거짓말이든 참말이든 혼자 먹는 밥상의 야릇한 심사는 누가 볼까 부끄러울 지경으로 궁상스럽고 어설퍼."

"그건 백 프로 동감이야."

"서양 요리는 남자 혼자 먹고 있어도 그런대로 모양이 이상하지 않은 유일한 요리라는 말, 내가 했던가."

"했지. 자네 말이 아니라 아내를 암으로 떠나보낸 일본의 문학평론가 에토 준(江藤淳)이 글로 썼던 것이라면서. 재탕하려구?"

"아냐. 그의 생각에 대한 의문이 언뜻 떠올라서 그래. 왜 유일한가. 그렇다면 한국 요리는 어떻게 보아야 할까."

"그가 쓴 책에 앞뒤 설명이 없던가."

"전혀. 호텔에서 혼자 식사를 하면서 느꼈다고만 했다네."

"호텔이라. 호텔 투숙객은 대개 혼자 아닌가. 따라서 누가 보더라도 혼자 먹는 그림이 자연스러울밖에."

"문제는 유일이야. 어째서 다른 요리는 남자가 혼자 먹으면 안 되느냐 이거야."

"서양식 개인주의와도 관련이 있지 않을까. 게다가 간편한 일품요리 위주겠다, 폼 잡고 순서대로 천천히 먹을 수 있으니까."

"그럴싸한 해석인데, 내가 남을 의식하지 않는 만큼 남도 나를 개의치 않는 사회의 내림도 있겠지. 남자의 보호 없이 혼자 음식을 깨질거리는 여자는 그쪽서도 흔한 일이 아닐 테고."

"거기 비하면 우리는 혼자 바깥 식당에서 밥을 사 먹을 때마다 괜히 추레한 심정으로 남의 눈을 의식하기 쉬운데, 자네나 나는 집 안에서 외려 마음이 처지기 마련 아닌가. 사람이 무엇에 길들여진달지 되어 버릇하면 부질없는 집착을 버리고 담담해지는 법인데 가도 가도 어림없다구."

"자네니까 귀띔하네만 나는 집사람의 생일이나 명절 말고도, 기분이 내키는 저녁이면 본인이 쓰던 은수저 젓가락을 식탁머리에 놓네."

"엥."

신 국장은 깜짝 놀라 박 교장을 짯짯이 바라보았다. 너무 뜻밖이었던 탓이다. 이윽고 약간의 괴이쩍은 감정을 보태어 눈을 깜박거렸다.

"왜 그리 놀라나."

"고인과 대화도 해?"

"그렇게 변태는 아냐. 그냥 심심해서 해보는 짓이니까, 어디 가서 옮기지는 말게."

"걱정 놓으라구. 퍼뜨릴 상대도 없으니."

자다 깬 박 교장은 누운 채 야광 벽시계부터 살폈다. 자정을 지나 20분. 어느덧 날이 바뀐 셈이다. 티브이 화면에 나온 심야음악회 사회자가 무어라고 지껄일 때마다 방청석 젊은이들이 까르르까르르 웃는 것으로 미루어, 간밤에도 티브이를 끄지 않고 잠이 든 모양이다.

9시 뉴스를 듣다가 말다가 스르르 눈을 감았을 터이므로, 장장 세 시간 동안을 이 프로 저 프로가 저희들 멋대로 노인의 죽음 같은 잠자리 위를 누볐다고 볼 수 있다. 드라마와 토론, 하이에나와 암사자의 먹이 싸움을 줄줄이 틀어댔음에 틀림없다.

그가 기다리는 레알 마드리드 대 바르셀로나 경기까지는 아직도 두 시간 남짓. 그동안을 어떻게 보내야 할지 따분하다. 그 게임을 놓칠까 봐, 중계방송 시간을 적어 수상기에 스카치테이프로 붙여둔 메모지가 밤눈에 어렴풋하다. 속이 거북하여 제물에 일찍 깬 탓이 크다. 어제저녁에 해먹은 수제비가 얹혔나, 더부룩한 아랫배가 계속 안 좋다.

공원에서 신 국장과 헤어질 무렵만 해도 아무렇지 않던 날씨가 해 질 녘이 가까워지면서 차츰 어두워지다가 가랑비를 뿌렸다. 점심을 걸러 홀쭉한 배가, 이런 때는 수제비가 안성맞춤이라고 꼬르륵 신호를 보냈다. 날씨에 입맛을 맞추는 농경민족의 희미한 옛 그림자를 난들 못 밟으랴. 팔소매를 걷어붙였다. 가스레인지에 가쓰오부시(가다랑어포) 장국을 얹어놓고, 밀가루에 물을 쳐가며 으쌰으쌰 반죽하기 시작했다. 어깨너머로 본 아내의 솜씨를 아심아심 허공에 띄우고 따라 하는 격이라, 죽이 될지 범벅이 될지, 차차 자신이 오그라들었다.

아내는 밀가루 음식을 즐기는 만큼 만들기도 잘했던 편이다. 수제비를 특히 잘 만들었다.

아내는 밀가루 반죽에 더없이 정성을 쏟았다. 소금물로 가늠을 보아가며, 너무 차지지도 질지도 않게 노글노글하도록 치댔다. 끓는 동안에 쉬 풀어지지 않고 졸깃한 맛을 내도록 발효를 시켰다가, 펄펄 끓는 멸치장국에 얇고 편편하게 뗀 반죽을 집어넣었다. 재빠른 손놀림으로 척척 던지는 모양새가 요령에 넘쳤다. 이 대목이 곧 수제비 만들기의 압권이다. 훗날 알게 된 이슬람권 사람들의 '난' 굽기와 비슷했다. 밀가루 반죽을 불더미 속에 툭툭 던져, 재만 탈탈 털고 익혀 먹는 자연스러움이 그랬다.

떡도 무얼로 웃기를 올리느냐에 따라 오입쟁이떡이니 산병
(散餠)이니 하는 이름이 따로 붙듯, 수제비도 감자를 넣으면
감자수제비가 되고, 밀가루에 강냉이가루를 섞으면 강냉이수
제비가 된다는 것을 그때 터득했다. 그 밖에 다시마, 버섯, 애
호박, 볶은 쇠고기를 고명 삼아, 밀가루와 물의 소박한 만남
에 갖은 변화를 줄 수 있다.

박 교장은 두어 차례 화장실에 앉아 불편한 배를 쓸며 달래
다가, 큰 탈 없이 가라앉자 비로소 안심한다. 자기밖에 없는
생활에 별별 병환이 얼마나 마음 산란한가는 입에 올리기 지
겹고 치사해서도, 가능하면 내색하지 않으려고 애쓴다.

그런 그에게 한밤에 살아 숨 쉬는 24시 케이블티브이는 복
음이나 진배없다. 매양 자다 깨다를 반복하는, 히트 앤드 런
식으로 대중없는 잠버릇의 다시없는 동반자다. 리모컨이 내
손안에 있는 한, 온 세상 인간과 이야기를 안방으로 불러들여
노닐 수 있다.

NHK 이외의 외국 방송들, CNN, BBC, CCTV를 제대로
알아들을 수는 없다. 없지만, 눈치껏 때려잡든가 스치는 것도
괜찮다. 온 세상의 숨결과 주요 토픽을 실시간대로 접하는 기
쁨이 여간 크지 않다.

우리나라 선수가 낀 세계 정상의 야구와 축구는 더 말할 나
위 없다. 우선순위 일 번이다. 수준 높은 시합과 생명의 약동

에 떨고 마음 졸이는 순간순간의 긴장된 낙망과 희열이 좋다. 낮에는 비탈길을 내닫는 나락을 곱씹다가, 밤이면 생명의 복권을 마음먹는 얍삽함이야 여하간에 당장 재미있다. 젊어서는 턱도 없던 취미다.

물론 힘들고 고단하다. 야구는 신새벽보나 아침나절에 많아 덜하지만, 축구 시청으로 밤을 지새다시피 한 날은 새벽 흥분의 피로가 겹쳐 게으른 늦잠에 빠진다.

막내딸의 전화는 그런 때 걸려왔다. 박 교장은 벨 소리가 예닐곱 번을 울리도록 꼼짝하지 않았다. 그러고도 잇따라 울리는 통에 벌컥 짜증이 났다. 수화기를 들고 당장 언성을 높인다.

"누구요!"

"어머. 방에 계셨으면서 그렇게 늦게 받으세요."

"이른 아침부터 웬 전화냐. 수선스럽게."

"이른 아침이라뇨. 10시가 다 됐는데. 노친네들은 일찍 자고 일찍 일어난다던데……"

"사람이 다 같으냐. 왜 걸었어."

"괜찮은 누룽지가 새로 나왔길래 한 상자 사서 보냈어요. 부피가 작아서 우편으로요. 물에 끓여 자시면 좋을 거예요."

"그래도 너밖에 없구나. 고맙다."

"간밤에 무슨 일 있으셨나요. 어쩐지 심기가 불편하신 듯하네요."

"아무 일 없었다. 수제비 끓여 먹고 가벼운 배탈을 일으킨 것 빼고는."

"엄마의 장기 자랑? 끓인 음식에 왜 동티가 나셨을까."

"누가 아니라니."

"겸사겸사 말씀드리고 싶은데요. 아빠 심사를 잘 모르겠어요. 어떤 때는 엄마 생각에 푹 빠진 듯하다가도……"

"하다가도?"

"꼭 말씀을 드려야겠어요?"

"맘대로 하려무나."

"안방 장롱 안의 비타민제 별로예요."

"그게 어쨌다고."

"어쨌대서보담도 아빠가 입버릇처럼 하시는 말씀 있잖아요. 잠에 들 적마다 이대로 땅속으로 조용히 꺼졌으면 싶다는 비감. 새벽에 눈 뜰 것 없이."

"그야 노년에 든 사람들마다 소망하는 일 아니니."

"호호. 하면 그딴 약을 왜 열심히 드세요. 그럴 바엔 이대로 고스란히 땅속으로…… 소리를 하지 마시던가."

"허 참."

"괜찮아요. 주제넘다고 하실까 무서워 그동안 말씀을 못 드렸는데. 안방 벽에 커다랗게 모신 엄마의 웃는 사진, 그것도 그만 치우세요. 어떨 적엔 제가 다 섬찟하더라구요. 어쩌다 대한다면 몰라요. 하고한 날 바라보기 어색하지 않으세요. 자식들한테 미안해서 걸어두는가 싶은 생각까지 들더라구요. 그보다는 작은 사진을 수첩에 끼우고 다니시다가 가만히 들여다보는 모습이 낫지 않을까. 꾸밈없이 자연스러우니까."

"이 녀석이 오늘은 못할 말이 없군."

"용서하세요. 한마디만 마저 하고 전화 끊을래요."

"여러 마디 해도 돼."

"아빠."

"……"

"이런저런 이유로 남녀 간에 혼자된 이들 무지 많아요. 애초부터 독신을 작정하고 사는 사람들은 더 말할 것이 없구요. 그러니 어쩌겠어요. 앞으로 10년, 20년 후의 세상은……"

"앞날이 그래서 염려스럽지. 결혼한 젊은이들도 애를 안 낳고."

"애국자 또 나오셨다. 홀로 지내는 것과는 다른 에피소드인데요. 제가 어디선가 귀동냥한 재밌는 실화 하나 전해드릴까요."

"듣자꾸나."

"아시아 어느 나라에, 일밖에 모르는 할머니가 계셨대요. 그런데 이 할머니가 병을 앓으면서도 끝내 내색을 않고 계시다가, 한 사흘 자리에 누워 지낸 마지막 날 불쑥 말씀하시더래요. 나 그만 간다고. 동시에 숨을 거두셨대요. 그러자 주위를 에워쌌던 가족과 친지들이 일제히 박수를 쳤답니다. 기막히

도록 멋진 죽음이라면서…… 어때요. 실화예요. 재밌죠. 저
도 이만 끝!"

"허."

박 교장은 벽에 걸린 아내의 활짝 웃는 사진을 새삼 바라보
았다. 그리고 속으로 거푸 물었다. 경황없이 훌훌 떠난 당신
의 막판 느낌은 어느 편이었냐고. '나 간다'는 말과 '(세상을
떠나게 된 것이) 그리 나쁜 건 아니다'라는 쪽지의 어느 편에
더 가까웠느냐고. 또는 둘 다를 합친 것이었더냐고.

새순이 미처 돋지 않은 창밖 단풍나무에 앉은 까치가 물끄
러미 박 교장을 쳐다보고 있었다. 뜬금없이 나타나 울지도
않고.

밤에 줍는 이야기꽃

"또 씹는다. 또 씹어."

캄캄한 거실에서 더듬더듬 텔레비전을 켜던 그가 쯧쯧 혀를 찬다. 아니 웃는다.

손대중으로 리모컨의 전원 버튼과 숫자를 차례차례 눌러 MBC-ESPN을 불러내자마자 퍼거슨 감독의 껌 씹는 화상이 제꺼덕 뜬 것이다. 허를 찌르듯 방에서 자다 나오는 그의 선밤눈을 절묘하게 압도하고 남았다. 마음에도 없는 투정이 절로 나왔다.

초저녁부터 벼렀던 맨체스터 더비다. 박지성의 출전 여부가 궁금해서도 놓쳐서는 안 될 경기였는데 쏟아지는 졸음에 까무룩 빠졌나 보다. 생각 따로 몸 따로 노는 늘그막 쪽잠이 날로 속수무책이다.

그러나 워낙 잠이 많은 안사람보다는 나은 편인가. 눈을 비비고 화면 상단에 찍힌 경기 시간을 얼른 확인한다. 전반 20분이 벌써 지났다. 그만하기 다행이다.

퍼거슨 감독은 하여간 씹는구나. 그에게는 그것도 구경감이다. 때로는 입춘 전후의 등 시린 야기(夜氣)를 차렵이불로 녹이며 프리미어리그를 보는 잔재미의 하나다.

잠시도 쉬지 않는 입놀림이 애초엔 마땅찮았다. 불콰한 노안에 되통스런 저작이 이만저만 당혹스러웠다. 오밤중에 일어나 시점(視點)이 아직 흐릿하기 때문에도, 영국 여왕으로부터 기사 작위를 받은 알렉스 채프먼 퍼거슨 경의 조급한 모습이 민망했는데, 보아 버릇하는 동안에 차차 익숙해졌다.

본인이 밝힌 나름의 효험을 언젠가 듣기는 들은 것 같다. 껌을 씹으면 저절로 리듬이 생기고 혹종의 묘수마저 불시에 뇌리를 스친다는 말이 긴가민가 그럴싸했다.

그레이트브리튼의 다른 두 지역보다 상대적으로 한 성질씩 한다는 스코틀랜드 출신 백전노장의 소탈한 일면이 가외의 흥미를 돋운 셈이다. 고독하고 초조한 승부사의 별난 엠블럼으로 굳어진 느낌이다.

그 정도는 실상 약과다. 미국 프로야구 쪽으로 눈을 돌리면 더더욱 호도깝스럽다. 감독은 더그아웃에서, 선수들은 타석이나 누상에서 껌을 질겅거리다 못해 소담한 풍선을 만드는 경우도 있다. 능숙하게 부풀려 후끈 달아오른 시간을 익살스럽게 눅이러 든다.

축구장, 야구장에서 침인들 못 뱉으랴. 격전의 소용돌이를 뛰다가 생긴 경각의 여유를 침 뱉기로 가라앉히는 장면을 자주 목격한다. 입안에 고인 단내와 가쁜 숨을 일시에 밀어내려는 습관성 배출일 게다. 중계카메라가 즉각 잡아주지 않으면 몰랐을 침방울이 보매 보기에도 걸쭉하다.

진초록 잔디구장에 툭 떨어지는 한 점 타액에 관객들은 막상 본체만체 무심하다. 신경 쓸 사이 없이 게임에 몰입하기 때문인데, 그의 노류장화 관전법은 보통 구경꾼과 상당히 다르다. 별별 생각을 경기장 안팎으로 끌고 다닌다.

남 못지않게 혼자서 탄성을 지르고 무릎을 치기야 친다. 아군(박지성의 맨체스터 유나이티드나 이영표의 토트넘 팀)의 슛이 골대를 맞고 엔드라인으로 빗나가면 한숨을 내쉬고 들이쉰다. 이기면 좋고 지면 싫다.

하다가 엉뚱한 생각에 곧잘 빠진다. 터치라인의 이영표가 스로인 자세를 취하는 틈에 설기현은 왜 출전이 뜸한가 걱정한다.

부지런히 골을 좇다가 운동장 주변을 에워싼 키 낮은 광고판에 한눈을 파는 수도 있다. HYUNDAI, TOYOTA, HEINEKEN 등을 한참 눈여겨보고, 아시아급 경기 때만 등장하는 아사히신문(朝日新聞) 선전판을 희한하게 여긴다. 신문으로는 유일한 까닭이다.

첼시와 풀럼 선수들의 유니폼 앞자락에 선명한 SAMSUNG, LG는 하물며 놓치지 않는다. 안 보면 엄청난 스폰서 계약금이 아깝다는 듯이.

그의 안목은 이처럼 허술하고 제멋대로다. 게다가 할 줄 아는 운동이 하나도 없다. 배드민턴조차 못 치고 뒷산의 평행봉에도 매달린 일이 드물다. 몸을 만든답시고 헬스센터를 찾기는 고사하고 대중탕의 공짜배기 러닝머신에 오를 염을 안 낸다. 워낙 소질이 없어 막대기처럼 왔다 갔다 지내면서 부러지다 서다를 반복했다.

그렇다면 무어냐. 남들 다 자는 시간에 홀로 앉아 야행성 관객 노릇으로 청승을 떠는 이유가 무엇이냐 물으면 할 말이 없다. 실로 난감하지만 딴은 질문 자체가 덜떨어진 우문이다. 똑떨어지게 설명할 수는 없어도 자기가 자기를 길들여 재미를 보거나 죽을 쑤는 일이 세상에는 참 많기 때문이다.

그걸 버릇이라 이른들 무방하다. 버릇도 오래가면 제2의 천성으로 자리 잡는 상례를 떠나 누군가의 생활에 막강한 영향을 끼친다. 형체가 모호한 짓거리를 일상에 버무려 특정인의 생활을 제도화한다고 볼 수 있다. 하지만 그것을 타인에게 여차여차 설명하기는 힘들다.

우선 보자. 그가 야밤의 거실에 어슬렁어슬렁 나앉는 시간은 대강 새벽 2시 전후다. 때맞춰 벌떡 잠자리를 털고 일어서지 못한다. 얼추 그렇다 이건데, 오늘은 같은 도시에 연고를 둔 맨체스터 유나이티드와 맨체스터 시티 라이벌전이 밤 10시에 벌어져 예외로 쳐야겠다.

부스스 일어난 그는 당장 눈이 부시든가 칠흑의 안도감을 왕창 깰까 두려워서도 거실의 불을 켜지 않는다. 오래 끼고 지낸, 엉덩이가 안반짝처럼 빵빵한 구닥다리 텔레비전을 LCD 수상기로 개비한 후로는 더 점등을 꺼린다. 슈퍼슬림 브라운관이 내쏘는 빛만으로도 가벼운 운신엔 불편하지 않은 까닭에 불을 밝힐 필요가 없다. 귀신이 다 된 엄지를 시켜 채널 버튼을 누를 적마다 제꺽제꺽 바뀌는 오색 동영상이 덜 가신 잠기를 다양하게 휙휙 쫓는다. 직사각형 바탕화면의 쪽빛이 그리고 눈에 서늘하다. 청출어람 푼수로 한 해가 다른 전자 기기의 편의를 좇아 단계적으로 늙기를 잘했다는 망령된 생각마저 때때로 겹친다.

아무런들 대순가. 호젓한 기분이 오붓해서 좋다. 가슴은 바삭바삭 가랑잎이 돼 눈이 먼저 디지털 화상의 호사에 끌려 서반구(西半球)의 일등 축구를 반긴다.

그러나 장마다 망둥이 날까. 생각은 생각대로 경기장을 힐금거리며 딴살림을 차리는 날이 실은 더 많다. 집 안이나 바깥이 어둠으로 내통하고 소리가 없어 주위가 한층 요요할수록 별별 잡념이 꾸역꾸역 덜미를 누른다.

이처럼 자기 자신조차 마음대로 건사하지 못하는 오락가락 변덕을 어찌 간단히 설명한단 말인가. 못한다. 노년에 들면 마음이 너그럽고 사리 분별에도 밝다고들 하던데 믿을 것이 못 된다. 도리어 갈팡질팡 줏대 없이 구는 수가 많다. 남을 신뢰하지 못하는 만큼 자신의 언행에 미리 핑계를 대고 알리바이성 변명을 준비하기 일쑤다. 누가 뒤를 밟을세라 조심하며 은근짜를 찾아가는 푼수로 소심하되 입으로는 경륜과 원만함을 구가하지 말란 법 없다.

때문에 그는 빠르고 명쾌한 승부의 세계를 바친다. 아니다. 긍·부정을 떠나 그냥 관심이 깊다. 낄 자리가 도무지 없어 낮에는 있으나 마나 희미한 반달처럼 허공에 둥 떴다가 밤이면 도깨비감투를 쓴 양 활개를 친다. 거실을 유영(遊泳)하며 긴장, 감동, 탄식의 순간순간을 즐긴다.

말에 물린 상늙은이의 엉뚱한 역정을 상기시킨다. 사람들의 입담에 대한 새삼스런 혐오는 그의 평소 대화에 부사와 형용사가 현저히 빠진 낌새로도 어림할 수 있다. 생각이 그만큼 빈약한 증좌리라. 대신 찾아드는 지난날의 회상은 또 연대순이 아니다. 심술까지 사납다. 더께 앉은 세월 중에서 괜찮은 놈 위주로 재음미하거나 베끼려 들면 반드시 언짢은 기억이 선수를 쳐 대뜸 훼방을 놓는다. 틀림없이 딴죽을 건다. 방귀 길 나자 보리 양식 떨어지는 격으로 입맛이 쓰다. 아무나 '생각하는 갈대' 노릇을 마음먹기 어렵다.

요새는 또 구청에서 마련한 컴퓨터 교실에도 다닌다. 격일

제였다. 90분씩 한 달이면 초급반을 떼고 중급반으로 올라간다고 했는데 수업 시간을 오전 오후로 나눈 명목상의 구분이 그러할 뿐, 장소도 강사도 같았다. 무보수로 봉사하지 싶은 중년 부인 혼자서 두 반을 맡아 가르쳤다.

수강생 수준은 여러 층이었다. 완전 초짜에 이메일로 신문을 뒤적이는 사람이 엇섞여 적절한 기준을 대중하기 힘들어 보였다. 그러나 심심소일의 한 기능을 내려받는 계제로 괜찮을 것 같았다. 강사 또한 수강생들을 미리 안심시켰다. 여러분이 갖고 계신 교본의 범위 내에서만 초·중급 차등을 두겠으니 수준껏 공부하시라고.

교본까지 거저 주는 무료 강좌는 처음부터 노년을 대상으로 삼았다. 정보화 교육이 뒤진 이들을 위한 자치단체의 대민 봉사 차원이기 때문에 분위기가 얼뜨고 느슨했다.

아무런들 교실은 교실이다. 초급반에 든 첫날, 그는 문간의 신발장 앞에서 슬며시 입을 벙긋거렸다. 어린 시절의 학급 풍경이 눈에 삼삼, 넝큼 고개를 디민 탓이다.

나이키 운동화에 배불뚝이 신사화, 앙증맞은 숙녀화에 굽 낮은 하이힐 등으로 층층이 그들먹한 신발장은 고리탑탑한 발가락 땀내를 하마 풍길 듯 말 듯 어지러웠다.

먼지마저 뒤섞인 것 같은 취기(臭氣)를 분명히 맡았다기보다는 지레짐작의 억지 예단인지 모른다. 학습된 조건반사가 깐에 요망을 떤 감이 없지 않았는데, 덕분에 맛본 옛 교실의

까마득한 연상이 나쁘지 않았다.

무얼 보면 무얼 안다는 격언이 많거늘, 신발을 보면 그 사람을 안다는 말은 왜 없을까.

웬만한 정서가 말라비틀어진 지경에 덧없는 잡념이 누추하지만, 물은 흘러도 여울은 여울대로 있는 통념의 근거가 그런 것 아니던가. 신기한 느낌이 좀처럼 드문 나이일수록 기시감(旣視感)의 반가움에 감응하는 수가 많고, 한 바가지 마중물로 깊은 샘물을 퍼올리는 펌프질이 덩달아 손쉬운 것이다. 잊고 지낸 신발주머니에 책가방의 추체험이 싫지 않을밖에 없다.

뿐인가. 수업이 진행되면서 터져 나온 '선생님' 소리가 서슴없었다.

"선생님. 마우스를 더블클릭하는 게 어려워요."

"따닥 하고 재빨리 누르세요. 따~닥 하는 식으로 눌러 사이가 뜨면 안 돼요."

"선생님! 시프트의 요령은요. 동시에 두 손가락을 놀리기가……"

"댁에서 자꾸 연습해보세요. 모든 일이 그렇듯 익숙해지는 수밖에 없습니다."

묻고 대답하는 품이 제법이었다. 학생과 교사로 어울린 마당이 엔간히 예사로웠는데 갑작스레 입에 담는 '선생님' 소리가 영 스스럽거나 느끼했던 것도 사실이다. 사무적으로 꺽지

지 않되 입술에 머물다 만 임시변통의 회고 취향 또한 구성없
었다.

딸 같고 며느리 같은 강사를 낮잡기는커녕 피차간에 만남
이 낯설어 그러는 것만이 아닐 게다. 몸의 일부로 구실하던 연
장도 헛간에 내내 처박아두면 지레 삭거나 녹이 슬듯, 특정 단
어도 오래 안 쓰면 곰팡이가 피어 어눌해지기 쉽다.

아무튼 그의 귀에는 인생 종장에 그렁저렁 연착륙한 학생
들의 '선생님' 소리가 어설프고 간지러웠다.

일부러 치기를 부린다고 믿었다. 거추없이 천방지축을 놀
던 생의 초년을 내친김에 와락 끌어당긴 폭인데 그토록 숫기
좋은 사람은 막상 적었다.

말이 헤픈 돌출족 따로, 도도하게 입을 꽉 다문 무언파 따로
였다. 책상 위에 놓인 앞앞의 컴퓨터에 정신을 파는 이가 훨씬
많았다.

그들은 강사의 지시에 따라 프로그램을 열고, 파일 복사와
인터넷 연결과 전자우편 읽기 흉내를 조심조심 냈다. 왼쪽 버
튼을 누른 상태에서 마우스를 죽죽 끄는 문서 작성 드래그의
재미에 정신을 팔고, 마음대로 움직이지 않는 손가락 장단에
애를 태웠다. 빠른 사람 빠르고 느린 사람 느린 모양이 들쭉날
쭉 어수선한 속에서, 죽어서도 학생 신위(神位)로 남을 자신
들의 학생 신분이 대견한 듯 모니터를 열심히 응시했다.

옆으로 길쭉한 책상에 딸린 의자가 둘이었다. 덕분에 짝꿍

까지 생겼다. 각자의 자리는 맘대로였다. 교실에 들어오는 족족 듬성듬성 앉았다가 눈치껏 빈자리를 메우는 식이었으므로 짝이랄 것이 없다면 없었다. 그러나 이상도 하지. 웬만하면 처음에 차지한 좌석을 바꾸지 않았다. 동작이 굼뜬 까닭인가. 그 통에 운신이 귀찮은 후천적 게으름뱅이들의 무심한 짝꿍 맺기가 어영부영 다채로웠다. 특유의 늙은이 냄새는 물론 '남학생'들 탓이되, 그런 분간은 애초에 하지도 않는 눈치였다.

그는 첫날부터 출석이 늦었다. 꽉 찬 교실 입구에 서서 이리저리 형편을 살피다가 맨 뒷줄 구석의 빈자리를 겨우 찾았다. 누가 오건 말건 키보드 치기에 열중하는 노녀 곁이었는데, 양장 차림이 썩 어울리는 그녀와는 당연히 눈인사조차 나눌 겨를이 없었다.

좌석버스에 오르자마자 간혹 겪는 난감한 순간이 대신 떠올랐다.

좌우 양편의 좌석마다 승객이 딱 한 사람씩, 그것도 창가 쪽으로만 나란히 나란히 앉아 있는 날의 희한한 열패감 말이다.

전위극의 한 장면마냥 완벽한 독점 구도 속에서 그는 들이 당짝 당황하지 않을 수 없었다. 어딘가 앉기는 앉아야겠는데 누구 옆에 좌정해야 할지 마음이 조급하기 마련이었다. 덩실하게 높은 뒤편의 끝줄마저 두 젊은이가 양옆을 널찍이 비운 채 한껏 여유를 누리는 걸 보면 더구나 맥 풀린다.

괴이쩍은 일진 생각까지는 지나치다. 기분은 아이들 놀이의 무슨 술래가 영락없지만 실정은 물론 딴판이다.

　선택의 여지가 많아 쉽사리 택일을 못하는 순식간의 망설임이 고약하고, 무표정한 척 넌지시 쏘아대는 여러 시선이 만만찮다. 그가 어디에 몸을 부리려나 시험하는 눈치가 죄 없이 짐스러웠다.

　상황이 정반대인 경우, 다시 말하면 자신이 일인 일석 주인의 하나일 때는 의당 느긋하다. 질주하는 버스가 몇몇 정류장을 거치는 사이에 인위적으로 가지런했던 선취특권 질서가 속속 깨진들 끄떡없다. 늙은이와의 동석을 꺼리는 불문율의 혜택을 입어 줄곧 혼자 갈 개연성이 높기 때문이다. 얼김에 누리는 꼰대의 일시적 독과점이 맹세코 서운하지 않다.

　바쁘지 않으면 바쁜 척이라도 해야 한다. 그런 승객과 그들의 분주한 시간까지 모개로 싣고 내빼는 차 안에서 하물며 누가 누구의 허술한 거동에 신경을 쓰랴.

　버스 아닌 교실은 사정이 물론 다르다. 애초에 신발을 벗어 실내 분위기가 당장 차분하지만 생소하기는 매한가지다. 비슷한 연배끼리 어울린 터라서 더욱 조신해야 한다는 강박이 되레 큰 압박 요인으로 작용하기도 한다.

　어떻든 그는 자기 몫의 컴퓨터를 켜 강사의 설명에 따라붙으려고 기를 썼다. 번번이 한 수 늦어 아이들 말버릇으로 치면 '되간디?'의 연속이었는데, 짝이라면 짝이고 아니라면 아닌 원피스 차림 노파의 바탕화면에는 별별 그림이 번갈아 뜨고

졌다. 명화(名畵)가 나왔다가 배우들 얼굴이 나왔다가 야단스러웠다.

칠십 안팎으로 보이는 그녀는 처음부터 선생님 말씀과는 무관한 세계를 놀고 있었다. 그 정도 솜씨면 집에서 즐기지 무엇하러 어려운 걸음을 해서 남의 기를 죽인담. 하길래 표 난 인사 대신 인기척이라도 내려는 이쪽 기미를 내치듯 곁눈질 한 번 안 했는가 싶다.

국민학교 때의 수업 시간에도 유난히 난 체하는 아이가 꼭 있었다. 겉으로 칭찬하고 속으로 얄밉더라는 선생님의 실토를 훗날 들었다. 그것으로 오늘의 처진 기분을 달랠 것인가. 속절없는 노릇이되 우리네 남녀 노인의 소통은 애초부터 그같이 뻑뻑한 편이다.

의외로 친근한 예가 있긴 있었다. 다음다음 날 휴식 시간이었다. 어떤 여노인 손등에 자기 손바닥을 가볍게 얹어 마우스를 이리저리 끄는 한 남노인이 얼핏 눈에 띄었다. 할아버지가 열심히 설명하고 음, 음, 고개를 끄덕이는 할머니의 수작이 자연스러웠다. 부부는 아닌 것 같은데 그 말고는 두 사람의 흔연한 사이를 눈여기는 학생이 없어 열적었다.

기면 어떻고 아닌들 그만이다. 상관할 바 아니지만 노인은 대체로 나이가 비슷한 타인에게 냉랭하기 쉽다. 낯선 아이와도 금세 어울려 장난을 꾸미는 떡잎들과 다른 점에서 늙으면 아이 된다는 옛말이 의심스럽다.

마주 본 얼굴에서 지치고 건조한 세월을 읽는 것이 싫어서라고 단정할 것 없다. 사는 켯속에 전봇대같이 뻗선 이치를 세우기 좋아하는 이들은 그렇게 정리하기도 하지만 해석이 너무 단조롭다. 그가 겪은 전철 노인석의 어떤 승객이 들으면 픽 웃을 일이다.

크기가 주민등록증만 한 '경로우대증' 소지자였던 그는 좌우지간 전철의 그 자리에 엉덩이를 붙일 적마다 심사가 고르지 않았다. 일반석에서는 느끼지 못한 불가측의 격리를 감히 상상했기 때문이다.

더위가 가면 그늘 덕을 잊는다고 했다. 다시없이 고마운 사회적 배려에 어깃장을 놓는 심보가 좀스럽게 비칠까 두렵지만 다른 나라에 드문 노약자석엔 노(老)만 있고 약(弱·若)이 없어 슬펐다. 만삭의 새댁을 때로 앉히면 어떤가. 갓난애는 둘러업고 한 아이에게는 치마꼬리를 내준 젊고 씩씩한 어머니도 그 안에서 편안했으면 좋을 것 같았다.

그가 예전에 지니고 다녔던 경로우대증은 보건복지가족부 전신인 보건복지부 장관 명의로 발행된 것이었다. 유효기간은 아예 없었다. 걸어다닐 수만 있으면 죽는 날까지 쓰라는 뜻이다. 성심성의를 다한 문면이 또 절절했다.

"이 할아버지(할머니)는 노인복지법 제10조에 규정한 경로우대 대상자이오니 정성껏 모시기 바랍니다."

이런 터에 심사가 편찮다니 같잖다. 정확하고 빠른 데다 교통 체증이 없어 좋달 때는 언제고 알량한 측은지심을 내세워 투덜거릴 때는 언제냐는 지청구를 먹어 싸다.

성질이 어지간히 깐깐한 그가 이런 사정 저런 사정에 등한할 리 만무다. 또래들이 노안을 징표 삼아 전철역 창구에 정맥이 울근불근 야윈 손등을 거침없이 내밀 때 그는 미안한 표정으로 주춤주춤 경로우대증을 제시했다. 65세에서 세 살이나 모자란 후배가 일찍 센 백발을 곧추세워 공표를 얻는 걸 보고는 그러나 크게 웃었다. 공모한 거나 마찬가지인 찰나의 성공에 겨워 흡족한 미소를 내처 주고받았던 것이다. 승강장과 전동차 사이가 넓으니 조심하라는, 귀에 싹이 날 만치 지겨운 안내 방송을 들으며 킬킬거렸다.

타인의 반칙을 더불어 즐기면서 자신은 깔끔 결벽을 띤 폭인데, 어렵사리 노인석에 앉은 후에는 다시 좌불안석에 빠진다. 사서 느낀다. 칸칸이 배치한 구획에 감사하되 섞임 밖으로 밀려난 것 같은 외딴섬 의식이 야릇하다.

좌로 셋, 우로 셋씩 착좌한 이들의 단호한 무표정이 벌써 그렇다고 넘겨짚는다. 결핍과 고적을 익숙하게 견디는 공간으로 딱이니까.

하지만 가다가는 위에서 이미 귀띔한 붙임성 좋은 인사가 홀연 나타나 시들한 분위기를 확 흔드는 수도 있다.

다름 아닌 그가 어느 날 직접 겪었다. 노인석에서 책을 펴놓고 있는데 옆구리를 질벅거리듯 누가 물었다.

"이런 잔글씨가 보입니까."

느닷없이 받은 질문이 엉뚱하여 고개를 숙인 채 대답했다.

"대강대강 훑지요, 뭐."

그러자 강단이 있어 뵈는 가무잡잡한 얼굴의 노년이 대번에 자기소개를 하고 나섰다.

"인사하겠습니다. 저는……"

성명 삼 자와 출신 군(郡)을 대면서 서울에 온 지 1년 남짓이라는 말까지 술술 보탰다.

꾸밈이 없어 더욱 싱거운 백주의 일방적 대면치레에 그는 오히려 몸을 사렸다.

다만 상상했다. 돌연히 수인사를 청한 상대방은 수령 3백 년가량의 동구 밖 느티나무 밑을 아직 벗어나지 못한 모양이라고. 몸은 전철에 두고 마음은 떠나온 당산나무를 맴돌기에 한갓진 객기를 피운다고 생각했다.

그의 섣부른 가정이야말로 밑도 끝도 없이 상투적이다. 기껏 그린 그림이 제풀에 진부하구나 자조했지만, 여염의 어떤 일은 앞뒤가 얼마나 척척 맞던가.

노인들은 하물며 살아낸 연월이 길수록 먹통으로 몰리는 판이다. 노회(老獪)는 소년의 클릭 한 방만 못하고, 경륜은 글로벌 스탠더드에 치여 별무소용이다. 나이와 함께 상승하고 속살이 찌기 마련이던 권위는 뒤를 받치는 콘텐츠가 부실하고 앙상한 만큼 하강 곡선을 긋기 바쁘다.

느는 무식을 앉아서 당하는 꼴이다. 범람하는 신조어 탓으로 신문 한 장을 옳게 읽기 어려운 형편에, 김홍도나 신윤복의 풍속화를 떠올리는 발상이 따분하다. 길어 올린 풍정(風情)은 들큼하되, 걸핏하면 옛길로 빠지는 자의 웃기는 나르시시즘이 따로 없다. 애들 아니면 웃을 일이 없다는 말을 노인으로 바꾸면 어떨까 반문하게 만든다. 그런 예가 비일비재다.

멀리 갈 것 없다. 컴퓨터 조작이 능란한 그의 짝과 연세가 조금 아래인 듯한 할머니의 신발 소동을 가령 보자. 하필이면 첫날 수업을 마치고 나오다가 그는 보았다.

"어머, 내 구두가 아니네. 이보세요. 그거 댁 것 맞아요?"

짝꿍이 갑자기 소리쳤다. 눈도 밝구나. 문밖으로 막 나가는 동년배 할머니의 뒤꿈치를 손가락질했다.

'내 건 사스SAS'라는 대꾸에, '내 것도 사스'라는 주장이 맞섰다. 서로 상표를 밝히다가 뉘 신발이 더 헐었나 비교하기 시작했다. 한눈에 가늠하기로는 둘 다 비슷했거늘 이번엔 한 발짝 먼저 나가던 쪽에서 급히 외쳤다.

"선생님! 여기 좀 와주세요."

선생님을 부르는 소리에 몇몇의 웃음이 푸푸 터졌다. 아이들마냥 선생님은? 재밌어하는 낌새가 역력했다. 생애 막판에 교실 맛을 본 안노인네들의 해낙낙한 오전이 아뿔싸 접질린 셈이다.

한밤의 프리메라리가 시청은 무미건조했다. 한국 선수가 없어 집중력이 떨어진 탓이겠지만, 더 큰 이유는 스페인 축구를 주름잡던 레알 마드리드의 '지구방위대' 시절이 진작 끝났기 때문이다. 지단은 은퇴하고, 호나우두, 베컴, 피구가 산지사방으로 흩어져 팀 컬러가 희미하다. 라울만 남았다.

그는 차라리 마음 편하게 텔레비전을 보면서 국경을 초월해야 마땅한 스포츠의 열린 당위와, 그럼에도 줄창 따라붙는 선수들의 끈적끈적한 국적을 상기했다.

두어 달 전 맨체스터 더비 때였다. 중국의 어떤 스포츠지가 그같이 미묘한 민족 감정의 단면을 여실히 드러냈다.

그날 후반전 초반에 출전한 박지성은 부지런히 뛰었으나 경기의 흐름을 바꿀 만한 활약을 못했다. 맨유가 1 대 2로 졌는데, 맨체스터 시티 팀에는 또 중국 출신 쑨지하이가 있었다. 수비 전문인 이 선수는 게임 종료 직전(후반 38분)에야 투입되었다.

다음 날 문제의 중국 신문은 맨시티의 수비라인이 높은 점수를 받아 승리의 견인차가 되었다고 썼다. 거기까지는 좋았다. 사실 보도로 나쁠 것이 없었다. 한데 쑨지하이는 합격 점수 6점을 받고 박지성은 5점이라는 낮은 점수에 그쳤으므로 아시아 더비에서도 쑨지하이가 박지성에게 승리한 셈이라는 군말을 기어이 뇌었다. 고소를 금치 못할 라이벌 의식이다.

그로부터 다시 한 달 뒤, 박지성은 시즌 1호이자 프리미어

리그 진출 여덟 골째인 다이빙 헤딩슛을 뽑는다.

퍼거슨 감독은 언제나처럼 칭찬을 아끼지 않았다. 대전한 풀럼을 정말로 끝장냈다면서, 거의 1년 만에 터뜨린 골이기 때문에 나 역시 기분이 좋다고 격려했다. 공치사일지언정 싫지 않은 덕장의 어법이다.

젊은 한때를 노동당원으로 지내며 글래스고 조선소 파업을 주도한 사람, 20여 년을 변함없이 감독으로 시종하는 가운데 베컴 같은 대선수도 수틀리면 단박에 자른 카리스마가 계속 요지부동이다.

퍼거슨 옹을 비롯한 그의 맨유 애착은 하여튼 대단하다. 박지성을 연결 고리로 팀 내 정예들에게도 노상 친밀한 시선을 던질 만큼 허물이 없다.

맨유의 케이로스 코치가 "세계의 돈을 다 끌어다 줘도 안 판다"고 감쌀 정도의 득점왕 크리스티아누 호날두. 청소부 어머니 밑에서 자라다가 청년 거부가 된 다혈질의 준족(駿足) 웨인 루니. 축구선수로는 환갑을 지난 나이(1973년생)에도 막힘이 없는 공격형 미드필더 라이언 긱스 등이 그렇다.

토트넘의 이영표는 어떤가. 안타깝다. 거스 히딩크 감독의 PSV에인트호번 이래로 이영표와 박지성은 둘이면서 하나였다. 늘 붙어다니는 이름이었다.

그런데 지성이보다 네 살이나 많은 영표의 헛다리 짚기를 자주 못 봐 적이 서운하다. 감독이 후안데 라모스로 바뀌면서 벤치 멤버에도 끼지 못하는 날이 있다는 소식에 이적설이 분분하다.

프로치고 그만한 역경을 거치지 않는 선수가 얼마나 될까. 살 떨리는 경쟁을 견디며 역전의 의지를 다질밖에 없다. 하다 보면 기막힌 측면 크로스로 공격 포인트를 거듭거듭 쌓을 수 있을 게다.

수비수는 잘해야 본전치기다. 골게터는 슛이 빗나가도 두 손으로 얼굴을 감싸면 그만이지만 풀백의 실수는 치명적이다. 운수 불길하여 자책골이라도 먹는 날이면 후유증 극복이 수월찮다. 페널티킥을 실축한 것과는 비교가 안 되는 통한의 일순에 두고두고 발목 잡힐 수 있다.

하지만 잔디구장은 어차피 성공과 실패를 가르는 땀의 공간 아닌가. 오늘 고개를 떨궜다고 내일도 낙담하라는 법이 없다. 슬럼프가 길면 털고 일어설 날이 가까우니까.

앞서거니 뒤서거니 유럽으로 진출한 그 밖의 우리 선수들은 어떤가.

풀럼의 설기현, 미들즈브러의 이동국, 페예노르트의 이천수, 웨스트브롬의 김동현에, 이름이 생소한 TUS코블렌츠의 차두리가 있되 성적들이 부진하다. 두 이 선수는 귀국할 모양이고……

차붐Cha Boom으로 날린 차범근의 한 시대가 이들의 선도자 구실을 했다. 분데스리가인 프랑크푸르트와 레버쿠젠 팀에서 뛰는 동안에 세운 308경기 98골 기록이 엄청나다. 독일 리그의 외국인 선수 중에 제일가는 득점력을 과시했다.

옛 기록을 들춰 무엇하리오만 고국의 늙은 팬은 굳이 되짚는다. 그처럼 화려한 날도 있었다는 기억을 되새긴다.

초벌잠이라고 해야 하나. 아시잠이라고 해야 하나. 그 역시 나이가 지긋한 이들과 다름없이 일찍 잠자리에 든다.

잠에 혼곤히 빠졌다가 유럽이나 미국의 스포츠 생중계가 한참인 새벽 2시 전후에 꼭꼭 일어난다. 그렇게 든 버릇이 좋이 20년가량이다. 손꼽아 헤아리면 박찬호가 MLB, 즉 미국 프로야구의 투수 마운드에 섰던 시절부터다.

그러나 자다 뜬 눈이 새벽 일 나가는 사람들의 부산한 아침까지 고스란히 열려 있을 수는 없다. 그 뒤로도 방정맞은 잠이 몇 번, 차례를 나누어 쏟아지기 일쑤다.

대낮에는 심심찮게 나타나는 비문증(飛蚊症)에 농락당하다가 두어 시간 깨어 있을 따름인데, 막연한 느낌으로는 이 동안이 실시간보다 엄청 길어 그의 유다른 밤이 천연스럽다.

티브이의 HD 화상이 어떤 현장을 맞바로 옮기는 데 따라 밝아지고 침침해지는 거실에 생기가 도는 것 같다. 오도카니 그걸 지켜보는 가슴에 서서히 물이 차, 기분에 맞는 화면을 찾아 들락날락 부산을 떤다.

아파트 주민들의 안면을 방해하지 않도록 리모컨 음량을

소음(消音)이나 다름없도록 줄인다. 소리를 완전히 죽여도 괜찮은 구미 대륙의 구기(球技)와 영화를 주로 관람하는 까닭이다. 축구와 야구는 선수들의 움직임이 말이고, 외화는 획 굵은 자막이 죽죽 흘러 대세 파악에 지장이 없다. XTM의 '액션'이나 BBC의 '추리극', 그리고 온스타일On Style의 「섹스 앤드 더 시티」 프로를 기웃거리는 등 긴장·이완의 세계를 번갈아 드나들거니와 눈이 머잖아 씀벅거려 몰입이 힘들다.

아까도 잠깐 짚었듯이 그의 빅게임 시청은 대단히 산만하다. 한마(汗馬)처럼 거세게 그라운드를 누비는 선수를 뒤쫓다가 어느새 관중들의 표정을 훔친다. 그러라고 카메라가 줌인으로 재치껏 잡아주는 부분적 대사(大寫)에 주목한다.

우리나라 선수의 기막힌 득점 과정과 아쉬운 실패 직후는 말할 나위 없다. 관중석 서양내기들의 반응을 은근히 살피면서 그들 속에 자신을 앉혀 검색하는 투로 신경을 쓴다. 그 맛에 국내 경기는 자주 보지 않는 편이다.

밤을 도와 먼 바깥세상으로 떠나는 심리에 가깝다. 야밤의 일탈을 도모하는 성향이 습관으로 굳어갔는데, 때로는 그런 일과 아닌 일과가 싫다. 뚜렷한 이유 없이 파리한 무력감에 젖기 쉬웠다.

별것 아닌 영화 장면에 가슴이 저리고, 걸렁한 슬픔에 눈시울이 뜨거워지기 십상이다. 누선을 자극한다는 따위 덜떨어진 표현을 넘어 잔잔한 감동에 목이 메는 밤이 장난 아니었다.

벌건 한낮이었다면 못 보아줄 궁상이 혼자 노는 야반삼경
엔 아무렇지 않다. 가까운 사람의 비통한 현실 앞에 등한하던
위인이, 경조(慶弔) 봉투 한 장에도 상대방과의 친소를 두 번,
세 번 측량하던 물심양면의 구두쇠가 거짓으로 꾸민 당신들
의 허황된 이야기를 보고 눈물을 삼켰다.

하기야 언제는 눈물이 경위 바르게 앞뒤 정리를 충실히 따
지던가. 주룩 흐르는 눈물엔 예고가 없고 노소를 가리지 않
는다.

그는 어떤 책에서도 읽었다. 세계적으로 이름이 높은 남아
메리카의 시인 겸 소설가 또한 서부극이나 갱 영화에 눈물 흘
렸다고 한다. 주인공이 전기의자로 끌려가는 마지막 장면에
서는 한없이 흐느꼈다고 한다.

보통 사람들은 큰 인물의 그토록 천진한 모습에 감복하는
수가 많다. 의외로 소탈한 직정(直情)에 고무되기 마련이지
만, 그는 불쑥 떠오른 독서의 기억을 더 이상 매만지지 않았
다. 같은 눈물이라도 그런 이들이 흘리면 통속이 미덕으로 바
뀌고 허식이 없어 더욱 외경하는 내력이 좀 시틋했기 때문
이다.

동시에 자문하고 나섰다. 밤이 어찌 그토록 추레하기만 하
랴 고개를 젓다가, 알전등 하나로 두 방을 밝히던 휴전회담 무
렵의 밤 생각에 깊이 빠졌다.

전기세 많이 나온다고 가운데 벽의 위쪽 모서리에 구멍을

뚫어 달랑 매단 전구는 촉수가 형편없이 낮았다. 요새로 치면 겨우 30와트나 될까 말까 희미했는데 그나마 정전이 잦았다. 깡촌은 여전히 등잔불이고 잘해야 남포등이었다. 아니할 말로 밤을 몰수당한 시대를 살았다. 불가불 일찍 자고 일찍 일어나지 않을 수 없었다.

아마 그런 곤궁이 웬만큼 풀린 후였을 것이다. 전력 사정이 조금 나아진 상황에서 그는 어쩌다 굴러들어온 고물 제니스 라디오로 일본의 프로야구 중계를 들었다.

미국 제니스사의 명품 브랜드로 호가 난 전파수신기 트랜스오셔닉Trans Oceanic은 써금써금하기 이를 데 없었다. 암시장에서만 거래되는 신품은 물론 언감생심이다. 쌀 몇십 가마와 맞먹는 값이어서 가까스로 작동하는 물건이나마 웬 떡이냐. 눈이 번했다.

낮에는 몹시 직직거렸다. 초저녁을 지나 밤이 이슥해서야 잡음이 다소 걷혔다. 몸통을 흔들든가 옆댕이를 톡톡 치면서 무작정 다이얼을 돌리는 어간에 영어나 일본말 방송이 간혹 잡혔다.

그때 들은 것이다. 영어는 젬병이어서 얼른 건너뛰고 모기소리처럼 가는 일본어 방송에 귀를 바짝 댔다.

"우치마시타! 우치마시타!(쳤습니다! 쳤습니다!)"

아나운서가 미친 듯이 소리쳤다. "백구(白球)가 파란 창공을 가르며 관중석 상단으로 날아갔습니다"라고 법석을 떨었다.

현장 중계의 흥분 속에 홈런 소리가 빠져서도 무슨 수선이
저리 요란한가 놀랐다. 홈런을 쳤다고 한들 모르기는 매일반
이었을 테다. 생전 못 본 야구를 어떻게 이해한담.

그보다는 오랫동안 잊고 지낸 일본말이 소년의 마음을 된
통 흔들었다. 반가움과는 다른 심정이 야릇했다. 이웃 나라의
비극에 편승하여 전쟁 특수를 구가한 그들이다. 우선 얄밉고
천천히 뒤가 켕겨서도 왈칵 반길 수는 없는 노릇이었지만 국
민학교 때 배운 일어를 귀로 만나는 밤이 싫지만은 않았다. 간
사한 사람의 마음을 운운하기 전에 차츰 끌렸다. 중계방송을
자주 청취하고자 그 시간에 맞춰 졸린 눈을 부릅떴다.

아나운서는 생중계를 마칠 때마다 '여기는 후쿠오카 방송
국'이라고 분명히 밝혔다. 한반도와는 지리적으로 제일 가까
운 도시 아닌가. 때문에 거리가 훨씬 먼 오사카, 도쿄의 소리
는 안 들리는구나 짐작했다.

돌이켜 생각건대 후쿠오카 시에 연고를 둔 당시의 야구팀
은 난카이 호크스(南海 Hawks)다. 나중에 다이에 호크스로 이
름을 바꿨다. 3년 전부터 소프트뱅크 호크스로 다시 개명하여
일본 야구의 중시조로 통하는 중국계 일본인인 오 사다하루
가 감독을 맡고 있다.

또다시 하나 마나 한 소리지만 스포츠 구경에는 중립이 어

렵다. 어느 편이 이기고 지든 상관하지 않고 오로지 경기 내용에 몰두하는 관객이 있기는 있되 드물다.

한국의 프로야구 개막은 그같이 뜨뜻미지근한 분위기를 접고, 어느 한쪽에 말뚝을 박아야 직성이 풀리는 대중심리를 한층 부추겼다. 쿠데타정권의 민심 전환 의도가 저변에 깔려 있되, 언제 생겨도 생길 추세 속에서 도시 대항 성격의 볼거리로 차차 위세를 떨쳤다.

아주아주 재미진 박민규의 장편소설『삼미 슈퍼스타즈의 마지막 팬클럽』이 초장의 그런 인기와 판도를 잘 설명하고 있다.

주인공인 '나'는 인천에 사는 소년이다. 엘리트 학생복지로 중학교 교복을 맞춰 입을 즈음에 창단된 슈퍼스타즈에 죽고 못 산다. 열성 팬은 이 도시의 어른 사회에도 많았으나 팀 성적은 갈수록 말이 아니었다. 승률이 1할 2푼 5리를 맴돌 정도로 쇠락을 거듭하여 모처럼 들뜬 시민들마저 어언 기를 펴지 못했다.

와와, 환호하다가 쓸쓸히 고개 떨군 시절을 '나'의 청년기 곡절과 들랑날랑 견주고 녹인 소설은 당연히 야구 이야기로만 일관하지 않는다. 열두 살의 프로야구 키드를 거쳐 스산한 시대를 견딘 자의 힘겨운 일상과 슬그머니 중첩시켰다. 처질 때 처지고 유쾌할 때 유쾌한 문장으로 세상의 낙오자들에게 나름의 메시지를 보낸다.

실제 상황에 가짜 스토리를 덧댄 모양의 작품을 읽고 그는 생각했다. 소설 속의 '나'가 곧장 어른 야구에 매달린 데 비해 자기는 사십 줄도 훨씬 넘어 고교야구에 빠진 기억이 거꾸로 새로웠다.

따라서 신선한 느낌이 덜한 탓이었을까. 정작 프로야구에 대한 매력이 당장은 크지 않았다.

지역에 연고를 두기로는 고교야구도 매일반이었다. 인문계보다는 선린상고를 비롯한 마산상고, 군산상고, 대구상고, 부산상고 등이 각지에 고루 군림했다. 광주일고를 포함한 남도 지방팀이 결승에서 지면 신문은 으레 '비 내리는 호남선을 탔다'고 그들을 위무했으며, 김봉연의 홈런이 이끈 '역전의 명수' 군산상고의 감칠맛 역시 그때가 한창이었다.

그랬던 고교야구가 요새는 영 외롭다. 뒤이어 판을 친 프로야구는 저녁 먹고 어쩌고 하는 동안에 잠이 솔솔 오기 때문에도 중계방송을 마음먹지 못한다.

엄벙뗑 경기를 놓치고 열기에 휩쓸리지 못하다가 어느 한밤 '코리안 특급' 박찬호를 만났다. 특급이라는 말에 걸맞도록 별안간 나타나 미처 가시지 않은 잠기를 일거에 날려버렸다. LA 다저스 유니폼 차림으로 마운드에서 공을 뿌리는 장면이 가슴에 여간 벅찼다.

천하의 메이저리거 아닌가. 마이너 생활 2년을 끝내고 선발 투수로 나온다는 뉴스를 듣긴 들었으나 첫날은 깜박 잊었다.

건망증을 후회하며 다시는 놓치지 말자고 다그쳤다. 그 뒤부터 대엿새 터울로 맛보는 밤의 흥분·낙담이 썩 좋았다. 적막강산을 벗는 자신의 괜찮은 행사로 키웠다.

권태에 볼모 잡혀 생으로 시간을 앓는 축에겐 하루하루가 때로 지겹다. 구복을 채우고 남는 여백에 무엇을 담을까 시달리는 모양이 남의 눈에는 유유자적으로 비칠 공산이 크려니와, 당자에겐 고통인 수가 많다.

『남자, 그 잃어버린 진실*Manhood*』의 저자 아무개 박사는 말했다. 나이깨나 잡순 남자들은 대부분이 외롭고 공허한 느낌으로 감당하기 어려운 스트레스에 들볶인다고. 때문에 친구 간에도 허세를 부리고 얄팍한 우정을 유지하기 쉽다면서, 무던히 자상한 예증을 낱낱이 들어 우울증 증상의 해소를 도왔다.

진단은 정확하고 처방은 타당하다. 매우 그럴듯했으나 책은 책이고 당면한 생활은 생활이라는 감정의 괴리를 어쩔 수 없다. 전자에서 얻는 각성은 일반적이고 후자의 숙달된 편의는 개별적이라는 각도에서 생긴 대로 노는 것도 나쁘지 않다. 하찮은 잠버릇에 억지 발명이 공연할지 모르지만 사정인즉슨 그렇다.

그러구러 길들여진 그의 수수한 습관 또한 유사하다. 쓸데없이 성마르거나 건조한 생의 뒤꼍을 지척지척 헤매기보다는 몸에 착 맞는 백 프로 공 구경이 무던했다.

무용한 궤변이 장황하여 스스로 나른하지만, 공주(公州) 태생 박찬호의 그해는 아무튼 가슴이 뻑적지근하도록 근사했다. 14승을 거뜬히 올리고 3년 후엔 맙소사! 18승을 따냈다. 퀄리티 스타트는 부지기수고 빅리그 12년째인 2005년 여름엔 드디어 통산 100승 고지에 보란 듯이 올랐다.

텍사스 레인저스로 이적한 뒤로는 오른쪽 옆구리 갈비뼈와 허리 통증이 심해 '먹튀' 소리마저 듣던 와중이라서, 한국인 최초의 메이저리그 성과가 자랑스러웠다.

아시아 선수로는 노모 히데오에 이어 두번째, 당시의 기록으로도 100승 이상의 성적을 거둔 투수는 650명 가운데 40명뿐이었다. 6~7퍼센트 속에 든 것이다.

그때부터 아시아계 선수가 주목받기 시작했다. 찬호와 노모가 길을 냈다. 두 메이저리거의 빼어난 전적이 라틴아메리카로만 쏠렸던 MLB 스카우터들의 눈을 동양 쪽으로도 돌려놓았다.

그리고 한참 세월이 흐른다. 도리 없이 서로 부침을 겪거늘, 그는 역경 앞에 늘 당당한 노모 히데오의 새로운 도전에 그때그때 탄복했다. 추락을 추락으로 여기지 않고 오뚝이마냥 다시 일어서는 열정을 높이 샀다. 수준이나 격이 낮든 말든, 어깨와 팔꿈치 수술로 위력이 뚝 떨어진 자기를 요구하는 팀을 부지런히 쫓아다녔다.

마침내 베네수엘라 윈터리그로까지 표류하여 현역으로 띈

다는 소식을 듣고, 그는 프로 기질의 한 전범을 확인했다. 마흔이 멱에 찬 나이에 시카고 화이트삭스에서 방출된 다음이었다.

어지간한 선수였다면 메이저리그 신인왕과 노히트 노런 기록을 두 번이나 세운 체면 때문에도 대뜸 거절했을 테다. 하지만 서슴없이 카리브해를 건넜다. 자신의 전매특허나 다름없는 꽈배기 투구 폼을 데리고 떠났다.

시들어빠진 옛 시구(詩句)를 빌리면 남아입지출향관(男兒立志出鄕關) 어쩌고의 막다른 골목인가. 안타깝게도 성적은 몹시 초라했다. 방어율이 9.45였다면 알조다.

미국으로 되돌아온 후의 성과 역시 시원찮았다. 유랑자처럼 떠돈 3년을 지나 일곱번째로 들어간 캔자스시티 로열스, 그것도 마이너리그에서 또다시 방출된다. 난다 긴다 하는 강타자들을 울린 포크볼도 더 이상 위력을 발휘하지 못했다. 흐르는 세월 앞에 무력했다. 은퇴를 선언할밖에 없었다.

하지만 일단 세운 뜻을 시퍼렇게 살려 죽어도 나가서 죽은 기개가 아름답다.

박찬호는 어기야디야 되살았다. 프로 세계의 시난고난함을 수없이 겪은 끝에 이제는 왕년의 실력을 회복 중이다. 돌아오기도 머물기도 어려운 그 바닥에서.

현장을 지키는 한국 선수로는 클리블랜드의 추신수와 샌디에이고의 백차승이 또 있다. 덕택에 한 늙은이의 밤이 심심치 않다.

아다시피 노모의 부재를 메우고 남을 일본산 메이저리거는 부지기수다. 스즈키 이치로(시애틀 매리너스), 마쓰이 히데키 (뉴욕 양키스), 마쓰자카 다이스케(보스턴 레드삭스)는 거명 히기 새삼스럽다. 그 밖에 쟁쟁한 선수가 수두룩하다. 근자에 는 히로시마 카프 투수였던 구로다 히로키와 주니치의 강타 자 후쿠도메 고스케가 LA 다저스와 시카고 컵스로 적을 옮겼 다. 양대 리그를 통틀어 스무 명에 가깝다.

그들이 떠난 자리를 채우듯 우리 선수와 국내 용병들의 일 본 진출이 잇따라 한미일 먹이사슬 양상이 가속화될 기미다. 그 바람에 일본의 프로구단은 실력이 입증된 이웃나라 에이 스를 편히 고르고 연봉을 웃도는 중계권마저 챙기게 되었다.

이승엽, 이병규, 임창용의 저런 활약과 침체가 어떻든 미쁘 고 걱정된다. 요미우리의 71대 4번 타자 이승엽에 대한 기대 가 크다.

이러구러 꾸려가는 그의 노년은 건강 면에서 의당 션찮다. 의사도 잘 모르는 병은 노화(老化) 탓으로 돌리기 쉽고 병원 의 정기적인 검사는 기본이다. 그는 그만큼 검사의 결과물인 자기 몸의 안전 여부에 기를 쓴다. 그리고 달에 한 번씩 동향 의 대여섯 동기 동창끼리 몰려다니는 근교 산행이나 여행은 발보다 입을 앞세우는 날이다. 온갖 세상사에 대한 한숨과 찬

탄이 끊임없이 오르내리고, 한다하는 인물이나 정객 이름으로 공기를 놀았다. 누구는 한껏 추어올리고 누구는 여지없이 내리까는 둥 자유로운 시간이 늘 시원했다.

그렇다고 의견이 항상 같을까. 한가지 동(同) 자가 셋이나 겹친 데에다 피차의 성미나 됨됨이를 속속들이 꿰는 사이임에도 시시한 입씨름이 건주정 같은 감정싸움으로 번지는 날이 없지 않았다. 다시는 너희들과 노는가 보라고 토라져 한동안 발걸음을 안 하기 쉬웠다.

하지만 오래가지 않았다. 파르르 성을 낸 쪽일수록 말짱한 얼굴로 나타나 잠깐 식은 구정을 다시 데웠다. 대부분의 말다툼이 끈적끈적한 사감(私感)과는 거리가 멀었던 덕이다.

곧이 죽어도 세상에 떠도는 거창한 공론의 한 축을 떠메던 끝에 터진 사단이었으므로, 품었던 불만의 응어리나 피운 고집이 쉬 풀려 피차 체면 사나울 것이 없었다.

요컨대 유유상종의 편안함을 제일로 쳤다. 한날한시에 난 손가락도 길고 짧은 터에 만장일치는 정녕 부자연스럽다. 중도파가 조정을 자임하고 나서는 날은 어느 한편의 수적 우세가 무의미했다. 서운한 감정의 축적 잠복이야 어떻든, 표면상의 봉합 복원이 빨랐다.

"상서도 오겠지?"

"오다마다."

그는 넓디넓은 대합실을 멍청히 훑다 말고 거듭 미소를 머금었다. 상서는 송 아무개 동창과 지난번에 언쟁을 벌인 장본인이었던 까닭이다. 둘은 산에서 입에 거품을 물다시피 다퉜다.

드문 일이었다. 친구들은 실없는 입담으로 그동안의 무료를 풀기 비빴다. 오래 산 만큼 많은 동문수학 때의 잦은 실태(失態)를 서로 집적거려 웃음을 만들기도 했다. 그것은 자기네끼리만 주무르고 꺼내 먹는 주전부리 같은 역사요 일화였다.

해방의 종소리에 유소년의 잠을 설치고 6·25의 도륙에 혼절한 세대의 되새김질이라고 해도 좋다. 칭찬은 멋쩍고, 풍진 세상을 타고 넘다가 똥을 밟은 이야기라야 판이 걸쭉하게 흘렀다.

허물없이 친한 동료 간이라 하더라도 아 소리 다르고 어 소리 다른 이 바닥 정서를 두고두고 실감케 한달까. 제아무리 지당한 충고도 맞바로 들이댈 때와 정성껏 토렴해서 먹일 때의 차이가 크다.

정곡을 찌른다는 말도 매일반이다. 각진 논리를 세우는 토론장이라면 모를까, 실컷 퍼지기를 작정하고 나선 친구들끼리 찌를 과녁이 따로 없었다.

"드디어 나타나셨군."

후딱 잡념을 거두고 송의 시선을 따라간 곳에 상서, 이상서가 불룩 나온 배를 앞세워 털레털레 들어서고 있었다.

"손자는 어쩌고 나왔나. 오늘이 화요일이니까 자네가 맡는 날일 텐데."

"허. 남의 일에 웬 기억력이 그리 좋아."

"손자 자랑으로 하도 방정을 떨어쌓는 통에 자네만 보면 자네의 늦둥이 손자를 떠올리게 돼."

"요새는 뜸해. 할망구 병구완도 벅찬데 당분간 오지 말랬거든."

떠름한 기색 없이 둘이서 잘도 조잘거렸다. 덜 가신 앙금을 찾아보기 어려웠다.

배불뚝이 이가는 늦어도 아주 늦게 얻은 손자에 흠뻑 빠져 살았다. 일주일에 두 번, 오후에만 돌본다고 했는데 언제는 힘들어 죽겠다고 혀를 내두르다가 언제는 흐뭇하게 웃으며 별별 잔챙이 우스개를 뻔질나게 실어 날랐다.

그가 기억하는 조손의 목욕탕 얘기가 가령 그렇다.

손자는 옷을 벗다 말고 탈의장의 벽시계 밑에 반짝이는, 빨간 구슬로 돋을새김한 전기 글자를 천천히 읽었다고 한다.

─조 루 방 지. 성 기 확 대. 귀 두 확 대.

제법 큰 소리로 한 자 한 자 읽고 나서 물었다고 한다.

"저게 무슨 말이에요? 할아버지."

할아버지도 보긴 보았다. 단골로 드나드는 목간통이어서 더러 눈이 가기는 했다. 작은 글자로 새겨 넣은 병원 이름과 전화번호를 아무 느낌 없이 가끔 힐긋거렸던 것이다.

창피스러웠다고 이가는 덧붙였다. 옆에 있던 손님이며 이발사, 때밀이 아저씨 등이 피식피식 웃으며 자기와 손자를 번갈아 쳐다봐 혼났다고 했는데, 말하는 품은 딴판이었다. 더없이 유쾌한 표정이었다. 그는 그대로, 늦은 오후의 느른한 시간을 즐겁게 휘저은 철부지의 질문이 어찌 그것뿐일까 상상했다. 개네는 질문을 입에 달고 사니까.

"울보는 왜 안 와. 기차 시간이 다 돼가는데."

"오겠지 뭐. 그나저나 나가서는 제발 울지 말아야 할 텐데."

"누가 아니래."

그가 마침 걱정하던 일이다. 오늘의 네 친구 중 하나인 민(閔)가는 상처한 지 반년이 지났는데도 동료만 만나면 울었다. 해서 다 늦게 '울보'라는 별명을 얻었지만 벼르고 별러 길을 나선 일행이 그 통에 땡감을 씹을까 두려웠다. 털어낼 스트레스조차 말라가는 판에 1박 2일의 탈속을 감행했다가 찔끔찔끔 흘리는 눈물에 당초의 들뜬 기분을 잡칠까 염려스러웠다.

반드시 그렇지는 않되, 젊은 사람이 동무 따라 강남 간다면, 늙은 사람은 죽은 친구를 장송할 때마다 내 차례가 머지않구나 다짐한다. 전자에는 모험과 희망이, 후자한테는 연민과 인멸의 냄새가 난다.

그래서도 친구의 간절한 아내 생각을 달래는 쪽으로 나들이의 명분을 삼아도 될 뻔했다. 사람들은 대개 감상(感傷)여행을 좋아하므로.

한데 분위기를 흐릴까 걱정하다니 야박하구나 싶겠지만 감상은 혼자 삭이든가 처리해야 제격이다. 빙산의 일각도 많을지 모른다고 그는 가끔 생각한다.

투수의 실투(失投)가 타자에겐 절호의 순간으로 둔갑하듯, 웬만한 이치가 어지간히 양면적이다. 직선으로 뻗다가 옆으로 슬쩍 빠지는 슬라이더에 속는 타자 또한 많다. 삼진아웃의 '삽질'은 당자나 관중에게 다 같이 민망하다.

"많이 늦진 않았지? 간밤에 과음했나 봐. 아침에 설사까지 했지 뭐야."

이윽고 등장한 울보가 멀리서부터 잰걸음 치며 외쳤다. 일행은 서둘러 개찰구를 빠져나왔다.

어쩌다 모임의 간사 격이 된 그는 자기 어깨가 무겁다고 속으로 느낀다. 말로는 사는 대로 살지 뭐, 태평스러운 척하다가도 신문에 평균 수명이 한두 살씩 올라갈 때마다 신경을 곤두세우는 '늙은 아이들'. 낯선 고장, 서먹한 풍물 사이를 방황하는 하루 이틀이 내내 순조로울까. 적이 궁금했다.

낯설기는 함께 길을 나선 친구들이라고 다를까. 그에게는 너무 가까워 생판 모르는 타자로 비칠 때가 있다. 거울에 반사된 자기 얼굴을 뜯어보는 감회와는 다른, 모든 익숙한 것에 대한 염증인가 싶다.

어느 해던가. 초겨울에 면면끼리 여행을 하다가 죽은 친구

얼굴이 난데없이 눈앞에 어른거렸다. 아침결에 바깥의 숫눈이 좋다고 혼자 여관을 나섰다가 쓰러진 것이다. 그걸로 끝이었다. 졸지의 횡액이 황당했는데 누구는 죽음도 새하얗게 깨끗하구나 선망했다. 오랫동안 폐를 앓았었다. 졸지에 간 주검이 하도 어이없어 차라리 생소했다.

그는 불길한 생각이 공교로워 지레 겁을 먹었으나 곧 마음을 돌이켰다. 길흉을 넘어 영일(寧日)을 꿈꾸기로 작정했다. 언제나처럼.

아침바람 찬바람에

"하버지는 몰라도 돼요."

손자는 내가 슬그머니 제 등 뒤로 다가서자마자 내 컴퓨터 화상에 코를 박은 채 말꼬리를 길게 늘어뜨리며 중얼거렸습니다. 접근 금지의 엄포 같기도 하고 제가 저한테 흘린 혼잣소리로 들어도 무방한 말이었으나 이런들 어떻고 저런들 어떻겠습니까. 반듯한 대답을 기다리거나 딱히 궁금하지도 않으면서 저만 만나면 건성으로 이것저것 묻기 잘하는 할아버지의 어중된 관심을 애초에 차단하고 싶었을 겁니다. 책상 위 마우스를 직직 쓸고 끄는 대로 번득번득 바뀌는 모니터의 갖은 오두방정이 벌써 그런 의지를 반영한 셈입니다. 아이가 어쩌다 막걸리에 취하면 할애비도 몰라본다는 속담은 그야말로 시금털털한 옛얘기지요. 요새는 맨정신으로도 할애비를 몰라보기 쉽습니다. 그만큼 온라인 게임에 흠뻑 취한 애들의 긴장과 몰입의 순간순간이 예사롭습니다. 말리기는커녕 부러운 마음뿐이에요.

여간해서 독수리 타법을 면치 못하는 나는 더구나 그렇답니다. 걔네들의 능란한 손놀림에 탄복하며 일찌감치 뒷전을 돌밖에 없었습니다.

초등학교 2학년짜리 손자는 그럴수록 우쭐한 표정으로 제 솜씨를 은근히 자랑하더군요. 인터넷 검색의 요령과 기술을 일러줄 때는 한층 거만을 떨었답니다.

한다고 놀랄 내가 아니지요. 고깝거나 서운한 마음을 먹지도 않았습니다. 부지런히 녀석을 따라잡아 비슷한 수준에서 놀면 좋겠지만 어차피 크게 벌어진 거리를 무슨 수로 좁힙니까. 그런다고 살판이 날 것도 아니고요.

어린 손자의 흥을 보는 듯한 말머리가 느닷없습니다만 녀석과 함께 지낸 지 사흘밖에 안 됐습니다. 제금난 아들네 사정이 여차여차 불가피하여 딱 보름가량, 그것도 하학 후 대여섯 시간만 아이를 맡았다 보내기로 했거든요. 맞벌이하는 며느리가 퇴근길에 곧장 데려가는 조건으로 약조가 되었단 말입니다.

그리고 우리 할망구가 집을 비우지만 않았어도 내 감당이 훨씬 수월했을 터인데 하필이면 일본 오사카에서 사는 병석의 자기 오빠가 오늘내일한다는 전화를 받고 부랴부랴 떠났습니다. 처남은 저지난해에 마누라를 잃은 홀아비거든요.

다행스럽게도 그 처남은 죽지 않았습니다. 병명조차 옮기기 어려운 무슨 무슨 심장병의 위기를 가까스로 넘겼다고 했습니다.

'세상은 넓다마는 남매는 단둘이다'라는 유행가 가사 있지요? 그런 정황이 생각날 정도로 친동기가 딱 둘뿐인 집사람과 처남은 무척 의가 좋았습니다. 따라서 당자의 병세가 우선한다고 곧 한국행 비행기를 타랄 수는 없었습니다. 그건 너무 야박합니다. 집사람도 며칠 더 지켜보았으면 싶다고 주춤거리길래 얼른 선수를 쳤습니다. 미끄러진 김에 쉬어 간다고, 오사카 명물인 도톤보리 바람이나 겸두겸두 쐬다 오라고, 큰돈 안 드는 생색을 썼어요.

반은 진심이고 반은 빈말일까요? 암튼 나는 오랫동안 까먹은 점수를 벌충하고자 애쓰되, 매사는 뒷갈망을 잘해야 한다고 믿었습니다. 하루에 몇 시간의 손자 수발이 그렇게도 힘들어 모처럼 해외에 나간 사람까지 불러들이느냐는 불만이 이를테면 산통 깨는 일이죠.

녀석의 등장은 어떻든 큰일입니다만 저와 내가 마주 대하는 시간은 실상 짧았습니다. 동네 학원으로 영어니 태권도니를 배우러 다니기 때문에 차분히 앉아 서로 궁금한 점을 묻는다든가 내 나름으로 준비한 얘기보따리 등을 풀 여유가 없었습니다. 그가 좋아하는 얘깃거리가 무엇인지도 모르는 까닭에 더욱 난감했습니다.

아들네와 내 집과 학교는 세모꼴의 모난 귀퉁이에 해당하는 지점이랄까. 거기서 거기인데 걔네가 애를 가끔 맡길 셈으로 가까운 곳에 살림을 차린 건 아니랍니다. 내가 오히려 원했던 바라서 그들의 청을 기꺼이 받아들였습니다. 속으로는 다소 걱정이 되었지만 정년 후를 그냥저냥 먹고 노는 마당에 제 깟 녀석의 말동무쯤 못 하겠느냐고 선선히 허풍을 떨었습니다. 속된 말로 녀석과의 정신적 스킨십까지 상상했다구요.

신생아실 간호사가 두꺼운 창 너머로 고놈을 높이 들어 올리며 "할아버지에게 인사해야지" 하던 순간을 어찌 잊겠습니까. 퇴원 수속을 마치고 핏덩어리를 품에 안던 때의 감동은 또 무엇입니까. 꽃처럼 가벼운 아이의 무게에 팔이 떨렸습니다. 들큼한 향내가 코를 간질이며 온몸에 서서히 퍼졌습니다. 그리고 부끄러운 할애비가 되지 말자는 다짐으로 가슴이 벅찼습니다. 그것은 아버지가 되던 때와도 다른 설렘이었습니다.

그렇게 나를 감동의 소용돌이 속에 몰아넣었던 아이는 손한 번 들고 발 한 번 옮기는 짓이 모조리, 또는 일일이 예뻤습니다. 평화의 상징처럼 누워 꼼지락꼼지락 옹알이나 하던 애가 어느 날 발딱 뒤집기에 성공했다는 안방 뉴스에 반색하고, 드디어 자력으로 몸을 일으켜 일보(一步) 전진 이보(二步) 짜 당했다는 소식에 마음껏 웃었습니다. 손자를 너무 귀애하다 수염 뽑힌다는 말도 있던데, 나는 애초에 수염을 기르지 않아 그럴 염려조차 없었다구요.

거기까지였습니다. 녀석이 제힘으로 대소변을 가리고 유치원을 거쳐 초등학교에 입학한 다음부터는 도리어 저와 나의 사이가 떴습니다. 공통의 화제가 궁하기 때문에도 일방적으로 머리를 쓰다듬든가 볼기를 토닥거릴 뿐, 고슬고슬 쫀득한 관계를 갖지 못했습니다.

그러다가 둘이서만 지내는 시간이 많아진 폭인데 녀석이 첫발부터 뜬금없이 혀 짧은 소리를 입에 담고 나섰습니다. 앞에서 이미 보았다시피 할아버지를 '하버지'로 바꿔 부르더란 말입니다.

제 애비가 당장 꾸짖더군요. 할아버지라는 호칭을 똑바로 쓰도록 일렀건만 나와 단둘이 있을 적에는 어느새 '하버지'로 돌아갔습니다. 짐작건대 나와 보낸 예전 생각이 났기 때문인지 모릅니다. 그때도 나는 그의 반말조 응석을 말리지 않았거든요.

요새라고 다르겠습니까. 제 또래 중에는 할아버지를 '할배'라고 부르는 애도 있다면서 곁에 누가 없는 동안은 '하버지'로 통했으면 좋겠다길래 선선히 승낙했습니다.

조손간에 격식을 갖춰 또박또박 경어를 쓰는 게 바른 도리라면 바른 도리지만, 장난기로 뭉친 어린애에게 너무 모난 격식을 요구하는 것도 그다지 좋아 뵈지는 않습디다. 어차피 철이 들면 제물에 태도를 바꿀 테니까요.

하기야 어린애로만 쳤던 녀석의 입에서 제법이다 싶은 말이 튀어나오는 걸 보고 조금 놀라기는 놀랐습니다. 뭐라고 한 줄 아세요? "지금 인간은 말을 짧게 하고, 글씨도 쉽고 빠르게 써야 하니까 할아버지를 '하버지'로 줄여도 괜찮겠죠? 우선 재밌잖아요." 이러더라구요, 글쎄.

짐작이 갔습니다. 인터넷에는 끝없이 많은 준말과 생략법과 머리나 꽁지를 댕강 자르고 몸통만 살아남은 불구의 말이 좀 많습니까. 그 생각이 나길래 다른 예를 더 들어보랬더니 "저도 다는 몰라요" 하면서 동곳을 뺐습니다.

초등학교 2학년짜리 입에서 나온 '지금 인간' 소리가 썩 그럴듯하지는 않았습니다. 매우 어색하게 들렸는데 본인은 얼결에 떠올린 '하버지' 별호에 신이 나 만화 등에서 익힌 외마디 한자까지 갖다 붙인 것 같습니다.

게다가 우리끼리만 아는 비밀을 꼭 지키자면서 새끼손가락을 내밀거늘 그건 못 하겠다고 거절했습니다. 일단 언약했으면 그만이지 남자끼리 쩨쩨하게 새끼손가락은 걸어 무어 하자는 거냐고 단박에 물리쳤습니다.

왜 있잖습니까. 남몰래 약속하기 좋아하는 애들의 버릇. 의리를 지킨답시고 스스로 시험에 빠지는 상황을 은근히 즐기는 행태가 바로 그겁니다.

그들의 맹세는 깨지기 일쑤고 비밀은 곧 새기 쉽습니다. 어느 일방의 배반이나 잘못이라기보다는 줏대 없이 자주 마음이 바뀌고 표정 관리가 워낙 서툰 탓입니다. 선생님도 선생님이지만 줄창 한 지붕 밑에서 사는 어머니의 눈을 여간해서 피하기 어렵습니다. 그런 때의 어머니는 독심술의 여왕입니다. 심리학 박사 이상입니다. 그만큼 눈치코치가 빠삭하여 아이의 말이나 행동이 요만큼만 이상해도 이내 알아차리기 마련입니다. 눈을 홉뜨고 수상한 점을 캐다 안 되면 발바닥을 긁듯이 살살 달랩니다. 살찐다고 거둬들인 버거킹까지 앵기면 맹세도 실토되어 입에 줄줄 녹아내립니다.

어떻든 나는 내 몫의 비밀을 한동안 굳게 지켰습니다. 그따위 함구쯤은 일도 아니었으니까요. 채신없이 어린것과 한통속이 되어 비밀 놀이를 하는 작태를 웃으며, 내 편 네 편의 어느 쪽에 붙어야 마음이 놓였던 먼 유년을 되짚었습니다.

잠깐, 이제부터 호칭을 고쳐야겠습니다. 나 자신이 지어준 이름을 놔두고 시종 인마니 녀석이니 부르는 것이 차차 미안하기 때문이었습니다. 해서 뒤늦게나마 밝히는 손자 이름인즉 유봉화입니다. 새 봉(鳳), 빛날 화(華)인데, 돌림자를 빼면 화 하나만 내가 지은 셈입니다.

아이의 생김새는 어지간합니다. 남에게 빠질 용모는 아니고 공부 또한 중상(中上)은 간다고 들었습니다. 통틀어 중질을 넘는 수준이랬는데 제 부모는 상위 그룹으로 등급을 끌어올리기 위해 차차 고삐를 조이는 중입니다.

아무려나 나는 봉화와의 한시적 접촉을 앞둔 시점에서 생각이 많았습니다. 그의 머릿속에 할아버지와의 한때를 인상 깊게 각인시킨다든가 추억거리를 만들어주고픈 야망마저 품었으나 분수를 모르는 망상임을 초장에 곧 깨달았습니다. 곁에서 저 하는 대로 지켜보는 것 이상의 묘수가 막상 떠오르지 않았습니다.

결국은 옛날이야기를 곁들인 말동무 노릇이나 하면서 타의에 의한 조손 밀착 기간을 때우자는 쪽으로 마음을 바꿨습니다. 손쉽게 호감을 사기로는 옛날이야기가 제일 무난하니까요. 수준에 맞는 메뉴를 준비하는 일이 장난 아니되 그 수밖에 없었습니다.

「콩쥐 팥쥐」나 「호랑이와 곶감」류 전래 동화는 유치원 때 이미 들었을 공산이 큽니다. 「혹부리 영감」과 「도깨비방망이」역시 운도 떼기 전에 그만, 하고 나오면 김이 샐 판입니다.

세계의 명작 동화는 하물며 더하겠죠. 아이들을 위해 안데르센이다, 이솝이다, 그림 형제다, 라퐁텐 우화집이다 등등을 월부로 들여놓는 집이 여간 많은 까닭입니다. 봉화 에미라고 다르겠습니까.

따라서 「신포도와 여우」니 「개미와 베짱이」니 「늑대와 양치기」니 하는 것 가운데 어떤 종류의 이야기를 어떻게 골라 봉화의 입맛에 꿰맞춰야 옳을지 겨냥이 잘 안 섰습니다.

그렇다면 차라리 도깨비 얘기랄지 달걀귀신 얘기로 뻥을

치는 게 나을 듯싶었습니다.

같은 도깨비라도 한국판 도깨비 설화는 종류도 많고 내용이 무척 다양하니까요. 들어도 들어도 물리지 않는 이야기의 화수분으로 그만입니다.

국산 도깨비의 캐릭터 자체가 우선 흥미롭습니다. 사람을 홀리는 기본기야 어디 가겠습니까마는, 원체 장난을 좋아한 나머지 제가 제 뺨을 치는 바보짓도 잘합니다. 숙달된 오입쟁이처럼 미녀를 후리는 솜씨 또한 일품인데, 술만 마시면 아무에게나 씨름을 겨루자고 덤벼 탈입니다. 자기 왼쪽 다리가 아킬레스건이라는 사실을 모르고.

이런 점이, 총체적으로 잔인하지 않고 익살맞은 모양이 일본의 오니(鬼)와 판이합니다. 머리에 뿔이 달리기는 매일반이되 호랑이 가죽 훈도시(褌)로 급소를 가리고 손에는 쇠몽둥이를 든 일본 도깨비와 다릅니다. 살기 오른 형상이 공포의 상징으로 딱입니다. 일본에 「오니를 정벌하러 가자」는 동요가 생긴 연유를 짐작게 합니다.

상대적으로 우리 도깨비는 그만큼 폭이 넓다고 봅니다. 화자의 재량에 따라 적절히 변화를 주어도 괜찮다고 믿습니다.

달걀귀신은 또 어떻습니까. 화장실을 변소라 일컫던 시절에 흔했던 토일렛 전문 귀신 아닙니까. 국민학교일수록 자주 출몰한다는 소문이 얼마나 파다했다구요. 이를테면 늦은 오후의 으슥한 시간에 쉬를 하러 온 여학생이 있었다고 칩시다.

안심하고 팬티를 까 내리는 순간 돌연히 나타나 혼절시킨다고 했습니다. 남학생인 경우는 불알을 따 먹자고 덤비구요.

생김생김이 달걀을 닮았대서 붙인 이름일 뿐 실체는 오리무중이었습니다. 보았다는 아이도 있고 거짓말이라는 아이도 있는 전실 속에서 소년 소녀는 자라 어른이 되고, 달걀은 그제나 이제나 아무 말 없이 사람들의 일용할 양식 구실에 헌신적입니다. 단백질과 지방의 공급원입니다.

계속해서 주저리주저리 늘어놓기 무엇합니다만 애들이 열심히 들어만 준다면 책으로 정형화된 옛이야기 외에도 나는 할 말이 적지 않습니다.

맞습니다. 내 머릿속에서 잠자거나 굴러다니는 독서 부스러기와 실지로 경험한 일만 갖고도 우리 봉화를 킬킬대게 만들 자신이 있습니다. 잘 나가다가 말문이 막힌들 당황할 리 있나요. 노회한 술법으로 번안 윤색을 거듭하면 그만입니다. 아니 윤색하지 않은 실화도 많습니다.

며칠 전이었습니다. 노년의 동창끼리 모여 밥을 먹는 자리에서 한 친구가 방귀 때문에 고생한 얘기를 불쑥 꺼냈습니다.

앉으면 화제의 8할을 현재 진행형인 각자의 신병 문제로 채우는 게 보통인 건 아시지요. 그날도 예외가 아니었습니다. 조중석(朝中夕)으로 나누어 먹는 알약이 나는 열셋인데 너는 몇 알이냐. 말도 마라. 나는 안압(眼壓)이 20(mmHg) 아래로 떨어져 녹내장 걱정을 던 건 좋지만, PSA(전립선비대증 수치)

가 4점 20으로 껑충 올라 큰일 났다는 둥 수다를 떨었습니다. 3점을 넘으면 요주의(要注意) 환자로 치는 수가 많습니다. 내 경험으로는 그렇습니다.

이런 와중에 들고 나온 방귀는 또 무엇이냐? 의아스럽겠으나 듣고 보니 고약한 질환이 틀림없었습니다. 바깥출입을 오직 지하철과 버스에 의존하는지라 그때마다 얼마나 조바심했겠습니까.

견디다 못해 병원을 찾은 그는 통원 치료 한 달 만에 거뜬히 악취 제거에 성공했다면서 아직 복용 중인 태블릿 몇 알을 손바닥에 올려놓고 환히 웃었습니다. 생리적 현상을 시원하게 발산하지 못하는 동안은 저 얼굴이 누렇게 떴던가? 나는 발설자의 얼굴을 빤히 쳐다보았습니다.

동시에 생각했습니다. 우리나라 어린이는 왜 방귀라는 말에 죽고 못 사는가를. 아직 글자를 깨치지 못한 젖먹이조차 방송의 「방귀대장 뿡뿡이」를 즐겨 찾으니까요. 그 프로만 틀어주면 울던 울음을 뚝 그치고 마냥 깔깔거립니다.

호랑이보다 무서운 곶감 전설은 그야말로 호랑이 담배 먹던 시대의 유물이랍니다. 우는 아이를 달랜답시고 시험 삼아 곶감을 줘보세요. 나를 뭘로 아느냐는 기세로 더더욱 생떼를 쓸 겁니다. '순사가 온다'는 후발성 더듬수는 하물며 턱도 없습니다. 민중의 지팡이를 자인하는 순경 아저씨와 칼을 차고 다니던 시대의 순사를 분간조차 못 하는 터에 무엇이 무섭겠습니까.

이만하면 방귀의 직방 효험이랄까 위력에 대한 가늠이 가겠지요. 쓰임새야 천양지판으로 다르지만 그것은 어른들의 세상에서도 곧잘 원용됩니다. 애들처럼 즉물적이지 않은 만큼 뜻이 깊고, 일상에 유용한 비유와 해학의 원자재로 제격인 수가 많습니다.

화제를 다시 애들 쪽으로 돌리건대 그들은 어지간히 방귀와 똥 이야기를 바칩니다. 이 둘을 세트로 좋아합니다.

한없이 배꼽을 쥐게 하는 김려령 작가의 장편소설 『완득이』는 개권(開卷) 벽두에 즉각 '똥주'를 내세웠습니다. 조폭스승인 담임의 별명을요.

얼마 전에 경험한 '빵꾸똥꾸' 소동 아시지요? 어느 방송의 시트콤 프로에서 흘러나온 아역 배우의 한마디가 마침내 국회까지 들었다 놓았다는 것 아닙니까. 결국은 방송 행정 당국의 권고 조치를 먹었습니다그려. 아이들은 보통인데 어른들이 수선을 피운 꼴입니다.

어린이와 똥의 관계는 일찍이 이상(李箱)을 절망에 빠뜨린 애린의 가시적 증표이기도 합니다. 성천(成川)에 갔다가 예닐곱 아이들이 나란히 앉아 대변을 한 무더기씩 내지르는 걸 보고 날린 '창작 유희' 역설이 얼마나 기막힙디까. 그는 비감에 젖어 기도했습니다. "아 조물주여. 이들을 위하여 풍경과 완구를 주소서"라고.

이상이 그토록 간절히 소망했던 풍경과 장난감은 이제 흔전만전입니다. 한데 '성천 아이들'과 나이가 엇비슷한 요즈음 아이들은 어째서 똥이라는 말과 그토록 친근하고 그 말만 나오면 입이 먼저 벌어질까요.

내용은 고사하고 제목에 버젓이 똥 자를 달고 나온 책이 부지기수라면 알 만하지 않습니까. 우리 봉화에게 들려줄 요량으로 대충 뒤지다가 새삼스럽게 놀랐습니다.

그렇다고 너무한 것 아니냐. 애들 핑계 대고 향기롭지 못한 이야기를 중언부언할 작정이냐고 역정을 내실까 두렵습니다. 압니다. 그런 뜻은 눈곱만큼도 없습니다.

법정 스님의 『무소유』에 이런 글이 들어 있습니다. 「그 여름에 읽은 책」이라는 소제목을 단 수상의 일부분입니다. 너무너무 유명한 책이라 이미 읽은 분이 많겠지만 마침맞은 예일 듯하여 베낍니다.

비가 올 듯한 무더운 날에는 돌담 밖에 있는 정랑(淨廊)에서 역겨운 냄새가 풍겨왔다. 그런 때는 내 몸 안에도 자가용 변소가 있지 않느냐, 사람의 양심이 썩는 냄새보다는 그래도 낫지 않느냐, 이렇게 생각하면 아무렇지도 않았다. 일체(一切)가 유심소조(唯心所造)니까.

"하버지는 그때 뭐 했어요."

함께 오후의 한나절을 보낸 지 열흘가량 되었을 겝니다. 봉화가 밑도 끝도 없이 나에게 물었습니다. 제 어미가 데리러 올 시간이 다 된 무렵이었는데 그새를 못 참아 태권도의 대련 폼을 잡으며 생뚱스런 질문을 던지더라구요.

잊어먹기 전에 참고로 일러드리자면, 서울의 어떤 영어 교실에서는 태권도의 기본동작을 회화 연습과 연결시킨다고 들었습니다. 싫증 잘 내는 애들로서도 왔다일 겁니다. 원어민 영어 교사의 머리가 참 비상합니다.

좋습니다. 다 좋은데 나는 왜 또 이 대목에서 '왔다'를 들먹였을까요. (속되게) 좋다는 뜻인데, '왔구나 배뱅이'를 한 두름에 엮어 기쁨을 배가할 수도 있습니다.

내가 중학생이 되어 난생처음 펼친, 마분지에 찍은 영어 교과서의 첫 페이지는 '디스 이즈 어 북' '유 아 어 보이'였습니다. 그 발음을 태권도 품새와 가령 맞춘다? 주먹과 손날을 이용한 '찌르기'를 하면서 '유 아 어 보이……!'

얼마나 신이 날까요. 태권도의 태 자도 모르는 푼수에 나의 엉터리 상상력이 제풀에 남세스러울망정 꼬맹이들은 입과 발을 동시에 놀리는 일거양득이 꽤나 쏠쏠하겠죠.

그나저나 왜 나더러 '그때 무얼 했느냐'고 물었을까요. 하기사 아이들의 말과 행동은 대체로 느닷없고 수시로 당돌합니다. 전후좌우를 가리지 않고 모든 걸 저 중심으로 생각하기 쉽습니다. 골목쟁이에서 갑자기 한길로 튀어나와 자동차 운전자의 간담을 서늘하게 만들기도 합니다.

봉화는 안 그러겠습니까. 질문은 엉성하고 내 대답에는 정작 신경을 쓰지 않는 눈치였습니다. 그러므로 듣고도 못 들은 척 딴전을 부리면 그뿐인데 대체 뭔 소리를 하는 건지, 진의는 무엇인지 약간 궁금하기는 했습니다.

그러다 한 생각이 번쩍 머리를 스쳤습니다. '당신은 그때 어디서 무엇을 했느냐'는 후일담식 의혹의 원형이 퍼뜩 떠오른 거예요.

기억하지요? 질곡의 시대를 거치면서 결기 있게 오늘을 살자고, 조금씩 겁먹은 마음으로 서로를 부추기던 그 옛날의 가슴 뻐근한 격려사.

해해. 아무나 할 소립니까. 비약도 유분수지 어린것이 무턱대고 지껄인 한마디에 덜미 잡힐 건(件)이라도 있던가……난데없는 확대해석이 망령되다고 비웃음을 살 노릇인데, 나는 나대로 조손 사이의 엄청난 시대적 변천과 괴리를 차라리 다행스러워하는지도 모릅니다.

남의 얘기 하듯 둘러댈 것 없습니다. 아이가 앞뒤 재지 않고 서슴없이 말을 톡톡 던지면, 내가 그걸 받아 느릿느릿 곱씹었어요. 노숙하다고는 하나 그만큼 작동이 더디고 산만합니다. 날로 총기가 흐려 내리막을 데굴데굴 구르는 나 자신의 사고력 감퇴를 통감합니다.

같은 것, 닮은 것끼리는 편안합니다. 그래서도 새로운 관계 트기가 겨워 제자리걸음에 안주하거늘, 가다가는 나른한 분위기에 물리지 말란 법 없습니다. 그 속에서 허물없이 떵떵 거리는 자신이 한심할 때도 있습니다. 이불 안 활개의 연장이 지요.

익숙한 얼굴들이 모인 자리에서 잡동사니 지식이나 정보를 수상한 기억에 초를 쳐 좔좔 읊다가도 아뿔싸, 내가 시방 재탕 삼탕을 울궈먹는구나…… 이물 없는 친면(親面)에 기대어 덤벙댄 날의 귀로가 썰렁하기 그지없었습니다.

아무려나 봉화가 나의 채근에 못 이겨 설명조로 덧붙인 말은 예상했던 대로 뻔할 뻔 자였습니다. 덮어놓고 그때 무엇을 했느냐고 물으면 어떡하느냐, 알고 싶은 점을 똑바로 대랬더니 내가 저만 할 때 한 일을 뜻한다고 심드렁하게 대답했습니다.

나 참. 그러려니 짐작은 했지만 어이없고 맥이 빠져, 밥 잘 먹고 똥 잘 싸고 놀았다, 어쩔래. 퉁을 먹였습니다. 그는 에이 시시하다, 웃으면서 바지 앞 단추를 풀며 화장실로 내빼더 군요.

난감한 동안이 흘렀습니다. 간단한 물음에 역사가 다 된 내 유년의 한때를 어떻게 요약한단 말입니까. 그렇다고 '너는 몰라도 돼' 하고 내치기 어려웠습니다. 아이가 나한테 맨 먼저 한 말을 고스란히 되돌려 줄 수는 없었으니까요. 하기로 들면 못 할 것도 없겠으나 문제는 경험의 내용입니다. 나는 아직 절절한데 저는 하품이 나올 것 아닙니까.

정성 들여 준비했달 것까지는 없지만 내가 봉화를 맞기 전에 마음먹은 그와의 시간 때우기 말놀이는 어떻든 이런 게 아니었습니다.

없는 위엄을 부리자니 멋쩍고, 접촉에 필요한 훈육적 노하우는 하물며 생심조차 못 낼 일이었습니다. 그렇다고 멀거니 손을 놓고 앉았기도 따분할 것 같았습니다.

생각다 못해 신경을 좀 쓴다고 쓴 것이 앞에서 주섬주섬 열거한 옛날 동화 따위였어요. 제일 무난하고 효과 또한 크리라 믿었습니다. 모든 나라의 확립된 전통이랄까 경향이 대강 그러하니까. 우리나라에서는 더군다나 이유기가 지나서도 어머니나 할머니의 젖을, 징그럽다고 뿌리칠수록 죄암죄암 매만지며 듣는 밤이 끝내주게 좋았으니까.

여성성 서정이 그렇게 싹싹했으므로 나의 뻣뻣한 얘기 솜씨가 귀에 쏙쏙 닿겠습니까마는, 신기한 것을 바치는 애들 성향을 노리면 될 것 같았습니다.

그리고 틈틈이 봉화의 학교생활에 대해 의견을 나누고 싶었습니다. 여자 친구는 몇몇이냐, 반에서 제일 쌈 잘하는 놈은 누구냐, 너도 왕따를 당한 적이 있느냐 등을 묻고, 여세를 몰아 장래의 희망과 꿈을 들어보되 가능하면 조언을 아끼지 않을 작정이었습니다.

숨김없이 서로 속내를 털어놓을 단계가 되면 함께 대중탕에 가서 불알이 제법 여문 것 같다는 장난까지 칠 생각이었습니다.

하다가 아기는 어떻게 만들어 어디로 나오는가 물을까 봐 걱정하기도 했지요. 봉화의 그 방면 학습은 어느 수준일까. 학교에서는 얼마만큼 배우고 즈 에미 애비는 무엇이라고 대답했는지, 내가 거꾸로 알아야겠다고 벼르는 둥, 메마른 가슴에 모처럼 윤기가 흐르는 양 착각하며 혼자 쬐끔 수선을 피웠습니다.

뿐만입니까. 그 밖의 일에 대해서도 물을 공산이 크리라 믿고 깜냥껏 머리를 굴렸습니다. 끊임없이 묻고 또 묻는 것이 그맘때 아이들의 특징이거든요. 적당히 얼버무린다고 누가 흠잡을 리 없겠지만, 이왕이면 그럴싸한 응답을 하기 위해 초심자의 허술한 포트폴리오 같은 계획이나마 짰더라 이겁니다.

한데 이게 웬일이래요. 봉화 이 녀석은 도대체 무얼 묻는 법이 없었답니다. 하루해가 짧다고 학교다 과외다를 왔다 갔다 싸대는 어간에 기어코 핸드폰에 매달리더라구요. 뭐가 그리 탐탁한지 회심의 미소를 거두지 않은 채 말입니다. 엄지족의 병아리가 여기 있구나 여길밖에요. 핸드폰을 사달라커니 안 된다커니, 즈 부모와 반년 이상이나 승강이를 벌였다고 들었습니다. 아이의 동선이 집 바깥으로 자꾸 뻗는 통에 할 수 없이 목에 걸고 다니도록 했대요. 미운 일곱 살을 넘어 까진 여

딥 살이 된 핸드폰 주인의 쾌재와, 유괴 사회에 겁먹은 보호자의 떨떠름한 표정이 엇갈리는 현실이 딱했습니다.

어떤 날은 오체투지를 하듯이 거실 바닥에 배를 착 깔고 만화책을 펼칩니다. 만화는 만화인데 천자문을 초등학교 저학년 수준에 맞게 재구성한 것이었습니다. 재미도 보고 한문 공부도 하자는 의도겠지요. 스무 권짜리 장편을 한정하고 두세 달에 한 권씩 펴낸다고 했습니다. 만화에 사족을 못 쓰는 아이들과 만화를 교과서의 천적처럼 경계하는 학부형의 타협을 또다시 목격하는 시간이었습니다.

얼김에 나도 봉화가 없는 틈을 타 읽다가 슬슬 빨려 들어갔습니다. 이름하여 '손오공의 한자 대탐험'이 얼래, 재밌더라구요. 손오공이 삼장법사, 저팔계, 사오정과 함께 벌이는 좌충우돌 활약상을 그리되 만화 특유의 쿵, 쾅, 빡, 에잇! 등속의 부사나 감탄사에 '불어라 바람 풍(風)' '쏟아져라 물 수(水)'를 적절히 배치하고 있었습니다. 주먹만 한 한자로 말입니다.

암튼 봉화는 이렇게 저렇게 바쁜 나날을 보냈습니다. 거따대고 너는 왜 별똥별이 무엇인지, 밤하늘을 아름답게 수놓는 은하수는 어째서 은하수라고 부르는지 궁금하지도 않냐고, 건어물로 이름난 중앙시장의 마른 대추 같은 주름투성이 얼굴을 바짝 갖다 대며 떠볼 수 있겠습니까.

하기야 내가 이번에 구해 읽은 참고 서적에서 그런 사례를 다른 항목을 찾기는 찾았습니다. 미국의 아동 발달 전문가 벳시 브라운 브라운이 쓴 책(『아이의 난감한 질문, 엄마의 현명한 대답』)에 나오더라구요. '아이가 아무것도 묻지 않을 때는 어떻게 할까?'라는 대목이 내 시선을 끌었습니다.

"아이가 벌써 일곱 살인데도 도무지 성에 관해 묻지 않는다면 당신이 먼저 말을 꺼내도 됩니다. 무심결에, 혹은 차를 타고 가다가 조용히 폭탄을 터뜨리세요."

나는 '폭탄을 터뜨린다'는 말에 유의했는데, 저자는 "당신은 잔잔한 호수에 돌을 던졌다"고 부연해서 강조했습니다. 마치 작심하고 아이와 이판사판 대결하는 투로 과감하게 썼어요.

여자의 난자는 연필로 찍은 점만큼 작은 알이고, 남자의 정자 역시 작은 씨앗이라고 가르칠 때도 연필로 직접 점을 찍어 보여주라고 했습니다. 남자 씨앗에는 꼬리를 하나씩 그려서.

자상도 하다고 고개를 끄덕이는 참에 보탠 당부가 또 미국식으로 엔간합니다.

"참, 난자ovum를 작은 알에 비유할 때 닭의 알chicken's egg과 혼동하지 않도록 설명해줘야 합니다. 아이들은 흔히 알이라고 하면 계란을 떠올리니까요."

시시콜콜 지당한 말씀을 대하면서 나는 봉화가 궁금해한 나의 그때를 불가불 떠올렸습니다. 그 시절의 여덟 살짜리 소년의 일상에도 임신 출산에 대한 귀띔이나마 있었는지 없었는지, 있었다면 누가 언제 어떤 형식으로 얼마나 자세히 일러주었는지, 내 기억에 커서를 대고 마우스 버튼을 클릭했습니다.

대답은 '없다'였습니다. 원래부터 션찮은 기억력이라 내가 나를 백 프로 믿을 것이 못 되지만 구 할 구 푼까지는 확실합니다.

비단 그것뿐이겠습니까. 때가 되면 자연히 터득하고 어련히 알아 행세에 지장이 없는 일이 그 밖에 많습니다. 난자 정자를 모르면 큰일 날 것처럼 법석 떨 필요가 전혀 없었다구요.

미리 알아두어 나쁠 건 없겠지요. 조기교육 바람이 날로 드센 마당에 남보다 먼저 깨치는 것이 많을수록 좋기야 하겠습니다만, 지금 당장 몰라도 괜찮은 것까지 억지로 챙겨 먹이다가 동티 나는 사단 또한 숱하게 봤습니다.

배부른 소리로 들릴까 두렵습니다. 빠르고 간편한 오늘의 혜택을 누리기 위해 애면글면 살아낸 세월이 지겹지도 않냐, 쫄쫄 굶던 옛일이 뭐 그리 대단하길래 콩팔칠팔 되뇌느냐고 다그치면 곤란합니다. 나는 그럼에도 불구하고 갈수록 사이가 벌어지는 소통의 어려움이랄까 불모(不毛)를 말할 따름이니까요.

내친김에 변명하건대 젊은 축과 늙은이의 불통은 그때도 매일반이었습니다. 도리어 더 심했다고 봅니다. 요새처럼 드러내놓고 떠벌리지 않았다 뿐이지, 집 안에서나 밖에서나 늘 불편했습니다. 노소의 소(小) 쪽이 특히.

내가 바로 그랬습니다. 중학교에 들어간 뒤로는 부모님과의 소통이 종전 같지 않다고 느꼈습니다. 요새 어법으로 바꾸면 내내 괜찮던 회선(回線)에 나로 인한 인위적 장애가 생긴 거죠. 물론 내색하지 않았으나 학교에서 쓰는 말과 집에서 쓰는 말이 다른 이중어 경황을 감히 실감했습니다.

학교 물을 먹지 못한 두 분을 어느새 낮잡는다든가 보추때기 없이 시건방을 떠는 것과는 판이한 감정이었습니다. 그런 인식은 도리어 너그러운 이해력의 근거로 작용했습니다. 안팎 현실을 동시에 따로따로 뇌리에 담고도 천연스런 여유마저 부렸어요. 어른에 대한 모심의 도리를 넘보지 않는 가운데, 교과서에서 배운 지식은 지식대로 챙기는 딴 주머니를 자연스럽게 찼던 것입니다.

농사로 살림을 웬만큼 키운 아버지 덕에 내가 할아버지 제삿날을 맞아 '현조고학생부군신위(顯祖考學生府君神位)' 지방을 썼을 때, 몹시 흐뭇해하던 양친의 환한 표정을 잊을 수 없습니다.

내놓고 자식을 칭찬하기 겸연쩍던 참에 마침 잘된 일이었을까요. 덤덤하게 앉아 계시던 아버지가 두루마기 앞자락을 여미며 천천히 일어나셨습니다. 제사상의 홍동백서(紅東白西) 위치가 틀렸다면서 사과와 배를 맞바꿔놓던 투박한 손이 눈에 선합니다. 제사는 맞바로 조상과 통하는 의식이지요.

"하버지. 하버지 집에서 보낸 일, 추억으로 만들어도 되까요?"

약속한 반달이 그럭저럭 차가는, 안개비가 오는 둥 마는 둥 내리는 날이었습니다. 봉화가 나에게 슬며시 물었습니다.

이건 또 무슨 소리? 불시에 허를 찌르는 말버릇이 막판에 기어코 튀어나왔습니다그려. 젖먹이의 투레질도 아닌 것이, 애어른의 능청도 아닌 것이 진정코 희한했습니다.

'추억 만들기'라는 말을 듣기는 들었습니다. 나이 든 이들까지 무슨 일을 멋지게 수식할 양으로 농반진반 써먹기는 하지만, 손오공 덕택에 가까스로 '바람 풍'이나 외는 노오란 입으로 추억을 들먹일 줄은 몰랐습니다.

따지듯이 내가 되물을밖에요.

"추억을 만들다니 우리 봉화는 별난 재주도 많구나. 빵도 식빵, 바게트, 크루아상, 소보로 등등 여러 가지니까, 추억도 슬픈 놈, 즐거운 놈, 알싸한 놈, 시큼한 놈으로 종류를 나눠 맘대로 구울 수 있겠네? 게다가 말이다. 추억을 만들고 안 만들고는 온전히 네 마음에 달렸거늘 구태여 내 눈치를 살필 건 뭐냐. 동네 강아지가 웃겠다. 추억이 무언지나 알고 이러느냐? 나는 뎁데 이 점이 가장 중요하다고 믿는다. 무슨 추억을 어떻게 만들 건지 살짝 알려주려무나."

이렇게 어르고 달래며 그다지 깊을 것 같지 않은 속내를 캐려 들었습니다.

봉화가 웃더군요. 장난이 아니라고 배시시 웃으며 추억하고 싶은 내용은 '절대 비밀'이라고 입을 꽉 다무는 시늉을 했습니다. 동시에 저라고 왜 추억을 모르겠느냐면서 내 눈을 똑바로 응시했습니다.

"있잖아요. 제가요. 어릴 적에요. 할머니와 문방구에 가서 유치하게 백 원짜리 또뽑기를 하던 기억이 지금도 머릿속에 또렷이 남아 있걸랑요. 그것도 추억이죠 뭐"라고, 불만스런 낯빛으로 빨리빨리 대답했습니다.

봉화가 그렇게 안다는 데에야 어쩌겠습니까. 잘해보라는 표시로 음 음 웅얼거리다 말았습니다. 여덟 살도 나이라고 '어릴 적'을 따로 떼어 자기의 오늘과 층하를 두려는 생각이 긴가민가했기 때문입니다. 아니 일단 귀여웠습니다.

사실은 예전의 우리 외손녀에게도 비슷한 인상을 받았거든요. 걔는 돌이 지날 무렵부터 우리 집에 자주 왔는데, 초등학교 상급반이 된 다음에도 마실 물은 꼭꼭 제가 전에 빨아대던 젖병에만 담아달랬습니다. 기분이 내키면 왕년에 혼자 잘 놀았던 골방에 들어가 머시라고 머시라고 중얼거리며 일인 삼역쯤의 인형놀이도 재현하면서…… 꼼꼼한 외할머니가 아이의 손때 묻은 물건들을 몇 가지 남겨두기 다행이었습니다.

모든 경우에 죄 그렇다고는 할 수 없지만 물이 간 시대의 웬만한 주부 반짇고리에 바늘과 실과 골무와 헝겊 쪼가리만 들어 있답디까. 만만의 콩떡입니다. 반드시 반짇고리에만 넣어 두란 법도 없습니다. 찬장에는 시집올 때 갖고 온 반상기의 일부가, 태극당 제과점의 낡은 상자에는 아들이나 딸내미의 성적표, 상장, 모표 배지가 들어차 그들의 한때를 실물로 증언합니다. 남는 건 사진밖에 없다고 사람들은 오나가나 신물 나게 찍어대지만, 방금 늘어놓은 물증들에게도 입이 있다면, '우리는 저마다 열 사진 부럽지 않은 산 존재'라고 뽐낼지 모릅니다.

젖병 같은 물건은 아니올시다만 유년의 외손녀가 남기고 간 말이 덩달아 떠오릅니다.

어느 봄날 할머니 등에 업혀 아파트 현관문을 나선 아이가 갑자기 "와! 예뻐라" 탄성을 지르더니 "아껴서 가자 할머니" 이랬답니다.

손자 손녀 자랑은 불출로 치지 않아 부끄러움을 무릅쓰고 드린 말씀인데, 집집의 젊은 부모가 애들을 키우면서 접하는 신선한 충격은 이 정도가 아닐 겝니다. 때로는 냄새난다고 가까이하기를 꺼리는 노년의 경험이 이럴진대, 한 지붕 밑에서 잠자는 시간만 빼고 줄창 지지고 볶는 '사오정' 전후의 부모들은 더하겠지요. 아이들 아니면 웃을 일이 없다고 했는데, '아이들 아니면 놀랄 일이 없다'는 말도 나란히 세움 직합니다.

이때의 경이(驚異)는 물론 크고 작은 사고나 말썽이 아닌

긍정적 사고(思考)에 한합니다. 생각보다 먼저 터진 느낌을 날것으로 쏘아 첩첩 수심(愁心)의 어버이 심정을 한때나마 녹여야 제격입니다.

염치없는 주문이 엿장수 마음대로구나 싶겠지만 지금은 어쨌든 멀고도 가까운 노소동락을 운운하는 시간 아닙니까. 그래서 그런 건지 내가 잘못 본 건지는 몰라도, 흙내가 고소해지기 시작하는 노인장일수록 회상의 거처를 자신의 유년에 매어두는 경향이 농후합니다.

나도 그렇고 남들도 그런 것 같아요. 삶의 중동을 애써 무시하거나 텅 비우고 찾아간 그곳에서 자주 똬리를 트는 기색이더라 이겁니다. 벌건 대낮은 상상의 날개를 퍼덕일 때가 아닙니다. 황혼 녘은 같잖게 미네르바의 부엉이 흉내를 낸다고 손가락질할까 무서워 그럭저럭 보냅니다. 잠자리에 들어서야 내 놀던 옛 동산에 오르거늘, 그것도 일이라고 밤이면 밤마다 멍석을 깔기는 어렵지요. 반타작이 고작입니다.

싫건 좋건 자기 생의 중심은 온통 중간인데 왜 머나먼 동심에 일쑤 마음을 빼앗길까요. 왜? 자문해놓고 시들한 자답으로 엄벙뗑 뭉개는 나태를 내남없이 늘 보아온 터에 난들 똑떨어진 해답이 가능하겠습니까.

여하튼 그런 상상이 다들 나쁘지는 않았을 것입니다. 꾸밈없이 정갈한 선심(善心)의 여린 싹을, 불교에서 일컫는 보리심(菩提心)을 거기서 발견할 테니까요.

격에 맞지 않는 말을 빌려 잰 체한다면 난감한 노릇입니다만, 아무런 내력 없이 턱 나타나 순식간에 가슴을 적시는 풍경들 있지요? 돈 주고도 못 살 친환경 풍물은 또 정물화마냥 가만히 있나요? 자꾸 수작을 걸며 함께 놀자고 쏘삭거려 자칫 사그라질 뻔한 오감을 되일으킵니다.

그런다고 세상과 맞짱 뜰 기세로 용맹전진의 각오를 굳혀 함부로덤부로 나댈까마는, 아름다운 초심에 새끼를 치도록 잘빠진 회상은 매번 지금 이 시간과 맞닿아 있습니다. 산술적으로는 아득하지만 감정의 골은 그다지 깊지 않습니다.

통섭의 여지 없이 세대 간에 가로놓인 천야만야 깊은 골을 의식하는 건 자유이되, 나날의 웬만한 변화가 항상 새롭기만 합디까. 알고 보면 그것도 최근인 수가 많습니다. 어느덧 다급해진 성미에 스스로 질린 사람들이 정신 좀 차리면서 가자고 비명을 지르게도 생겼어요. 나는 그 때문에 금전적 손해까지 보았답니다. 큰맘 먹고 워드프로세서를 장만하자마자 떡하니 컴퓨터가 출현했거든요. 비디오를 한창 즐기다가 디브이디를 만난 것도 바로 엊그제 아닙니까. 나 편하자고 한 짓을 세상 탓으로 돌리다니 뻔뻔하지만, 유행따라 불가피했던 생계형 세간 개비가 또 암만이었습니다.

돈과는 상관없이 나도 모르는 사이에 바뀐 내 마음의 일상적 선진화(?)는 또 치사 찬란합니다. 가령 생각해보셔요. 이른 아침 맑은 공기에 실려 공동생활의 틈바구니를 뚫고 스며드는 묵은 된장 끓이는 냄새를 맡았다고 치자구요. 아니거든 간고등어 굽는 냄새도 좋습니다. 예전에는 얼마나 구수하고 고소했습니까. 요새라고 다르겠습니까. 한데 내 코는 고리고 비리다고 마다하네요? 대신 카레나 빵 굽는 냄새에는 킁킁 혹하네요? 긴사한 후각의 배반에 식성의 천격을 실감할밖에요.

좋다 나쁘다를 떠난 머릿속 이심(二心)의 농간이 그렇게 제 멋대롭니다. 밀어낼 것 밀어내고 당길 것 당겨 데리고 사는 마당에 유년의 풍경은 그러나 늘 만만하고 한결같았습니다. 막히면 초심으로 돌아가라는 오래된 격언과는 이해타산 면에서 많이 다른, 다감한 이야기의 실마리로 나와는 무척 친근합니다.

눈에 밟히는 한 풍경이 다른 장면을 불러 꼬리를 맞물고 돌아가는 모양이 다시없이 아기자기해요. 종당엔 자기의 정체성에도 육박하는 까닭에 하릴없는 노령의 후줄근한 회고 취미로 얕잡을 것이 못 됩니다.

내 속을 빌려 남의 말 하는 꼴이 될까 봐 겁납니다. 그래서는 안 되겠고 그럴 의향도 전혀 없습니다만 나는 나보다 네 살 위인 누나와 함께 추수를 앞둔 논둑에 앉아 '우여! 우여!' 소리치는 그림을 가슴에 가끔 담습니다. 새를 보는 광경 말입니다.

새 쫓는 일을 새를 본다고 뒤집다니요. 조류 애호가들의 탐조회(探鳥會)와 혹간 혼동할지도 모르겠습니다. 쌀을 팔러 간다는 말 등과 함께 우리나라 어법의 엉뚱한 묘미를 느끼게도 하지만 어림없습니다. 당대의 농촌 아이에겐 이만저만 따분한 고역이었다구요.

논에 장대를 몇 군데 세우고 엉성하게 늘어뜨린 줄에 찌그러진 깡통을 군데군데 매답니다. 깡통 속엔 잔돌을 넣고요. 참새 떼들이 다 익은 벼논에 우르르 내려앉는 순간 손에 쥐고 있던 줄을 잡아채면 쩔렁쩔렁 요란한 쇳소리가 너무너무 조용한 들판을 냅다 흔듭니다. 남매가 뒤질세라 입을 모아 비명처럼 '우여! 우여!' 함성을 지르지요. 고적하면 필시 슬프기 마련인 들녘이 다시 요동을 칩니다.

한다고 남매와의 유격전에 이골이 난 참새군(群)이 가다 곧 중지하는 두 아동의 속내를 모를 리 있습니까. 소수의 선발대가 포르르포르르 자리만 옮기고, 그중 몇 놈은 지지리 남루한 허수아비의 양어깨에 앉아 용용 죽겠지 약을 올렸습니다. 두번 세 번 악을 써야 마지못해 떠났습니다.

지친 누나는 누가 계집애 아니랄까 봐 쉬를 하러 간다는 핑계를 대고 가까운 둠벙으로 네 잎 클로버를 맥없이 찾아 나섰습니다. 그쪽에는 작은 풀밭이 있었거든요.

"새야 새야 파랑새야, 녹두밭에 앉지 마라. 녹두꽃이 떨어지면, 청포장수 울고 간다"는 구전민요와 녹두장군의 비유조차 잘 몰랐을 때입니다. 다만 성이 차지 않습니다. 치자로 샛노랗게 물을 들여야 보기 좋고 맛 좋은 청포묵이 이제는 드물

구나 아쉬워합니다. 전주비빔밥은 녹(나물), 황(청포묵), 적
(육회)의 삼원색에 흰밥이 기본이니까요. 좀 어정쩡한 색이
콩나물인데 붙임성이 좋아 어떤 색상과도 잘 어울립니다.

요컨대 나는 임도 보고 뽕도 따는 식으로 지난날들에 다가
가는 편입니다. 높은 산에 올라 운무의 바다를 내려다보며 한
폭의 동양화 같다고 상투적으로 넋을 잃으면 다인가요? 탁 트
인 가슴에 힘을 불어넣으면 더 좋아요.

쉬울 리 없습니다. 새치기로 무작정 끼어드는, 초대하지 않
은 물것들이 산통을 깨기 일쑤랍니다. 앞뒤에서 독침을 뿜어
깔끔한 상념을 망치기 십상이라구요. 그럴 때는 너 잘 만났다
는 일전 불사의 기세로 앙상한 새가슴이나마 벗어부쳐야지
요. 그 맛 또한 괜찮습니다.

이런 과정을 거치지 않은 때깔 고운 과거 회상은 가짜입니
다. 응전 없는 감응의 세계를 신용하기 어렵기 때문입니다.

그제나 이제나 어른들이 명명한 천사표 라벨을 이마에 붙
이고 세상에 나온 아이들 생각도 딴은 궁금합니다. 세상이 뒤
죽박죽인 터에 무조건 천진하기만을 바랄 수도 없는 노릇이
니까요.

이를테면 볼까요. 일본 작가 무라카미 하루키의 『1Q84』는
남자 주인공 덴고(天吾)의 어머니가 아버지 아닌 사내에게 젖
빨리는 장면부터 이야기를 시작합니다.

어머니는 블라우스를 벗은 채 하얀 슬립의 어깨끈을 풀어

미지의 남자에게 젖을 물리고, 아기 침대의 덴고가 제삼자의 위치에 누워 그걸 바라보는 구도가 벌써 독자를 긴장시킵니다. 하나 작가가 못지않게 중점을 둔 것은 아이의 당시 나이가 한 살 반이었으며, 10초가량 눈을 판 그 정경이 인생 최초의 기억이었다고 강조한 사실입니다.

성인이 된 다음의 덴고는 그래서 기회 있을 때마다 주변 사람들에게 타진했습니다. 당신이 기억하는 최초의 정경은 몇 살 때인가를 물어 네댓 살이 대부분이라는 대답을 얻습니다. 빨라야 세 살이라는 걸 알고 자신의 확신을 '기억의 날조'에 비추어 곰곰이 검색하기도 합니다만, 그러기엔 너무 선명한 광경이 그 후의 상황과도 맞아떨어진다고 거듭거듭 확신합니다.

하필이면 젖인가. 내 밥을 어떤 아저씨가 빼앗아 먹는다는 본능적 박탈감이 1.5세짜리 영아의 직감을 한층 돋운 건 아닌가. 어차피 작자 마음대로 꾸민 이야기에 이렇게 사족을 붙이는 독자도 있을 겝니다.

더불어 추리하게 만듭니다. 유년의 기억이 꼭 근사하지만은 않다는 현실의 연장선에서 태생적 르상티망을 쓰게 씹는 경우도 허다한데, 세상을 잘 견디기로는 후자의 발분이 훨씬 세지 싶습니다. 덴고가 즉 그랬다구요. 두고두고 자기의 요람시대를 되새기면서 자유분방한 독립 의지를 굳히고 즐깁니다.

두서없는 내 이야기는 여기까지입니다. 봉화는 원래의 위치로 돌아가고 안식구도 오빠의 사정이 잘 풀려 곧 돌아온다고 했습니다.

제 어미가 저를 데려가는 날 봉화는 내 귀에 대고 "앞으로는 자주 성공하기를 바란다"고 속삭였습니다. 둘이서만 통하는, 나의 일급비밀을 두고 한 말입니다. 딴 사람에게는 절대 발설하지 말라고 단단히 일렀던 일인지라 잠깐 설명을 해야겠습니다.

남이 들으면 코웃음 칠 노릇이지만, 나는 예전부터 길에서 자박자박 걷거나 유모차에 탄 젖먹이들과 눈을 맞추는 이상한 취미를 갖고 있습니다. 부모 몰래 소리 없이 까꿍! 웃는 표정을 짓는달지 혀를 쏙 내밀어 반응을 살피는 재미가 여간 아니거든요. 제일 좋은 건 아이 부모가 애 얼굴이 어깨 너머 뒤를 바라보도록 안고 가는 장면입니다. 뒤따라가면서 마음 놓고 수작을 부릴 수 있으니까요. 애가 나를 따라 웃으면 성공이고 삐죽거리면 낭패입니다. 엄마들은 아이의 미세한 움직임만으로도 자기 애의 표정 변화까지 귀신같이 알아차립니다. 그런 때의 나는 번개처럼 빨리 시선을 거두고 시침을 떼야 합니다.

봉화는 또 할머니와 '셋셋세'를 놀았던 기억을 들먹이며 나와도 한번 손뼉을 맞추자고 막판에 졸랐습니다. 이 나이에 할 짓입니까. 그건 못 하겠다고 사양했습니다. 녀석을 보내놓고 서야 창밖을 무심히 바라보며 조용히 입을 달싹거렸습니다.

셋셋세
아침바람 찬바람에
울고 가는 저 기러기
우리 선생 계실 적에
엽서 한 장 써주세요
구리구리 멍텅구리 가위바위보

재일 한국인 3세 홍양자 씨가 지은 『빼앗긴 정서, 빼앗긴 문화』를 보기 전이었습니다. 일본 동요인 줄도 모르고 가르친 우리 전래 동요가 그 속에 수두룩했습니다. 「여우야 여우야 뭐 하니」나 「줄넘기」 같은 노래가.

아 참. 제 에미가 할애비와 손자의 귓속말 교환에 뜨악한 기색을 보이자 봉화가 당돌하게 말했습니다.

"엄마는 몰라도 돼요."

스
노
브 스
　 노
　 브

"어서 오게."

"형수님은요. 운동하러 가셨구나. 만보계 차고."

"눈치도 빠르다."

"이러다 아주 따로 노시면 어쩌죠. 썰렁한 홀앗이 냄새가 벌써 풀풀 납니다."

"코까지 좋네그려."

"남들 말로는 귀마저 밝대요."

"갈수록 양양일세."

"보내 드린 원고 보셨지요. 어떻습디까. 이메일이 손쉽기는 하지만 선배 눈 고생시킬까 봐 우정 프린트를 했습니다."

"고맙군. 한데 솥뚜껑에 엿을 놓았나, 왜 이리 허둥대. 천천 히 얘기해도 될걸."

"곧 떠나야 해요."

"노상 바쁘다지. 정 분주할 양이면 전화로 때우지 일부러 발걸음할 것 없잖은가."

"허 참. 전화로는 안 되겠으니 일간 한번 들르라 일러놓구선…… 큰일이네요. 이랬다저랬다 건망증."

"내 나이 되어보게."

"또 그 말씀. 네댓 살 차이 동접(同接)은 허교(許交)를 맞먹어도 괜찮다고 하신 게 누군데 이러시나요."

"떼끼! 암튼 읽기는 읽었네. 읽기는 읽었네만."

"물건이 영 선찮다?"

"그런 말은 안 했네."

"안 했지만 한 거나 다름없네요, 뭐. 선배의 기색이 벌써……"

"신통찮은가."

"김빠지지 않았다면 거짓말이죠."

"저런. 내 말은 대강대강 살펴 미안하다는 뜻인데."

"어떻든 좋습니다. 선배의 지지 찬동으로 시작한 일이니깐."

"물귀신 작전으로 나오는군."

"아닌가요. 제가 정수달 시인의 평전 구상을 꺼내자마자 당장 맞장구를 친 게 선배 아니던가요."

"어이 후배. 내 친구인 갈산면 술도가 쥔 알지. 그가 마침 민속주 두 병을 보냈지 뭔가. 새로 개발한 칡술이래. 그것부터 개봉하고 보세. 한 병은 자네가 갖고 가."

"해가 아직 중천인데요."

"누가 본격적으로 판을 벌이재. 한두 모금 음미나 하자 이거지. 분명 시음 결과를 물을 텐데 자네 입맛까지 얹혀 전하면 생색이 더 나겠지."

선배는 후다닥 몸을 일으켜 냉장고와 찬장을 뒤졌다. 후배는 뜨악한 시선으로 느닷없이 수선을 피운 선배의 뒷모습을 좇았다.

그것도 일이라고 양손에 사기 술병과 쟁반을 챙겨 든 선배의 걸음걸이가 이번에는 되게 신중하다. 나무 쟁반에 얹은 콘칩 봉지서껀 유리잔의 흔들림이 조심스러운 탓이다. 짐을 부리듯 응접탁자에 그것들을 내려놓으면서 터뜨린 끙 소리가 기어코 후줄근하다.

"저한테 시키시잖고."

"어디가. 손님은 손님인데. 자……"

"듭시다."

"짐작했던 대로 좀 달구먼."

"담갈색 빛깔이 은근해서 좋네요."

"소박하고 직설적이지? 우리나라 지명들. 칡이 많아 칡 갈(葛) 자 갈산면이고, 밤나무가 지천으로 널렸대서 밤 률(栗) 자 율촌리 아닌가."

"따뜻할 온(溫) 자 붙은 땅을 파면 온천이 솟고, '모두만이'라는 마을은 장차 신도시가 되고."

"그러게…… 이건 전혀 번지수가 다른 얘기지만 자네가 생각하는 고향의 이미지는 대개 무엇인가."

"어떤 각도에서."

"각도가 어딨어. 산과 들, 어머니, 구슬치기, 누이의 죽음, 누렁이, 폐결핵, 참외서리, 저녁놀, 먹고무신, 니힐리즘, 하모니카, 기계총, 새총, 과수원길, 옴, 탱자울타리, 아이스케키, 덴노헤이카, 도스토옙스키, 광인(狂人), 가출, 짝사랑, 어페어…… 등등, 눈 감으면 생각나는 것들 말일세."

"눈을 감지 않아도 다 알 만한데 도스토옙스키와 덴노는 왜 나오죠."

"도스토옙스키는 나나 자네 같은 문학 소년의 죽고 못 사는 이름이었고, 덴노헤이카는 매일매일의 학교 조회 때마다 자기를 향해 절을 시켰으니까."

"퇴색한 왜색 감상주의는 그만 치웁시다."

"흥. 그들은 감상주의도 센티멘털리즘, 줄여서 '센치'라고 했네. 프티부르주아지를 프티부르라 일컫고, 사춘기조차 끝내지 못한 나이에 리베(애인)니 피앙세(약혼자)니를 우리 여고생, 당시는 고녀생(高女生)들도 곧잘 입에 올렸어."

"해방 후 등장한 우리 고장의 상점 간판도 요란했지요. 시카고 양화점에 워싱턴 양복점이 시내의 정중앙에 일찍 자리 잡지 않았습니까. 파리 양장점은 오히려 뒷전이고."

"기억력도 좋다."

"뿐입니까. 유행가는 어느새 낙타 등에 꿈을 싣고 사막을 걸었습니다. '불러라 샌프란시스코야 태평양 로맨스야'와 '아메리카 차이나타운'을 거쳐, '말채찍을 말아 들고 역마차가 달려가는 아리조나 카우보이'를 동경했어요."

"일정 때에도 하얼빈과 상하이까지는 갔네. '노래하자 하루삔'이나 '샹하이 뿌루스'가 그거지."

"그건 그렇고 형이 떠올리는 고향은 어떤 것이오."

"그냥 해본 소리일 뿐이야. 그런 정황이나 느낌이 너무 일시적이기 때문에도 요새는 인물 위주로 살피기도 해."

"결국은 정수달이라는 아전인수로 돌아왔네요?"

"그래. 스노브 소리를 깃발처럼 들고 나와 한 도시의 주류를 물 먹였지."

"물을 먹였다기보다는 소수의 지도층에게 심심풀이 화두를 던진 폭이지요."

"이러지 마. 그건 그이 밑에서 시를 수학한 자네 또래의 겸양이라 치고, 정 시인은 문학 외적으로도 대단한 존재였어. 서울로 일찍 보따리를 싼 나와는 살아생전에 별반 접촉이 없었어. 아는 건 알고 모르는 건 모르는 사이였으되, 그 시절 그 지역을 주름잡던 이스테블리시먼트에서는 암튼 상당한 존재였네. 무슨 일에 함부로덤부로 나서기보다는 험구와 해학으로 지역사회와 관의 현실 안주를 꾸짖고 비웃었단 말씀이야."

"해서 스노브에 관한 언급이 평전의 도처에 넘쳐흐릅니다.

그중 한 대목 들어보실래요."

후배는 선배의 대답이 떨어지기도 전에 눈앞의 프린트 묶음을 뒤적거렸다. 알맞은 쪽을 재빨리 잘도 찾아 좍좍 읽었다.

정 시인은 스노브를 입에 달고 살았다. 사람을 향해 집단을 향해, 때로는 세상의 되잖은 관념을 향해 직직 침을 뱉는 투로 찍자를 놓았다. 그러는 너는 얼마나 행실이 의젓하다고 되바라진 험구를 놀리느냐는 힐책이 어찌 없었으랴. 많았다. 주위들은 영어 찌꺼기로 유세 부린다는 조소가 뒤통수를 치기 쉬웠다. 하지만 그는 태연히 받아넘겼다. 저는 저 살고 나는 나 사는 사람의 세계에서 말도 못하냐. 꼭 성인군자가 한 말만 말이냐. 게다가 우리네 인생은 흠 각각 정 각각이다. 예외 없는 규칙은 규칙이 아니라고 어떤 영문법 책에도 떡하니 적혀 있듯이, 내 스노브에도 그만한 여유와 함축이 숨어 있다. 그러므로 파르르 역정부터 내는 작자가 도리어 우습다. 짚이는 데가 없으면 그럴 리 만무라고 능청을 떨었다.

함에도 불구하고 정 시인에 대한 기득권층의 대응은 싸늘하고 모질었다. 구름 잡는 묘사로 그의 시가 어려운 것은 속이 빈 탓이라고 역공을 폈다. 눈은 높은데 재주가 따르지 않아 입으로 끼가 오를 수밖에 없었을 것이라고 업신여겼다.

그들의 이런 인식은 정 시인의 돌출 행위를 꺼림칙하게 바라보는 데에서 출발한다. 당초엔 싱거운 사람의 빙충맞은 소리로 무시하다가 같잖은 말발의 화살이 주로 자기네들, 크지도 작지도 않은 도시에 군림하는 권력기관과 토호와 여론 주도세력 등을 겨냥한다는 사실을 알게 되면서 한층 껄끄럽게 대했다.

"짐작이 가. 그때 그랬어."

"선배."

"왜."

"제발 그때는 이랬다. 우리 때는 저랬다는 소리 좀 치우고 말할 수 없습니까. 애들이 질색하기 전에 저부터 속이 불편해요."

"하면. 애초에 왜 평전 쓰기를 마음먹었나. 케케묵은 옛이야기를."

"시인 정수달의 역사를 추어올리기 위해서죠."

선배는 빙긋이 미소 짓고 후배는 잔 바닥에 남은 술을 홉, 근천스럽게 들이마셨다.

"친구 손자가 초등학교에 입학했다네. 하학해서 아파트로 돌아오는데 모래판에서 그네를 타던 한 살 아래 계집아이가 냉큼 달려와, 오빠 학교 재밌어! 반가워하더래. 엊그제까지 함께 놀던 아이였대. 그러자 왕년의 남자 친구가 무어라고 대답한 줄 아나."

"......"

"음. 너 많이 컸구나."

"흠. 조무래기도 층하를 둔다는 말씀. 언젠가 들었던 말의
재탕 같기도 하고."

"청년끼리도 한두 살 차이에 벌써 의사소통이 되느니 마느
니 툴툴거린다더만, 무엇을 하나하나 쌓아가기보다 눈앞의
자잘한 변화에 휘둘리기 바쁜 걔네들로서는 어쩔 수 없을 것
이네. 오늘과 내일에 밀려 어제와 그제는 눈에 안 찰 테니까.
늙은이의 자기 표절은 보통이고."

"정 선생이 그렇다는 건가요."

"글쎄. 우리 현대사처럼 과도기가 잦은 나라도 흔찮은데,
그 시대는 진짜진짜 과도기였어. 모든 것이 뒤바뀐 상황에서
그가 들고 나온 스노브는 그런대로 느낌이 퍽 신선했네. 스노
브로 지탄받은 위인이 득시글거렸으니까."

"그 양반 언행을 희떠운 겉멋으로 대하는 이가 많았다고
봅니다. 시인을 신간 편한 변종으로 경원하는 풍조가 드셌
어요."

"변종 소리를 들으니까 해방을 전후하여 중학생들 사이에
나돌았던 '뻰징'(變人)이나 '징글이스트' 생각이 나는군. 글자
와 뜻은 같되 '뻰징'은 발음만 세게 바꾼 것이고. '징글이스트'
는 특히 여학생들이 입에 자주 올린 유행어였어."

"듣기 민망합니다. 걸핏하면 일제 용어로 도망가는 세대의

후덥지근한 기억."

"여보시게. 기억에 무슨 죄가 있나. 대꼬챙이에 어육을 꿰어 산적을 만들듯 내 기억, 자네 기억을 순서껏 꿰어 역사에 구워 먹으면 그만 아닌가. 함께 놀지 못하겠다고 퉁긴들 따로 놀아지던가. 징글이스트는 더구나 일제 용어도 아냐. '징글맞다'는 말에 'ist'를 덧붙인 엉터리 조어였으니까."

"체. 별스런 어법으로 사람을 한 두름에 엮으신다."

"그런 두름에서 빠져나오려고 기를 쓴 게 정 시인 아니었나."

"몸부림치고 기를 쓰면 뭐합니까. 시를 발표할 지면이 하물며 온전했나요. 시간마저 더디게 가듯 권태로운 중도시에서 입으로나 시심을 발산한 답답함이 정 선생을 내내 짓눌렀다고 봅니다. 평전을 꾸미기 위해 발품을 파는 와중에 재삼 절감했다구요."

"알아. 따라서 그의 스노브 타령은 곧 시였네."

"선친이 큰 미곡상으로 이룬 살림이 전쟁 전엔 좀 탄탄했나요. 정 선생은 그런 부잣집 막내로 호사했던 까닭에 살림이 폭삭 결딴난 뒤에 오기가 한층 뻗쳤는지 모를 일입니다. 졸지에 생긴 권위나 영화를 우습게 여기며 은근히 골려먹는 기미가 없지 않았거든요. 시인의 강한 자의식을 엉뚱한 일탈로 뒤집는달까, 사람들의 비위를 거스르는, 본인으로서는 유쾌한 몸짓이 고장의 심심한 공기를 뒤흔들기도 했어요. 잡았던 교편을 놓고 분방한 자유인을 자처하면서."

"룸펜인텔리겐치아가 따로 없었지. 파천황(破天荒)의 격변과 함께 전도된 가치관이 아무리 지악스럽기로 아직은 어제의 구습에 너그러운 인심을 잔광(殘光)인 양 등에 업고."

"아이고야."

"갑자기 복통이라도 났나."

"듣다 듣다 심통이 났소이다. 아까 번에 들먹인 이스테블리시먼튼가 머신가 때부터 언짢던 기분이 폭발 직전이라구요. 룸펜이면 룸펜이고 인텔리면 인텔리지 룸펜인텔리겐치아가 뭡니까. 룸펜이라는 말 자체에 곰팡이가 슬어 국어사전에서도 불순물을 제거하듯 '백수'로 순화한 지 오랩니다."

"내 말이 그 말일세."

"도무지 헷갈립니다. 다시 우리 때로 내빼시려구요?"

"내빼든 주저앉든 나 스스로 역겨운 노릇이야. 무척 싫다구. 하지만 어떡해. 한 시대의 특징은 필경 말로 요약되기 때문에 뻑하면 튀어나오는 걸 무슨 수로 막나. 그만한 처지에서 하루가 다른 현대의 생활 용어에도 불가불 다가가야지. 어깻짓은 못할갑세 남의 장단을 일단 이해는 해야겠고, 만고강산으로 삭은 감정을 능멸하는 바깥세상과 소통하자면 도리 없잖아. 그렇다고 너무 천격을 놀면 곤란하지만 오늘은 만만한 말벗을 만나 내 입이 마냥 헤퍼졌네그려. 후배 좋다는 게 뭔가. 긴장을 풀어 경망을 떨었다고 볼 수밖에. 일종의 정신적 회춘법으로."

"아무런들 노인네에겐 노인네의 언어가 있고 젊은이에겐 젊은이다운 말버릇이 따로 있지요. 때문에 나잇살이나 자신 양반의 속 보이는 영어 마디는 자칫 숭합니다. 그런 칙살이 없어요."

"면전에서 구박하긴가."

"천만에요. 어디까지나 일반론입니다. 하기야 전들 별수 있나요. 불쑥불쑥 기어 나오는 신조어를 알기는 알아야겠기에 집 아이들에게 뜻을 묻기 바쁩니다. 내가 전해줄 것은 없고 걔들에게 배울 것만 많은 세상이라구요. 걔네는 도시 내 세월을 알려고도 하지 않으니까."

"참 우습게 됐어, 그러니까 나도 생각나네. 사람의 표정 역시 진화한다는 자네 지적. 평전에 나오더만."

"그냥 해본 객담이죠."

"아냐. 그럴싸해. 이를테면 싯누렇게 바랜 옛날 사진을 상상하자구. 하나같이 얌전을 뺀 모습이 정물화처럼 단조롭잖아. '잊지 못할 우정'이나 '영원한 추억을 위하여' 따위 자막(字幕)을 넣으면 더 가관이지. 살기가 팍팍한 데다 사진 찍을 기회가 좀처럼 없기 때문에 표정 관리가 서투른 탓이었을 게야. 저마다 우수를 머금은 얼굴이 부자연스럽다 못해 알로까진 디지털 영상과 너무 판이해. 남이 찍어주는 것으로만 돼 있던 사진을 제 손으로 순식간에 박고 빼는 변화만큼이나 차이가 크다 할지. 미분화를 분화로 쪼개고 그걸 다시 미세하게 나누는 진화의 궁극이야 어떻든, 사람들의 표정이 예전보다 훨씬 노글노글해진 건 확실해. 텔레비전에 흔한 길거리 인터뷰 봐봐. 아무나 붙들고 마이크를 들이대어도 대답이 술술 청산유수대."

"미리 짜고 하는 짓 아닙니까."

"짰다기보다는 동의를 구했겠지. 아무튼 제격제격 쉬 응하더군."

"저희 때와는 달리 표현욕이 왕성한 세대라 안 시켜서 한일 걸요."

"그렇게 되나. 한데 말야. 마을이나 도시를 특징짓는 총체적 표정인들 없을까 싶어. 어차피 인간들 맘대로겠지만."

"무슨 표현은 못하겠습니까마는 저도 별난 인간도 풍물의 일부라는 견해를 따로 밝혔습니다. 내친김에 말이죠."

"읽은 것 같애. 어디쯤이더라……"

"제3장 중간이에요."

후배가 원고의 해당 부분을 곧 찾아냈다. 선배는 차분히 문면을 훑었다.

6·25를 겪은 도시는 차근차근 기력을 회복해나갔다. 그렇다고 전쟁의 뒤끝을 앓는 정황이 아주 없으랴. 전장과는 거리가 멀어 도시의 외양이야 멀쩡하되 깨지고 망가진 사람들의 심신은 아직 고달팠다.

하지만 대강의 분위기는 제법 생기에 넘쳤다. 산목숨들의 안간힘과 도시의 자생력에 탄력이 붙어 평화와 안도의 시간을 활기차게 누볐다. 새로 들어온 피난민에, 나갔던 토박이가 엇섞여 부산스러웠다.

어디론가 떠났다 돌아온 주민 중에는 미친 여자도 끼어 있었다. '간난이'로 통했던 그녀는 지역의 명물이었는데 아이들이 제일 먼저 반겼다. 어른은 어른들대로 다시 나타난 그녀에게 흔연한 시선을 넌지시 보냈다. 평상시 생활로 들어선 고장 분위기에 구색을 맞추듯 되돌아온 그녀에게, 할머니 또래 노친네들은 전에 없던 연민을 과장되게 뿌렸다. 용케 살아남았구나. 어디서 어떻게 살았느냐. 몸은 성하냐. 대답 없이 웃기만 하는 광녀의 어깨를 쓸며 묻고 또 물었다.

뿐인가. 뒤미처 나타난, 실성한 중년 사내의 등장이 사람들의 호기심을 또 샀다. 어디서 왔는지, 무얼 하던 인물인지 모르겠는데 그는 끊임없이 걸으며 중얼거렸다. 아니 중얼거림 사이사이에 니체, 칸트를 꼭꼭 끼워 넣었다. 중학생 또래 개구쟁이들은 따라서 그에게 철학 박사 칭호를 앵겼다.

이와는 전혀 다른 차원에서 정수달 시인을 별격의 풍격으로 칠 수도 있을까. 될 법이나 한 망발이겠으나 누가 안담. 거참 재밌는 비유라고 저승의 그가 도리어 가가대소할지.

"아무렴 껄껄대기 쉽지. 그의 감정 처리는 기복이 심했네.

잘못 다가갔다간 심리적 화상(火傷)을 입을 정도로 말이 격정적이었는데, 대범한 포용력이 그런 성깔을 벌충하고 남았어. 누구보다 통속을 싫어했기 때문에 자신을 풍경으로 치겠다는 마당에 불만이 있을 리 있나. 시인의 영광으로 그 이상 덮을 것이 없는걸."

원고에서 눈을 뗀 선배는 감회에 젖은 어조로 구시렁거렸다.

"그리고…… 고장 분위기에 구색을 맞추듯이 어쩐다는 대목 있지요?"

"구색을 맞춘다고 옳게 썼구먼. 구색을 갖춘다는 형용은 '역전앞' 같은 군더더기 표현이니까."

"모찌떡이면 어떻고 남은 여생이면 어떻습니까. 그냥 넘어가면 어때서 깐깐한 샌님 티를 기어이 내시는구려."

"자네야말로 공연한 트집 그만 잡고 어서 할 소리나 해."

"후."

후배는 얼결에 놓친 화제의 실마리를 못 찾아 안타까운 순간을 가벼운 한숨으로 얼버무린다. 하다가 잊어먹은 말의 꼭뒤를 알아냈나 보다. 갑자기 볼륨을 높였다.

"있잖습니까, 미친 여자와 미친 사내의 빠짐없는 등장."

"혼자 이랬다저랬다. 우리 둘이서 지난 세월을 회 치고 볶는 판에 까짓 게 무어 대수라고."

"좋습니다. 하여간에 그들은 늘 단독이었어요. 여간해서 복수로 나타나지 않았다구요."

"그래서."

"이상하잖습니까. 둘이 동시에 나타나 사람들의 이목을 곱으로 끌 법도 한데 아니었습니다."

"이상할 것도 썼다. 자기와 닮은 얼굴을 만나면 누구나 기분이 이상하잖아. 어느 쪽을 상사형의 원판으로 치든 간에 말야. 하다못해 몸에 걸치는 옷가지도 마찬가지 아닌가. 잔뜩 빼입고 나간 길거리에서 똑같은 차림을 한 사람과 마주치면 얼마나 머쓱해. 여자들은 더더욱 무안을 탄다고 들었네."

"그래서 하나가 사라진 후에 다른 하나가 슬그머니 등장하여 볼거리에 궁한 시정의 눈길을 모은 셈인가?"

"그 속을 어찌 알겠는가마는 이런들 어떻고 저런들 어때. 구경도 한두 번이므로, 집 떠난 자들의 술상머리 고향 타령에나 불쑥 올라 판을 고소하게 눙치겠지."

"추억을 꼬드기기 알맞다?"

"그렇지. 그 얘기만 나오면 모두 입이 헤벌어지거든."

"방금 입성 얘기가 나왔으니 말인데, 홈스펀 윗도리에 플란넬 바지를 입은 정 선생의 콤비 차림이 참 멋졌죠."

"호무스팡이라고 해야 맛이 더 나."

"그런가요. 자세히 보면 소매 끝은 해져 너덜너덜, 바지는 다 닳아 미어지기 직전이었습니다."

"그래도 부잣집 자식의 끝물 아닌가. 보매 차림이 다소 추

레했을지라도 홈스팡 그거 문자깨나 배운 축들이 즐기던 양
복이라구."

"형형한 눈빛에 걸음걸이 또한 도도했으니깐."

"하다가 어떤 때는 까치집처럼 더부룩한 머리에 수염을 대
사나 길러 웃음을 샀지."

"미친놈이 따로 없다고."

"남달리 튀기를 바라거나 위인됨이 꺽겨 그랬다기보다는
지질편편한 자신의 일상에 감자를 먹이자고 한 짓이었는지도
몰라."

"감자요?"

"점잖지 못하게 나더러 흉내까지 내랄 참인가."

"아따, 참으쇼. 그러다 성내실라."

"한마디 더 보탤까."

"보태십쇼. 누가 말리겠습니까."

"프티 이상으로 쳐도 될 걸세."

"「오감도」의 이상 말입니까."

"기질 면에서는 그렇다 이거야. 이상 문학에 대한 괄목상대
조명이랄까 복권이 본격적으로 아직 이루어지지 않은 상황에
서도 지방마다 그런 문화 귀족이 한둘은 있었다구. 외관의 파
격과 댄디한 언행에 스스로 들리든가 우쭐한 괴짜가. 문학적
성과와는 다른 각도에서."

"역시 안목이 넓으시군요. 그런 정 선생이 미친 철학 박

사를 만나면 눈을 돌리는 장면 못 보셨습니까. 원고에 있는
데요."

"아니 대강대강 읽었거든."

"얼른 시선을 돌립디다. 천적이라도 만난 것처럼,"

"설마."

"과장이 아니라구요. 언짢은 표정으로 슬며시 잰걸음을 놓
더라니깐요."

"그랬어?"

"여기를 보세요. 제가 직접 목격하고 쓴 대목을."

　나와 함께 국밥을 먹으러 가던 참이었다. 석양 녘 큰길에서
골목으로 들어서자마자 정 시인이 움찔 놀라 주춤거렸다. 서
너 발짝 앞에서 성큼성큼 다가오는 철학 박사와 마주쳤기 때
문이다. 매섭게 시인을 쏘아보는 박사의 눈매가 거침없었다.
평소와 다른 시인의 작소(鵲巢)머리가 자신의 헝클어진 머리
와 비슷하다고 느낀 탓인지, 당신이 누구라는 걸 나도 안다는
뜻인지 대중하기 어려웠다. 날카로운 시선이 얼핏 고약했다.
　정 시인은 국밥집에 가서도 쓰다 달다 말을 하지 않았다. 막
걸리 한 대접을 두어 번 꺾어 쉬엄쉬엄 마신 다음에야 입을 열
었다.

"아침에 미친년을 보면 비가 온다고 했지."

"흔히들 그러대요."

"저녁에 미친놈을 만나면?"

"글쎄요."

"꿈자리가 사납다네."

"어떻게."

"그냥 어수선할걸. 언제는 꿈에 조리가 서던가."

자기 얘기를 하랬더니 슬쩍 딴전을 부렸다. 금시초문인 흉몽설도 그러자 의심스러웠다.

"아까 그 녀석 말일세."

"……"

"제법 연기를 잘해."

"무슨 연기요."

나는 정 시인의 안색을 찬찬히 살폈다. 광인에 대한 관심이 뜻밖이었기 때문이다.

"사람들이 놀리자고 헌상한 철학 박사 칭호를 은근히 즐기는 눈치야."

"아무리…… 그 정도 의식이면 이미 미치광이가 아니게요. 내력 없이 해죽거리는 속셈이 궁금하기는 합디다만."

"해죽해죽 웃는 건 꼭지가 돌았다는 표시지 머, 미친년도 마찬가지고. 내가 이 바닥에서 그동안 겪은 미치광이가 좋이 한 다스는 될 거야. 나이와 성별이 다른 만큼 그들의 미친 짓도 기기묘묘했는데, 모두 타관에서 굴러들었다구."

"우리 지역 출신은 반대로 딴 곳으로 가고."

"그건 모르겠고, 머물 만큼 머물다가 자취를 감추면 신참이 슬그머니 다시 나타나 빈자리를 메우기 마련이었어. 사람들은 또 그들의 전력이나 산 곳을 구태여 캐지 않고 일말의 긍휼과 떠도는 입소문으로 방정을 떨되, 걔네는 걔네대로 낯선 고장의 생소한 인심에 당장은 민감했으리라 믿네. 애 녀석들의 돌팔매질 따위 성가신 장난을 파리 쫓듯 쫓으며 바뀐 환경에 나름대로 대처하고자 애썼을 거야. 광인 공통의 불가사의한 미소로 무장해제의 어리광마저 피우고, 정상을 사는 척 교만한 자들을 거꾸로 웃으면서."

"광인 세계에 대한 연구라도 하셨습니까. 속 깊은 관찰력이 놀랍습니다."

"시인과 연인과 광인은 머릿속이 상상으로 가득 차 있다고 셰익스피어가 말하지 않았냐."

"아 그랬습니까."

"흥. 항간에는 나를 그런 눈으로 바라보는 스노브도 있다는 걸 너도 들어 알 터."

"별말씀을 다 하시네요."

자신에 대한 세간의 구설을 자진해서 밝히다니. 너나 하니까 믿거라 하고 당신의 속내를 드러냈으리라는 짐작에, 만만찮은 호기심이 겹쳤다. 그러나 실망스러웠다. 뒤미처 덧댄 말이 도무지 맥 풀렸다.

"잘 보았는지도 몰라. 정도의 차이일 뿐 어떤 놈은 얼마나

온전해. 거기서 거기지. 상대적으로 한층 깡다구가 세고 신경이 동아줄처럼 튼튼한 사람도 속은 어지간히들 곯았다고 보면 돼. 살기 위해 지악하게 굴 따름이야. 하다가 뇌신경에 과부하(過負荷)가 걸려 그중 몇 가닥이 소리 없이 툭 터지는 날이면……"

"미치고 만다?"

"그으럼."

"푸. 선생님 순 엉터리시다."

"야. 웃을 일이 아니다 너. 설명이야 엉터리라 하더라도 개연성은 충분할걸. 가뜩이나 힘든 혼란기에 타고난 성정이 여리면 여릴수록 버티기 어려울 거야. 살벌한 경쟁에 치이고, 눈구석에 쌍가래톳이 설 지경으로 분하든가 기찬 일을 당해봐. 그것도 거푸 몇 번씩. 세상과 소통하든, 간신히 붙잡고 있든 마지막 줄을 놓아버리기 쉽지."

"가래톳은 원래 불두덩 옆 허벅다리에 생기기 마련인데 어쩌자고 눈으로 간대요."

"답답하긴. 수틀리면 위아래를 가릴 새가 어딨냐. 모든 감정의 수발(受發) 창구인 눈에 먼저 담아야지."

"우리말은 붙임성도 좋네요."

나는 졸지에 각이 선 정 시인의 어세를 눅일 셈으로 축 처진 예를 일부러 들었다.

"사는 게 하도 열적어 노상 잠이나 퍼질러 자는 누렁이의 배

때기를 차 권태를 달래던 시절의 촌락에도 '간난이' 같은 광인
은 늘 있었죠."

"물론. 갑갑해서 미치겠다는 말도 있고 보면…… 너 노신의
「광인일기」 읽었냐."

"네."

"벼슬길에 오른 주인공의 지난날 일기를 읽는 형식인데, 전
통적 유교 사회의 폐단을 잘 비틀었어. 그러다가 들이댄 박해
광(迫害狂)이라는 단어가 생소하고."

"결국 곤경을 벗어나지 않습니까."

"그러자고 꾸민 얘기니까. 그게 아니라도 사람은 늘 무엇으
로부터 벗어나기를 꿈꾸는 존재인가 싶어. 부질없는 짓인 줄
뻔히 알면서 타인의 시선에서 벗어나고, 일상에서 벗어나고,
의무감에서 벗어나고자 기를 쓴다구."

"고향에서 벗어나기 소망은 꿈 축에도 못 들죠."

"그런 폭이지. 하지만 의욕에 찬 출향 아닌 실의의 출분(出
奔)이 많아 탈이야. 생활에 쫓겨 도망을 치듯 상행열차를 타는
남부여대를 보라구."

나는 물으려다 말았다. 의지에 찬 출향이건 낙백(落魄)의
출분이건 간에 선생은 왜 남들처럼 일찍 고향을 떠나지 않았
느냐고 물으려다 말았다.

시큰둥한 대답을 넘겨잡지 말란 법 없다. 어쩌다 그리되었
다든가 거처를 옮긴들 대수더냐고 나오면 내가 외려 무안하기

십상이다. 해서 그만두었다. 목구멍을 간질이는 질문을 번번이 삼켰는데 사실은 그대로 머물러 있는 모습이 좋았기 때문인지도 모른다.

"계제가 닿아야 가능한 일인 걸 어쩌겠나. 억지로는 안 되지."

선배가 말했다. 후배와 머리를 맞대고 원고를 대충 목독한 다음에 이른 것이다. 그러자 후배가 또 시들한 의문을 던졌다.

"맨정신인 사람은 그렇다 치고, 실성한 사람의 상경은 드문 것 같지 않습니까. 서울은 오만 잡동사니의 집산지인 까닭에 남의 눈에 덜 닦이고 볼거리는 볼거리대로 많을 텐데."

"그쯤 되면 이미 정신이상자가 아니게. 설사 그만한 분간이 가능하다 하더라도 수월히 움직이지 않을 거네. 왜냐. 자신에게 쏠린 수더분한 시선에 어언간 길들여졌기 때문이야. 딴 장소에서 새잡이 외로움을 좇느니, 익숙한 곳에서 계속 안주하려는 심리도 있겠지. 난들 구불텅구불텅 오묘한 그 속을 어찌다 알까마는 왠지 그런 생각이 들어."

"희소성조차 누릴 형편이 못 되니까."

"하면. 뿐만이 아닐세. 이제는 어디서나 그들에 대해 관심을 기울이는 일이 드물어. 우리네 고향 또한 예전 같지 않다는 말, 자네 입으로 언젠가 했잖아."

"왜 그런 줄 아세요?"

"……"

"미치기 전에 죽어뻔지는 사람 천지니깐요. 우리나라 자살률은 교통사고 사망자와 함께 가위 세계적입니다. 그 같은 통계를 발표할 때마다 OECD 국가 가운데 최고 수준이라는 해설이 항상 따라붙습디다. 부정적인 면은 수위를 다투고 긍정적인 것은 하바리에 든다는 소린지 원."

"사실인 걸 어쩌나. 그건 그렇고 미치기 전에 죽어버린다는 소리는 뭔가. 자살에도 거쳐야 할 단계가 따로 있나. 뭔 놈의 이치가 그래."

"이 자리가 시방 이치를 따질 자린가요. 어쩌다 말이 헛나갔습니다. 헛방을 놓아 죄송한데, 선배는 그런 적 없나요? 어느 누구와 담소를 하다가 불현듯 떠오른 생각이 깐에 절묘하다 싶으면 그것부터 당장 입 밖에 내는 경망, 다행히 앞뒤 맥락이 닿으면 빗맞은 공이 텍사스히트로 둔갑한 순간의 대타자처럼 기분이 좋답니다. 실패하면 일껏 벌어놓은 점수마저 까먹는 심사가 찝찝하기 이를 데 없구요."

"이 사람 보게. 칡술 몇 잔에 혀로 갈지자를 그릴 셈인가. 별안간 왜 이래."

"제 버릇 잘 아시면서 새삼스럽게 이러신다. 자네는 반죽이 좋아 상대하기 편하지만 말머리를 번번이 샛길로 끌고 가 탈이라고 퉁을 놓지 않았습니까. 각주(脚註)가 장황하면 본론이

빛을 잃듯, 줄기보다 잔가지가 많아 병통이되 그런대로 들을 만하다고 치켜세우시더니."

"은근히 자화자찬까지…… 저세상의 정 시인이 웃겠네. 자기 평전을 팔아 두 스노브끼리 자알 논다고."

"들어 싼 힐책일지 모르죠. 선생을 기린답시고 만난 자리에서 엉뚱한 사설만 두서없이 늘어놓았으니."

"말은 말이고 글은 글 아닌가. 암튼 조금 전 화제로 돌아가세. 우리가 어디서 고샅길로 빠졌더라……"

"어째서 그 양반이 상경을 마음먹지 않았는가."

"맞아. 그때는 상경 하경만 생각하고 살았지. 옆으로 가는 길이 드문 데다 도무지 염두에조차 두지 않았어."

"기차 정거장의 열차시간표도 상행선 하행선이 고작이었으니까. 도로도 위아래 중심이고."

"파리 에투알광장의 방사상 도로는 몇 개라 했던고."

"열두 개. 그걸 보고 길은 이렇게도 갈라지는 것이로구나 탄복했습니다."

"길이 가지만 많이 뻗으면 단가. 하긴 우리나라에도 오거리는 더러 있지."

"어떻든 정 선생은 고향에 말뚝을 박고 지냈는데 처음부터 상경할 뜻이 없었던 것 같아요."

"그랬다고 봐야겠지. 생각은 있되 이미 먹은 나이나 주변 환경이 넘고처져 운신이 어려웠을 게야."

212

"나름대로 벌여놓은 삶의 기반을 접고 뒤늦게 칼잠의 객지를 서성거릴 이유가 뭐람, 싶어서."

"아무렴. 그 시절은 중앙이 변방을 빨아들였다기보다 변방이 우르르 몰려간 꼴 아닌가. 청소년은 몸이 가뿐한 만큼 희망을 제법 크게 품고, 없이 사는 이들은 이러나저러나 매일반이라는 심사로 봇짐을 쌌네."

"지방에 대단위 공장이 생기면서 수직 상승의 출향, 출분이 차츰 측면으로도 퍼져 수평 상태를 이루고."

"삼팔선을 뚫고 온 피난민의 합세에, 좀처럼 만나기 힘들던 동서(東西)가 엇섞여 장소에 대한 정체성이 상대적으로 느슨해졌다구."

"그래서 어쨌단 말씀입니까."

"어쩌기는. 그렇다 이 말이지."

"정체성이라는 유행어가 싫습니다. 서울발 지역감정이 그 무렵부터 하행 열차를 타고 거꾸로 퍼진 내력이 괴이합니다."

"오해하지 말게. 내 말이 즉 그 말이니까. 동떨어진 장소에서 대동강, 한강, 섬진강, 낙동강 물을 마시던 사람들이 합수(合水)하듯 서로 엉켜 사는 마당 아닌가. 근자의 농촌엔 더군다나 아시아 여러 나라에서 시집온 새댁이 좀 많아? 하마터면 이가 서 말이나 끓는 홀아비로 늙었을 노총각과 가연을 맺어 마을의 면모를 바꾸는 터에, 옛날식 정체성을 찾아 무엇하리…… 타박할 참이었네."

"어떤 섬마을의 초등학교 분교는 전교생이 여덟 명인데, 절반이 그 같은 국제결혼 가정의 자녀랍니다. 덕분에 폐교를 면하게 됐대요. 앞으로는 이들 코시안(한국 사회의 소수민족)이 날로 느는 두메의 빈집과 텅 빈 교실을 채울 공산이 큽니다."

"놀라운 경험인데, 이만한 현실에 이르기까지의 복잡한 속사정이 얼마나 안타깝던가. 하나 이제는 다양한 삶의 구체적 진전으로 다행스럽네. 애들의 외갓집이 부득불 아시아 전역에 퍼지게 됐어."

"애들 외갓집이라뇨."

"살가운 외할머니의 초상 말일세. 이 바닥 정감의 원초적 품속."

"나 참. 품 안에 있어야 자식이라는 속담도 있잖습니까. 하물며 이국의 조손간은 어쩌겠어요. 여간해서 만나기 어렵고 말조차 통하지 않으면 정분이 무슨 소용이에요."

"딴은 그래. 실지로 그런 일이 있었다네. 부모와 함께 엄마의 고향인 필리핀에 갔던 아이 하나는 타갈로그어밖에 모르는 외할머니와 절벽 같은 시간을 보냈대. 어색한 웃음만 짓다가 왔대. 초등학교 3학년인 걔는 엄마한테 배운 영어로 인사말 정도는 너끈히 할 수 있었는데 말야. 어느 자리에서 우연히 주워들은 얘기지만 혈연관계의 외연이 그쯤 확대됐어. 낯선 나라에 삶의 둥지를 튼 필리핀댁이나 베트남댁의 시집살이 못지않은, 2세들의 외갓집 정서가 장차 어떻게 달라질지 궁금해."

"즈 어머니의 국적을 업신여기는 사정을 차차 알면."

"심정이 얼마나 착잡하겠는가. 남의 땅에서 당한 우리의 경험을 거꾸로 되물리는 꼴이지."

"피는 물보다 진하다는 등속의 알량한 순혈주의 사상이 슬슬 꼬리를 사리는 형국인데……"

"실지로 피가 묽어질 리야 있겠나만, 생활 속에 스며든 혼혈 체감(體感)은 그 이상 아닌가. 색깔 표현의 하나인 '살색'을 '살구색'으로 바꾼 것 알지? 피부빛이 다른 외국인에겐 인종차별로 오해되기 쉽대서."

"어찌 되었건 나이깨나 든 이들이 가슴에 묻고 사는 고향은 아직 엔간하지요. 남의 말엔 좀체 귀를 열지 않고 끼리끼리 딴판을 놀다가도 이야기가 향수로 번지면 입이 먼저 벙긋거립니다. 열이면 열 외수없이."

"만고에 무해무득한 화두지. 폐비닐 같은 마음에 초를 치고 알싸한 통증을 비켜 가기 알맞은."

"동어반복의 가난한 레퍼토리가 물리지도 않는지 누가 허두를 떼기 무섭게 몫몫이 간직했던 유년을 되새깁니다. 말이야 바른 말이지. 어머니의 손맛이 뭐 그리 대단합니까. 고무신짝으로 송사리를 뜨던 그리움도 한두 번 아닙니까."

"그러는 자네는? 이 평전은 귀신이 썼나. 정 시인을 고향 지킴이로 옹위하는 사이사이에 펼친 동화(動畫) 같은 정경이 식상할 지경이던데."

"그렇게 나오시면 할 말이 없지요. 어쭙잖은 감상벽은 저도
남 못잖습니다만 정 선생 역시 그 점은 같았습니다. 오락가락
했다구요. 투레질을 하듯 비웃다가 옳거니 고개를 끄덕이는
둥…… 못 보셨습니까?"

후배는 선배의 대꾸를 기다릴 사이 없이 원고철 가운데 하
나를 손에 들고 빨랑빨랑 종잇장을 넘겼다. 어림잡은 페이지
를 찾아 앞으로 뒤로 오락가락하다가 소리 내어 읽었다.

시인은 그그러한 이유로 고향에 들르거나 귀향한 이들의
제멋에 겨운 군말을 한 귀로 듣고 한 귀로 흘렸다.

바다가 가까운 고향의 까치놀을 못 잊어 애를 태우고, 그게
마음 산란한 날의 위무로 다시없었다는 친구의 말에 덤덤히
웃었다.

상투적 예찬 속에 넘나드는 자기 자랑과 제각기 퍼 간 망향
을 저 좋을 대로 푸는 모양도 참 여러 가지로구나 생각했다. 산
천은 무언중에 그들의 감동을 이끌며 토닥토닥 상처를 어루만
질 것이로되, 내 코가 석 자인 토박이들에겐 화제의 스테레오
타입이 번번이 따분했다. 아무리 허물없는 고향이기로 이 친
구의 저 소리, 저 친구의 이 소리를 다 받아줄 정도로 물컹한
땅이 더 이상 아니라고 믿었기 때문이다.

한편 부러웠다. 각개약진을 꿈꾸고 떠난 자들은 보편적 서

정의 으뜸인 향수를 시시때때로 불러내어 저토록 죽고 못
사는구나…… 대견스러웠다. 남은 우리는 그들이 비빈 언
덕을……

"그만!"
선배가 갑자기 후배의 낭독을 막았다.
"얘기가 좀 이상해."
"뭐가요."
후배의 뜨악한 시선에 선배의 불만스런 표정이 엇갈렸다.
"스러진 기억에 색동옷을 입히려는 정성이 왜 나빠. 덩달아
교감하면 작히나 좋을까."
"나쁘고 좋은 지경을 넘어 이유 있는 감정이라고 봅니다.
어느 한 시절의 심상(心像)에만 매달리는 유난이 시틋하다 이
거니깐."
"그럴까. 어쩌다 우리가 역할 분담의 모의(模擬)극을 노는
기분일세그려."
"오늘 별거 다 하네요."
"해서 말인데 경치게 한갓진 추억도 딴은 맹랑한 구석이 많
아. 너무 자주 입에 올렸다간 자칫 천박해 보이기 십상인데,
오래 마음속에 쟁이면 섣부른 이데올로기 못잖다네."
"이데올로기는 너무했다."
"아냐. 작정하고 키워봐. 어지간한 사상으로 안 자라고 배

길까."

"누구 글엔가 정서적 이데올로그라는 말이 나오긴 나옵니다."

"거 보라구. 그것들은 또 언제나 아름답기만 할라구. 몽니가 두려워 요리 피하고 조리 접었던 회상에 꼼짝없이 발목을 잡혀 절절매는 날도 썼다네. 그러나 어떡해. 태깔 고운 장면이든 추음(秋陰)같이 짠한 장면이든 상관없이 끌어안을밖에, 이왕이면 괜찮은 놈 위주로 골라잡아 몽매간에 냠냠거리면 그만이지."

"얼레. 추억이 몽니도 부립니까. 태깔이 고운 건 또 뭐예요. 빤한 얘기를 어렵게도 치장하신다."

"별걸 다 책잡는다."

"안 잡게 생겼습니까. 기분 나쁜 잡념을 버리고 속 편한 회상만 추리겠다는 뜻 아닙니까. 엿장수 마음대로 될지 말지는 접어두고."

"기억은 오두방정이 심한 요물인 까닭에?"

"믿을 것이 못 돼요."

"제 생각 하나 옳게 관리를 못 하는 게 사람인가 봐."

"어지러워요."

"느닷없이 어지럽기는. 둘이서 마신 술이라야 겨우 반병일세. 우리 주량을 감안하면……"

"전혀 다른 문제라구요. 제가 말한 어지러움은."

후배는 선배의 어설픈 짐작을 물리쳤다. 눈을 아래로 깔고 잠시 뜸을 들이다가 천천히 고개를 들었다.

"나이가 먹에 찰수록 저 자신을 가늠 잡기 힘듭니다. 도무지 겨냥하기 어려워요. 중장년 시절엔 그래도 매사에 대범했는데, 요새는 오히려 고까움을 기본으로 삼은 역전의 감정을 어쩌지요. 선배에겐 죄송하지만, 공자도 제 사는 골에 먼저 비 내리라고 했다잖습니까. 해서 말씀인데 귀에 거슬리는 소리가 영 싫고, 뒷감당도 못 할라면서 식솔에게조차 참을성이 모자라 뻑하면 화를 내는 짓이 스스로 민망합니다. 공부자의 이순(耳順)을 들먹이기 과람하지만, 육십 줄에 끼자마자 막연히 동경했다면 동경한 늘그막의 여유, 분별, 이해, 무욕, 원숙, 경륜, 인품 따위 미덕은 거들떠볼 겨를이 없다구요. 언감생심일 바에야 자질구레한 일상사에 흥뚱항뚱 너그러워 마음의 평안이나 얻자고 애를 쓰는데……"

"꿈도 크다."

선배가 후배의 넉살을 잡아챘다.

"꿈이 크다니요."

"건성으로 떠도는 노년의 덕목인가 무언가를 지금 줄줄 뇌었잖아."

"그게 어쨌길래."

"어쨌다기보담도 자네가 나열한 항설(巷說)의 반대말도 옳어보소. 그래야 아귀가 맞지."

"그 대목은 선배께서 열거해보시죠."

"악역일랑 당신이 맡으라?"

"품앗이 기분으로 꼽아보세요."

"못할 것도 없지…… 나이 먹은 유세, 옹고집, 무관심으로 위장한 샘, 패씸죄 남발…… 에이 그만둘라네. 생각이 막혀서가 아니야. 얼마든지 끌어댈 수 있되 누워서 침 뱉는 노릇이 막상 떠름하구먼."

"덕담은 두 자씩 똑떨어지는데 험담은 설명조네요."

"겉과 속의 이치가 원래 그렇잖은가. 표면은 간단명료한데 이면은 복잡 미묘한 속내 모르겠나."

"그렇기는 해도 일률적으로 재단하면 곤란하지요."

"싸잡아 단정하지 말라는 뜻이렷다. 하지만 어떤 계층이나 집단을 총괄하자니 별수 없지. 횡행하는 어르신 호칭에서 나는 왕년의 '고무신 부대'를 연상한다네. 신 자 돌림으로 맞춤하니까."

"지역 유지나 토호는 어떻습니까. 나름대로 쌓은 명성과 세습 자본의 영향력이 시민사회의 변전과 더불어 맥을 못 출지언정 아직 건재하다고 봅니다. 그에 대한 정 선생 견해도 평전에 옮겼는데 읽을까요, 말까요."

"됐네 이 사람아. 스노브 소리를 들먹이면서 자근자근 이죽거리지 않았냐고. 자네처럼 무얼 따지고 캐묻는 것을 싫어하는 그들의 생리도 꼬집었지 아마."

"걸고넘어질 게 어지간히 없으신가 보다."

"허물없어 좋다는 게 뭔가."

"허물없기로야 고향을 덮을 것이 있나요."

"넘치는 포용력과 살뜰한 잔정의 원천이므로."

"한 번도 삽짝 밖을 꿈꾸지 못한 망백의 누구네 할머니라든가, 두 번 다시 발걸음을 않는 사람에게 한결같은 귀의(歸依)의 상징이니까."

"이러쿵저러쿵 안팎에서 찧고 까분들 변함없이 끌어안는 품이 가없이 넓어."

"헤헤."

후배가 난데없이 웃었다. 선배는 영문을 몰라 벌린 입을 다물지 못한다. 주거니 받거니 한참 장단을 맞추던 끝이라 후배의 웃음이 의아할밖에 없다.

"쑥스럽네요, 무척."

"무어가."

"고향 찬미의 허풍이요. 입에 발린 소리로 건조하게 들려요. 제 귀에는."

"평소 생활과는 먼 소리를 잔뜩 해댄 탓이겠는데, 그렇다고 아주 마음에 없는 말을 한 건 아니잖아."

"맞습니다만 앞으로의 사회에서는 차차 화제 축에도 못 들겁니다. 고향이 장소로 바뀌는 경향이 한층 가깝다고 느끼기 때문이에요. 자기 생의 시발점이자 종착역으로 생각하기보다는 이곳저곳을 잇고 지나가는 통로의 특정 지점에 지나지 않는다는 인식이 일반적이지 싶습니다. 일일이 태생지를 의식하고 사는 사람이 있으면 얼마나 있을라구요. 솔직히 선배나 저나 마찬가지 아닙니까. 한밤중에 일어나 자리끼를 찾는 푼수로 드문드문 퍼 올리는 수준이지요."

"잊을 사람 잊고 기릴 사람 기리는 게지. 그나마 우리 세대가 마지막일 거야. 이런 이야기라도 꺼내 어루만지는 층이."

"신물 나는, 우리가 마지막 세대라는 말씀을 그야말로 막판에 또 하시네. 20대에서 90대에 이르도록, 이 나라에는 무슨 세대 구분이 등 번호처럼 낙인처럼 그리도 많은지."

"외국에 나가 사는 교포에겐 고향이 곧 고국으로 확대되네. 세대 구분은 반대로 소수점까지 찍어 1.5세(世) 등으로 나누지 않던가."

"그 정도로 조국에 대한 그리움이 절절하다는 뜻인데, 국내는 국내대로 1.5 한국인이 점점 늘어갑니다."

"이주노동자와 한국 여성 사이에서 난 아이들 말이군."

"네. 그런 정황 속에서 펴내는 『정수달 평전』은 어떤 의미가 있을까요. 종생껏 고향을 지킨, 괴팍한 지식인의 일대기에 얼마나 관심들을 기울일까요."

"이제 와서 뚱딴지같이. 자네도 쥐 밑살 같은 의미 없는 소리 좀 작작하게. 걸핏하면 들고 나오던데 세상일에 어찌 의미만 있던가. 그랬다간 숨이 막혀 삶이 더욱 고단할 것이네. 기회 닿는 대로 써야 돼. 유서를 쓰듯 우리 이야기를 쓰라구. 있다가도 없고, 없다가도 있는 것이 의미니깐."

"하지만 무슨 이야기를 책으로 엮자면 남다른 주장이나 메시지가 의당 있어야겠죠. 저는 정 선생의 생애 이상으로 고향의 민얼굴에 다가가기 위해 깜냥깜냥 공을 들였습니다. 오랫동안 모르쇠로 일관한 무심을 책망하는 마음으로."

"본향이 타향이고 타향이 본향인 형편에 제법이랄밖에."

"한 시절의 자기 그림자를 찾아 들른 곳에서 혼자 실망하고 잰 체한 허물이 크거든요. 하긴 쿤데라의 『향수』에서도 떠난 자의 노스탤지어는 자칫 환멸로 이어지기 쉽다는 것을 느끼겠습디다."

"지리적 거리감에서 싹튼 망향을 그 소설에 나오는 망명객의 조국 귀환에 갖다 붙이다니. 원판 다른걸…… 그나저나 애썼네. 뒤늦게 자책할 것 없다구. 탄생과 소멸의 경위야 어떻든 나올 만해서 나오는 책의 욕망을 누가 막겠는가."

"어쩌다 생애를 홀로 지낸 정 선생의 말년은 그 양반의 누이가 뒷바라지를 했죠. 형편이 넉넉하거든요."

"그건 다 아는 일 아닌가. 나는 그보다도 지하의 정 시인 표정이 궁금하구먼. 스노브를 입에 달고 산 그가 앞으로 나올 이책에는 어떤 반응을 보일지 알고 싶어. 동시에 넘겨짚는다네. 노상 스노브를 외친 것은 자신의 스노브 기질을 누가 먼저 알아챌까 두려운 까닭이었는지도 모른다고."

"선후를 다투는 정월 대보름날 아침의 더위팔기마냥."

"비유가 엉성하지만 그렇게도 볼 수 있겠지."

"스노브 짓도 아무나 하는 게 아니지요."

"두말하면 잔소리."

"오늘날은 무엇으로 바뀌었을까. 그 스노브가."

"이런! 술병을 다 비웠네그려. 정 시인의 평생을 말하는 데술 한 병을 비우는 시간밖에 안 걸렸군. 내 인생은 몇 잔으로거덜 날꼬."

선배가 멋쩍게 웃었다. 후배는 전혀 딴소리를 하고 나섰다.

"요전에 간 어떤 자리에서였는데요. 말말끝에 아무개 지명인사가 화제에 오르자 누군가가 '그 사람 아직 살아 있다고?'이러면서 깜짝 놀라지 뭡니까. 당자와는 일면식도 없는 사이라면서. 누가 죽었다는 소식에 부질없이 놀라는 이는 많아도살아 있는 것이 의외인 양, 아직 안 죽은 것이 잘못인 양 실색하는 경우는 드물잖아요? 제가 다 황당합니다."

선배는 갑자기 뜨악한 시선으로 후배의 얼굴을 물끄러미쳐다보았다. 후배는 느린 손놀림으로 제 목덜미를 뒤 차례 쓸었다.

말
이
나

타
령
이
나

"아이구 아이구 나 죽네! 나 죽어……"

1944년 들머리. 아니다. 이런 서력 연호는 귀동냥조차 못했던 쇼와(昭和) 19년 초봄의 어느 날이었다고 해두자. 그 무렵의 나는 마침내 국민학교 6학년이 된 기쁨을 철봉으로 대신하는 수가 많았다. 내성적인 아이에게 흔한 역모션의 의뭉으로 쳐 무방하리라. 한데 그날은 아니었다. 저학년 꼬맹이들이 보는 앞에서 열 번의 턱걸이를 마치고 가쁜 숨을 몰아쉬다가 그 자리에서 당장 자지러진 것이다. 졸지에 불침에라도 쐰 듯이 아픈 똥구멍을 오른팔로 후닥닥 싸쥐고 팔딱팔딱 뛰었다.

눈에 번쩍 번개가 나도록 정신이 아찔하여 소리소리 비명을 지를밖에……

기억도 아닌 것이 추억도 아닌 것이 때로는 나처럼 허술한 사람의 역사에 잠시 개입하는 수가 있다. 가다가는 심심파적의 우스갯감으로, 더러는 어떤 의미 부여의 한순간으로 작용하기 쉽다.

따라서 눈에 삼삼 귀에 쟁쟁한 그것들을 괄시하지 말고 잘 챙겨 무료한 시간을 땜질한다? 에이, 거기까지 갈 건 없다. 주인의 취향과는 상관없이 제멋대로 들락날락 깨방정을 떠는 에피소드 나부랭이가 있기 마련인데, 나에게는 방금 말한 것 같은 삽화가 대표적이다. 꿈자리나 책상머리를 가리지 않고 나타났다가 저 좋은 시간에 슬그머니 사라진다. 온다 간다 말도 없이. 쓰디쓴 기념일마냥.

오늘 밤도 그렇다. 말로만 듣던 이명(耳鳴)에 시달리다가 설핏 든 잠을 깬 게 더도 덜도 말고 딱 12시였는데, 잠 속에서 그놈의 비명을 또 만났다.

모르면 몰라도 이명은 죄가 없다. 내 경우는 물론, 이명은 깨어 있는 동안에만 바깥 음원(音源)과 관계없이 단속적으로 매미나 귀뚜라미 울음소리를 낸다고 들었으니까.

그래서도 이왕 들먹인 그 시절 소년들이 지지고 볶은 한때를 오늘은 조용조용 들추고 싶다. 선은 이렇고 후는 저렇다는 식으로.

그날의 나는 어떻든 오후 수업을 알리는 종소리를 듣고 턱걸이 열 번에 벌써 시큰한 팔목을 허공에 탈탈 털던 끝에 당했다.

하지만 내가 누군가. 흔히 말하는 동물적 감각으로 얼른 가해자를 찾았다. 이를 악물고 까무러치기 직전의 경황없는 순간을 참으며 재빨리 눈을 굴렸거늘 실은 그러고저러고 할 것이 없었다. 좀 전에는 보이지 않던 범인이 곧 나타났기 때문이다.

이름은 송규민, 창씨개명 이후는 도야마(礪山) 규민이 된녀석이 어느새 나타나 능청맞게 수작을 걸었다.

기계로 뺀 국수 가닥을 건조대에 치렁치렁 늘어뜨렸다가 시장에 내는 집의 둘째 아들이었는데, 걔네는 웬만한 사람들이 대강 그랬던 것처럼 본관을 새 성씨로 삼았다. 여산의 일본 발음인 도야마로 시침을 뗀 게다.

갈 길이 먼 까닭에도 군소리는 작작하자. 아무튼 뒤에서 냅다 먹인 찌르기 한 방으로 솜틀집 장남인 나를 일단 궁지에 몬녀석은, 느닷없는 급습에 생으로 눈물마저 찔끔 흘린 나에게 잘나지도 못한 얼굴을 바짝 들이대고 겁을 주었다.

"오마에 조센고 쓰캇타나. 메이시 다세."

쉬 가라앉지 않는 고통에 울상이 되어 계속 항문께를 문지르는 나를 득의에 찬 표정으로 윽박질렀다. 교내에서는 절대 쓰지 말아야 할 조선어를 입에 담았으니 냉큼 명함을 내놓아라, 이거다.

녀석은 그리고 좋은 구경거리가 생긴 양, 우리 둘을 슬금슬금 에워싼 구경꾼을 향해 샐샐 웃는 여유마저 부렸다.

영락없는 현행범이 따로 없구나 자탄했다. 내지른 비명이 너무 요란스러웠기 때문에도 녀석을 즉각 요절내려던 애초의 호기로운 작심이 거꾸로 슬슬 뒷걸음질 치는 걸 느꼈다.

곁에 증인이 없을 적에는 타협이나 암거래가 가능했다. 서로 빚을 놓고 갚는 형식을 취하기도 하고, 명함을 주전부리와 맞바꾸는 경우마저 있었다. 하지만 그날은 꼼짝없이 당할밖에 없었다. 되게 운수 사나운 날이었다.

선생님이라고 그런 사정 저런 형편을 모를 리 만무다. 환히 눈치를 채면서도 대일본제국의 국어가 식민지 한구석에서 눈깔사탕 수준으로 굴러다니는 현실을 어쩌지 못한 셈이다.

하고많은 소년기의 알나리깔나리 기억치고는 좀 누추한 감이 있다. 하필이면 냄새나는 부위를 들춘 사연이 딴은 꾀죄죄하고 지저분하다.

한데 그제나 이제나 아이들은 그렇게 생각하지 않는다. 반드시 우리나라 아동의 장난말로 국한시킬 건 없겠지만 내가 본 그들은 제 몸에 붙은 이른바 불결한 기관과 일찍부터 친하다.

말을 배우되 자지, 짬지, 똥, 오줌, 방귀, 불알, 배꼽 등등, 불쑥 나왔거나 움푹 파인 기관에 호기심이 많다.

아무리 그렇기로 이야기의 첫머리에 굳이 연도까지 밝혀 고린내를 풍기다니 너무했다고 혀를 차면 그만이다. 거듭 미

안한 노릇이되 죄암죄암으로는 성이 차지 않는 유년의 말장
난이, 학교에 들어오면 또 일본말로 경중 뛰었다. 성장통 아
닌 성적 표징의 첫 단계인가? 규민이나 나 역시 일어 학습 초
장에 이미 그 같은 순서를 밟았다. 교과서에 나오기는커녕 누
가 시키지도 않았는데 그랬다.

서로 킬킬거리며 진포(자지), 오만코(짬지), 똥(다이벤 또
는 구소), 쇼벤(오줌), 긴타마(불알) 따위를 좔좔 외웠다.

당시의 우리 또래는 일제의 식민지 지배가 완성 단계에 이
른 시기를 고스란히 살았으므로 일본어가 아주 서툴지는 않
았다. 조선말 억양에 니혼고 품사를 갖다 붙이는 게 고작일지
언정 일상의 초보적인 소통이 정도껏 가능했다.

뿐인가. 천황 폐하의 '세키시(赤子)'가 다 된 기분으로, 이
를테면 대동아전쟁 초기의 싱가포르 함락 축하 행진에 기꺼
이 동원되었다. 실은 기념으로 하나씩 배급받은 연식 테니스
공의 기쁨이 훨씬 컸다. 말랑말랑한 촉감과 고무 냄새가 더없
이 황홀하고 향긋했다. 그걸로 축구를 하고 피구 따위를 놀
았다.

하다가 생긴 명함 다툼은 정말 장난이 아니었다. 상급반일
수록 교내에서는 되도록 국어, 즉 일어만을 사용하라는 종전
의 느슨한 권장 사항이 하루아침에 싹 바뀌었기 때문이다.

아이들을 일시에 명함 빼앗기 경쟁으로 내몰았다. 서로 염
탐하고 밀고하는, 세상에 희한한 각개격파 벌칙이 참으로 고

약했다. 그 바람에 터진 별별 해괴한 사달이며 부질없는 시비가 교실과 운동장 구석구석에서 수없이 벌어졌다.

명함이라는 이름 자체가 우선 별났는데 누가 어째서 그렇게 부르기 시작했는지 아무도 몰랐다. 아니 처음부터 그딴 명칭이 아예 없었다.

선생님은 조각조각 자른 누르스름한 시험지에 당신의 도장을 찍어 아이들에게 미리 나누어주었다. 주기적으로 일정량을 동시에 배당하여 조선어 발설의 증거 자료로 삼았는데, 크기가 꼭 어른들의 명함만 했다. 그래서 생긴 이름이 곧 '메이시'였을 게다. '카드'라는 영어는 꿈조차 못 꾸고 우리말 '쪽지'는 하물며 상상하기 어려웠다.

입을 잘못 놀린 범칙자를 솎아 내어 혼내는 수단이 획일적이지는 않았다. 어느 지역 어떤 학교를 막론하고 국어 상용(常用)을 위해 동시다발적으로 상호 감시를 부추긴 건 맞지만 방법은 조금씩 달랐다. 명함 대신 걸린 학생의 명단을 선생님한테 직접 고자질하게 하는 등 여러 가지였다.

그나마 다행인 것은 최종적 벌칙이 그다지 심하지 않다는 점이었다. 갑을병정(甲乙丙丁) 순으로 성적을 매겼던 통신부(생활통지표)에 그 결과를 반영한달지, 변소 소제를 시키는 등등의 벌을 씌우지 않았다. 그보다는 학교 안에서만이라도 하루빨리 조선어를 몰아내자는 분위기 조성의 암수가 더 많이 깔려 있었다고 본다.

그건 어디까지나 훗날의 내 경험칙에 입각한 억측일 뿐이다. 아이들은 어떻든 바빴다. 공연한 입방정으로 우세를 살까 두려운 마음으로 누군가의 말실수를 노리는 이중의 긴장에 떨었다.

명함을 빼앗는 재미에 빼앗긴 억울함이 '왔다리 갔다리' 어수선한 가운데, 일주일이면 일주일, 보름이면 보름 동안의 성적에 따라 희비가 갈렸다. 따라서 그 무렵이 되면 우위를 지키고 열세를 만회하려는 기운이 교실 안팎에 가득 퍼졌다. 눈에 불을 켜기 마련이었다.

본전치기 이상의 성과를 올린 녀석은 침묵 유지에 힘쓰고, 성적이 형편없는 놈은 몸이 달아 죽을 맛이었는데, 실지 회복의 가장 흔한 묘수의 하나로 불시에 상대의 급소를 치는 방법이 제일 흉측스러웠다.

그보다 훨씬 간단한 방법이 또 있기는 있었다. 넋을 놓고 있는 아이의 귀에 갑자기 입김을 확 불어넣는달지 간지럼을 살살 태워도 좋다. 어떻든 멍청히 한눈파는 자의 뒤를 밟다가 이때다 싶은 순간에 전광석화의 일침을 가하면 된다. 너나없이 아직은 일제(日製) 발음으로 외마디 기성이나 괴성을 단박에 낼 형편이 못 되었으니까.

이 소리 저 소리 늘어놓을 것 없다. 앞에서 내가 당한 픽치기 수법이 어떻든 최상이다. 효과 직방이었다.

생각해보라. 난데없이 뒤통수만 얻어맞아도 '아얏' 소리를 지르게 돼 있다. 겨드랑이를 간질이면 '워메 워메 간지러운 것……' 이러면서 몸을 꼬기 십상인데, 비손을 하듯 두 손바닥을 마주 딱 붙인 채 불룩한 양편 볼기의 한복판, 그러니까 깊이 파인 골의 안쪽을 졸지에 푹 쑤시면 어찌 되겠는가. 살이 찢어지듯 매운 그 아픔, 당해보지 않으면 모른다. 부위가 부위인 만치 동강치마를 입은 여학생들은 여간해서 마음먹지 못한다. 시망스런 사내 녀석들끼리나 주고받는 비겁한 비법으로 쳤다.

그래서도 나는 생으로 찔끔 흘린 눈물을 거둘 사이 없이 송규민의 가슴을 머리로 힘껏 받았다.

"이 자식 사람 잡을 놈이네."

"야 인마. 너는? 너는 접때 어쨌어."

철봉대 덕에 넉장거리 직전의 위기를 가까스로 모면한 그가 뎁데 눈을 휩떴다.

"하면? 네가 시방 복수를 한 폭이냐."

"당연하지. 너라고 용뺄는 재주가 있간디. 맛이 어떠냐."

"치사한 놈!"

"흥. 누가 할 소리…… 네 입으로 먼저 까발려 고맙다. 그뿐만이 아녀. 너는 항시 나를 무시했어. 언젠가도 내가 방귀를 '혜(屁)'라고 했더니 '오나라'가 맞다고 바득바득 우겼잖냐. 선생님이 둘 다 쓴다는 판정을 내릴 때까지. 틀린 것도 메이시감이라고 억지를 부렸어."

"그런 선생님도 상추의 일어는 몰랐지."

"말꼬리 돌리지 마. 너는 알아?"

"어찌어찌 알게 됐다. '지샤(萵苣)'라고 한대."

"그럼 상추쌈은?"

"몰라. 야가 누구 골려먹을라고 작정했는갑네."

"거 봐라. 선생님도 조선 토종이니까 아는 건 알고 모르는 건 모를 것 아니더라고."

"그래서."

"그래서는 무슨 그래서야. 선생님 댁 텃밭에 수북이 자라던 아욱과 상추와 쑥갓 등등을 보았잖여."

"보았지."

"그러니까 내 말은 선생님 자신도 스스로 길러 먹는 채소의 일본 이름조차 모르면서……"

"잠깐. 밤말은 쥐가 듣고 낮말은 새가 듣는다고 했는디, 어쩔라고 선생님 흉을 보고 야단이냐."

"흉은 무슨 흉. 그보다는 엊그저께 수신(修身) 시간 때 벌어진 돼지 소동 생각이 난다."

"키껑다리 김순구 때문에 생긴."

"선생님이 한참 일본의 전설적인 독농가(篤農家) 니노미야 긴지로 이야기를 하는 판에 개가 갑자기 창밖을 가리키며 외쳤지."

"센세이, 부타가 구사오 다베마스."

"맞다. 부타는 돼지고 구사는 풀이니까 돼지가 풀을 먹는다는 뜻인데, 그 풀이 사실은 상추였잖아. 깐에 걱정이 되어 냉큼 일러바친 순구 손가락을 따라가던 아이들이 와아 웃었지. 모르기는 피장파장 매일반인 주제에."

"웃음소리가 가라앉으면서 서로서로 바라보는 모양이 퍽 무참하더만. 풀은 분명 아니되 아무도, 그리고 선생님마저 상추의 일본말을 바로 대지 못했으니까."

"그랬지. 좀 쓸쓸하더라. 그게 뭐 대단한 일이라고……"

한바탕 쌈판이 벌어질 줄 알고 다가왔던 구경꾼들이 하나둘 자리를 떴다. 나와 규민이 역시 수업 시간에 늦을까 봐 종종걸음 치는 그들의 뒤를 부지런히 따랐다. 재잘재잘 시끌짝하던 운동장이 텅 빈 느낌으로 말끔했다.

"딴따다단딴. 딴따다단. 딴따다단딴. 딴따다단—"

달에 한 번씩, '진자산파이(神社參拜)'를 위해 학교에서 신사까지 행진할 때마다 나팔수들이 불던 나팔 소리다. 입으로는 시종 단조로운 음향의 고저장단(高低長短)을 흉내 낼 수 있지만, 글자로는 이렇게밖에 옮길 도리가 없다.

저학년을 뺀 4학년 이상의 남녀 학생들이 4열 종대를 이루어 왕복 3.5킬로미터가량의 시가지를 행진했거늘 그중에 제일 먼저 눈에 띄는 것이 여덟 명의 나팔수였다.

앞뒤로 각각 네 명씩, 교대로 나팔을 불다 쉬다 하면서 긴

행렬을 인도했다. 모든 학교가 죄 그랬던 건 아니다. 조용히 다녀오는 경우가 사실은 더 많았다.

일본인 위주였던 교장들의 재량에 따라 달랐지 싶은데, 황금색 나팔과 나팔을 수식하기 위해 휘감은 진홍빛 술의 대비가 그럴싸했다. 인구 7만을 헤아리는 도시의 복판을 지나는 동안에도 좀처럼 자동차를 만나기 어려울 정도로 거리는 늘 조용했던 편이다. 인력거나 자전거를 탄 사람이 오히려 한길을 내주고 가장자리 쪽으로 비켜 가기 쉬웠다.

나팔수는 그럴수록 밭은 침을 긁어모으고자 기를 쓰다가 인적이 뜸한 곳에서는 아예 '딴따다단딴'을 멈췄다. 뒤따르는 학생들 또한 그걸 익히 아는 까닭에 긴장된 발걸음을 느슨하게 풀었다.

그런 날은 이래저래 나팔수들의 부르튼 입술이 민망스러웠으나 그들은 나름의 책임감에 우쭐하여 열심히 연습하고 기와 가루 등속으로 악기를 닦아 삐까번쩍 광을 내고자 애썼다.

송규민 개도 그중 하나였다. 그는 아이들과 냇물에서 미역을 감을 때마다 물속에 머리 처박기 시합을 자청하고, 보릿대로 피리 만들기를 잘했다. 입심이 그렇게 남달라 축에 끼었지 싶다.

언젠가는 나에게도 권했다. 너도 생각이 있거들랑 나서보라고 내 의향을 물었으나 건성이었다. 눈은 처음부터 딴전을 피웠다. 몇 발짝 떨어진 곳에서 공기를 놀든가 고무줄을 뛰는, 동네 아주머니들의 말투를 빌리면 어느덧 처녀꼴이 박인 여학생들 쪽에 가 있었다.

이 녀석이? 나는 나대로 뜻밖의 의심을 내처 품었다. 빽빽 소리가 다인 알량한 나팔로 악기에 약한 가시내들의 환심을 살 속셈인가. 속으로 픽 웃었다.

피아노는 어림없고 기타 줄을 퉁기는 멋쟁이도 미처 보기 드문 때였다. 겨우 오르간 합창으로 음악 시간을 때우는 마당이라서 하모니카만 잘 불어도 감미로운 멜로디와 율동적 리듬에 일단 혹하는 소녀들의 귀를 쫑긋거리게 만들 공산이 컸다. 그러나 학생들의 일정한 보조(步調)를 돕는 구실이 전부인 나팔 소리는 끝내 소음에 가까웠다. 번지수가 다르다.

그와는 달리 나는 신사에 가고 오는 동안에 때때로 생각했다. 귀신 신 자 '신뎅(神殿)' 안에는 대체 무엇이 있을까. 호기심에 겨워 아이들이 일제히 허리를 꺾어 '사이케이레이(最敬禮)'를 하는 사이에 눈을 한껏 치뜬 적도 있다. 하지만 그뿐이었다. 머리카락이 쭈뼛거리는 느낌에 서늘한 무섬증이 겹치기 쉬웠다.

이런 신사가 조선 천지 곳곳에 퍼져 있었다. 주민이 얼마 안 되는 읍 소재지에까지, 모양도 명칭도 괴상한 '도리이(鳥井)'라는 상징물과 함께 세웠다.

고장에서 제일 근사하고 높직한 장소에 짓되 천황의 거처인 궁성을 염두에 둔 동향(東向)이 원칙이었다. 하다 보니 돌계단을 한참 오르거나 삐뚜로 빼뚜로 길을 돌지 않고는 신전 앞에 서기조차 힘든 작위적 모심의 신비가 우스웠다.

신전은 아니지만 '호안덴(奉安殿)'이라는 이름의 작은 건물이 또 규모 큰 학교 마당 한쪽을 차지하고 앉았는 수가 있었다. 주로 천황 사진과 교육칙어(教育勅語)를 모시는 곳이었다.

교장은 황실 중심의 큰 행사를 치를 때마다 그 칙어를 소름 끼치는 가성(假聲)으로 읽었다. 두루마리에 적은 글줄이 그다지 길지는 않았으나 동원된 단어가 하나같이 난삽하고 꾀까다로웠다. 메이지(明治) 천황이 일본 신민(臣民)으로서 이행해야 할 도덕의 대본(大本)을 제시했다는 내용은 수신 시간에 대강 배웠지만.

더욱 난감한 건 그걸 모두 암송하도록 시킨 일이다. '징(朕) 오모우니(짐이 생각하는)'로 시작하여, '교메이교지(御名御璽, 천황 이름과 옥새에 대한 경칭어)'로 끝나는 문장을 모조리.

천방지축 어린 나이에 절절매는 시간이 참 가당찮았다. 아이들이 학습을 통해 터득한 일어는 빨랐다. 어디 가서 당대의 구황 식품으로 제격이었던 요모기(쑥)빵 달라는 소리나 할 수 있는 수준이었다. 그런 아동들을 상대로 귀기(鬼氣) 서린 황족의 언어를 단박에 무작정 안기려 들다니.

오나가나 낯설고 뜨악한 말에 치여 살았다. 학교에서 가르치는 국어(일어)는 그래도 실용 가치나 있다. 일상에 도움을 주거늘 신사의 그것은 한층 외지고 별났다.

신사의 주인 격인 '간누시(神主)', 참배자의 액운을 물리치기 위해 치르는 '하라이(祓い)', 신에게 축원하는 '노리토(祝詞)' 등등의 용어가 무척 낯설었다. 목소리에 이상한 비음(鼻音)이 섞이면 더구나 가량맞았다.

나라마다 어슷비슷한 종교 행사의 특수성을 감안하면 그만이다. 그러려니 여기며 나날의 공부, 특히 일어 발음 연습에 엔간히 힘썼다. 그러나 탁음은 아무리 노력을 해도 제소리를 내기 어려웠다.

생긴 내력은 어떻든 글자의 오른쪽 어깻죽지에 점 두 개를 찍어 '목청울림소리'를 내는 부호 구실이 야릇했다.

암묵의 약속과 관례를 무엇보다 중시하는 것이 언어의 특성인 까닭에 타고나지 않고는 탁음 특유의 소리를 내기 힘들다. 혀를 잘 굴리고 못 놀리는 차원을 넘어 버거운 문제였다. 더 자세히 설명했으면 싶지만 지금은 계제가 아닌 것 같다. 나에게는 그럴 언어학의 능력 또한 없다.

한데 일본의 관동대지진 때는 이것이 재일동포를 수없이 살상하는 빌미가 되었다. 엄청난 재난을 조선인 탓으로 돌리고, 방화를 했느니 우물에 독을 뿌렸느니 허위 선전을 일삼다 못해 '조선인 사냥'에 나섰다.

일본 군대와 경찰을 돕는 동네 자경단(自警團)이 앞장을 섰다. 거리의 통행인 중에서 조선인을 색출하는 기준이 탁음이었다. 의심스런 사람을 불러 세워 '주고엔고주고센(十伍円伍十伍錢)'을 즉석에서 발음하도록 강요했다.

일곱 글자 가운데 원(円)과 전(錢)을 뺀, 열 십, 다섯 오가 모두 탁음이다. 하나라도 잘못 읽으면 즉결처분이었다. 당장 골로 보내든가 수용소에 처박았다.

한순간의 발성 여하에 따라 사람의 목숨을 좌지우지한 것이다.

이러한 죽음의 말놀이 샘플은 장소와 심문자의 언어 취향에 따라 조금씩 차이가 있었겠지만, 당초에 노린 꼼수는 같다.

내가 여기서 예시한 '주고엔고주고센'은, 일본 메이지대학의 강덕상(姜德相) 강사(1986년 발표 당시)가 쓴『관동대진재와 조선인사건의 계략』에서 따온 것이다. 『역사독본』이라는 일본 정기간행물의 임시 증간호 '일본과 한국·조선의 2000년'에 쓴 글의 한 부분이다.

식민지 세대의 막판을 보내는 아이들의 학교생활은 날이 갈수록 지악스러웠다. 그렁저렁 길이 들기는 했지만 공부는 뒷전인 채 시키는 일이 매번 맹탕이기 쉬웠다.

여름방학 숙제로 마초(馬草)를 베어 오라 일렀다. 기병(騎兵)의 말먹이로 보낸다고 했는데 말 탄 병사를 한 번도 보지 못했다.

개학을 맞아 질질 끌고 간 내 잡초 다발이 무색할 지경이었다. 참으로 '무데뽀'한 짓이었다.

송진(松津) 수집은 또 어떻고. 끈적끈적한 액체를 뽑아 전투기의 무엇에 이용한다나 어쩐다나 하면서 산속을 헤매게 만들었다. 발상이 너무 원시적이어서 믿기 어려웠다. 애들이 잘못 듣고 퍼뜨린 낭설일지도 모르지만 떠도는 소문으로는 그랬다.

하지만 국민학교 6학년짜리가 그 시대를 통틀어 무얼 알면 얼마나 알겠는가. 금방 그런 의구심에서 벗어나 시키는 대로 따르기 바빴다. 용잠자리를 잡기 위해 땀을 뻘뻘 흘리고, 먹고무신에 고작 송사리를 주워 담으며 「모모타로(桃太郎)」노래를 휘파람으로 날렸다. 맞다. 먹을 것, 입을 것이 형편없는 마당에도 그때 초등교육은 창가를 많이 시켰다.

어른들 중에도 일본 노래를 부르는 사람이 적지 않았다. 동네 청년은 「시나노 요루[지나(支那)의 밤]」를, 일본말이 별로인 '긴상(김씨)' '복상(박씨)' '사이상(최씨)'도 이를테면 「사케와 나미다카 다메이키카(술은 눈물이냐 한숨이냐)」를 곧잘 흥얼거렸다. 잡화상을 하는 '복상'은 '센베이'를 사러 간 우리더러 '조선 밥 먹고 왜똥 싸는 놈'들이라고 놀렸으면서.

널리 알려진 대로 이 노래 「사케와 나미다카 다메이키카」(1931)를 작곡한 사람은 선린상업학교를 졸업한 고가 마사오

(古賀政男)다. 그가 한 해 건너 「아리랑의 노래」를 편곡했을 때(1932)는 일본인들조차 그를 한국인으로 믿었다고 한다. 음악 박사 아이카와 유미(藍川由美)의 말이다.

고가는 어떻든 '고가 멜로디'로 분류되는 독특한 개성으로 초기의 일본 엔카(演歌)를 주름잡았다. 판을 낸 다음에도 창법, 리듬, 템포, 음정을 정확히 전달하기 위해 스스로 부른 노래를 녹음으로 남길 만큼 자기 작품에 대한 집착이 강했다.

말에는 상대가 있다. 1 대 1이든 다중 앞이든 상관없다. 눈앞에 사람을 두기는 매일반인데 노래는 아니다.

혼자 아무 데서나 자기만의 정서에 푸근히 젖을 수 있다. 골방에 죽치거나 달 밝은 밤 마루에 앉아 시름을 달래기 알맞다. 사서 근천 떠는 게 싫으면 산꼭대기에 올라 꽥꽥 소리를 지른들 어떠리.

한밤의 옛날식 뒷간에 앉아 씩씩한 군가로 달걀귀신을 물리치던 애들의 시대는 먼 옛날이다. 그러나 요즈음도 그새를 못 참아 비데의 물줄기를 이리저리 돌리며 큰 소리로 콧노래를 흥얼거리는 애가 있다.

부질없다. 내가 말을 알면 얼마나 알고 노래를 알면 얼마나 알랴. 쥐뿔도 모른다. 다만 한 가지 보태고 싶다. 노래는 천의 얼굴을 갖고 있다는 것을.

노래는 기쁠 때나 슬플 때나 변치 않는 충성심으로 주인을 섬긴다. 심심풀이 땅콩 구실조차 마다하지 않는다. 하다 보면

청탁을 가리지 않고 요사를 부리느니, 암상을 떠느니 구설수에 휘말리기 십상이다. 아무 죄 없이 정치적 수단으로도 동원되었다.

6·25 때 겪은 '인공(人共)'의 작태가 그렇다. 전쟁의 소용돌이 속에서 전투부대 뒤에 바짝 붙어 자기네 노래를, 그것도 동서남북조차 제대로 가리지 못하는 유소년들을 그러모아 허겁지겁 가르쳤다. 그쪽 체제에서 효험을 본 사례를 단숨에 먹이려 들었다.

말은 단색이고 노래는 채색인가 한다. 노래는 머리보다 가슴에 잘 스며들기 때문에도 추억의 반려로 그만이다. 사람들은 따라서 가사 좋고 곡 좋은 애창곡 몇 가지를, 하다못해 교가라도 불러 한갓진 동안을 다감하게 메우려 든다.

교가 얘기를 하다 보니 생각난다. 6년 전에 작고한, 일본의 소설가이자 베트남전 반대운동에 앞장섰던 오다 마코토(小田實)의 에세이가.

도쿄대학 교양학부 기숙사의 신입생 환영만찬회에 같은 대학 문학부 출신의 인연으로 참석했던 모임의 현장 묘사였다.

그 자리에는 공산당의 시가 요시오(志賀義雄)와 자민당의 니시무라 나오미(西村直己) 전 방위청 장관도 나란히 앉아 있었다. 글쓴이는 그들을 구경거리 삼아 바라본다. 만찬의 주식인 돈가스를 먹으며.

두 사람은 어떻든 후배들에게 상당히 센 선동 연설을 각각 했다. "사회주의 제국의 힘은 곧 자본주의 제국을 압도한다"든가, "제군들 가운데에서 미래의 방위청 장관이 나오기를 기대한다"는 투로.

마지막 순서인 구제(舊制) 제1고등학교 료카(寮歌) "아 교쿠하이(玉杯)……" 합창으로 들어가자, 선배인 두 정치가 역시 '눈물이 글썽글썽할 정도'로 힘껏 열창한다. 에세이는 이 눈물에 놀란다.

오다 작가는 이런 서술 끝에 다음과 같은 일화를 다시 덧붙였다.

이 얘기를 어떤 사람에게 했더니 재미있는 말을 들려주었다. 한국에서의 휴전회담 때 북에서 온 영국 공산당원과 남에서 온 영국의 신문기자가 만나게 되었다. 그런데 공산당원 쪽이 대단히 화를 냈다. 이데올로기의 차이 때문에 화를 낸 것이 아니다. 남에서 온 신문기자는 좀 취미가 나쁜 사내여서 출신교의 스쿨타이를 혁대 대신 허리에 매고 있었다. 이것을 보고 공산당원이 화를 낸 것이다. '모교의 명예스러운 넥타이를 더럽히는 짓이다'라고. 미처 말을 못했는데 공산당원도 같은 칼리지 출신이었다. 〔……〕이때까지 명예스러운 것이라고 생각되고 있었던 것 가운데도, 허리에 허리띠 대신 써도 좋을 것이, 이 일본에도 수두룩하게 있는 것 같은 생각이 든다. 이런 말을 하면 나는 시가

씨나 니시무라 씨로부터 책망을 들을는지도 모른다.

우리라고 다를까. 장성한 동창생끼리 보수와 진보를 다투고, 만날 때마다 푸는 회포에 진저리를 칠지언정 동창회의 밤은 일단 화기애애하다. 반드시 있기 마련인 발 넓고 입심 좋은 간사 덕에 모였다가 '결국은 조금씩 취해가지고'(서정주「행진곡」), 교가 합창으로 흩어지는 모양이 거기서 거기다.

여러 차례 얘기했듯이 나는 우리나라 노래를 국민학교 6년 내내 하나도 배우지 못했다. 만발한 개나리, 진달래를 바라보면서 일본 동요「하루가 기타(봄이 왔다)」를 불렀다.

바다도 마찬가지, 비둘기도 마찬가지였다. 가을 들판의 허수아비 앞에서도 그랬는데, 허수아비의 일본말 제목 '가카시(案山子)'를 꼭 '안산자'로 바꿔 쓰는 이유가 궁금했다. 일본 창가집 중에는 히라가나 '가카시'가 아예 없는 것도 있다. 사전에는 '안산자'의 원전으로 중국 송나라 고승 도언(道彦)의 불서를 들었지만, 이런 자리에서 더 자세히 캐어 무엇하리. 좌우지간 별나다.

동요 말고 학교 안과 밖에서 내가 그렁저렁 외우고 익힌 군가가 또 솔찮다. 일일이 떠올리고 챙길 겨를이 없거니와, 그중 하나인「도히코(討匪行)」는 노랫말과 곡조가 매우 처량했다. 일본 군가는 대체로 그렇다.

"도코마데 쓰즈쿠 누카루미조/밋카 후타요 쇼쿠모 나

쿠……(어디까지 계속되는 진창길이냐/사흘낮 이틀밤을 내리 굶은 채……)"

이런 투로 이어진 노래의 무대는 만주다. 넓은 땅 곳곳의 비적 내지 마적을 소탕하러 가는 일본 병정들을, 일본 군가의 이상하게 슬픈 가락에 실어 퍼뜨린 것이다.

내가 훨씬 나중에 읽은, 필 빌링슬리 교수의 『중국의 토비 문화Bandits in Republican China』는 이 문제에 대한 총체적 연구서다.

영국인으로 일본 모모야마(桃山)학원대학 교수를 지내고 영국 리즈대학에서 '중국의 토비에 관한 연구'로 학위를 받은 저자의 이 책은 가위 독보적이다. 더구나 서양인이. 5백 쪽에 가까운 분량으로 토비의 모든 것을 다루었으되 실례 중심의 주관 또한 뚜렷하다.

토비 문제는 일본과 중국에서 다년간 대단히 거북스럽게 여기는 문제였다. 일본 침략자가 중국 내 항일운동뿐 아니라 조선의 항일운동에 대해서도 똑같이 비(匪)자를 붙여 비방했다. 일본에서는 이 비(匪)란 말을 일본인 대륙낭인(大陸浪人)과 괴뢰 만주국 삽화에 연관시켰다. 그러나 일본인들 대다수는 이 역사의 부분들을 고의적으로 기억에서 떨쳐버리려 든다.

저자가 '한국어판 출간에 부쳐' 따로 쓴 서문에 나오는 말이다.

　내용 속 한 장(章)인 「일제의 앞잡이」에는 또 이런 대목이
있다.

　　일본인 가수들은 이제 말 타고 달리는 낭만적인 유행가보다
　도 '토비행(討匪行)'이니, '토비(討匪)의 노래'니 하는 구슬픈
　노래로 바꿔 부르며, 천황을 위해 중국과의 전쟁에 파견된 일본
　병사들의 비참한 생활을 애달파하였다.

　가슴이 뜨끔했다면 거짓말이다. 오히려 허 참…… 웃었거
늘 심사가 끝내 덤덤하지만도 않았던 게 사실이다. 오래 살다
보니 멋모르고 주절거렸던 그 노래와 이렇게 다시 만나는 날
도 있구나…… 기묘한 느낌으로 책장을 넘겼다.

　새삼스럽게 놀 필요조차 없이, 한 세월 저쪽의 노래는 누군
가의 일상에 단독으로 나타나는 법이 없다. 지난 당대의 온갖
환경과 현실을 동반한다는 점에서 입체적이다. 감히 정치적
은유까지 넘보는 생물이다.

　노래는 필시 대중의 것이다. 고스톱 판의 '오야 맘'처럼, 두
서없이 떠오른 레퍼토리를 내치든가 들어앉히는, 생몰(生沒)
과 변조가 그들의 취향 여하에 달려 있다. 게다가 허락받지 않
는 환골탈태를 농하기도 한다.

　가령 예를 들자. 6·25 이후에 쏟아진, 난생처음 맛본 미국

248

팝송의 유행과 파격을. 컨트리니 포크니 재즈니 록이니 하는 구별은 한참 뒤로 돌리고 우선은 혀짜래기 영어 발음으로 신식 노래를 부르기 바빴다.

맨 처음에 인기를 끈 것이 여가수 테레사 브루어의 히트송 「다시 당신과 왈츠를 추게 될 때까지 Till I Waltz Again with You」였다.

그런데 얼레? 이 노래를 즐겨 부르던 고교생 또래 청소년들이 1절의 첫머리 두 줄을 우리말로 싹 바꿨다.

"양키 것만……냐. 엽전 것도……다."

'노가바' 형태로 비꼬아, 미국 것이면 똥도 좋다는 세태에 슬쩍 장난을 건 셈이다.

가사는 절(節)마다 넉 줄씩, 노래의 단락이랄까 절이 꽤 긴데(7절), 꼬부랑말을 우리말로 옮긴 솜씨가 그럭저럭 자연스러웠다. 글자 수를 어지간히 맞춰 억지스럽지 않았다.

점 점 점 말없음표로 특정 명사나 형용사를 대신한 데 대한 설명은 사족이리.

홍안의 한때를 히히거렸던 국민학교 시절의 송규민은 지난 가을에 죽었다. 내 오죽잖은 이야기에 마지막 변화라도 주고자 멀쩡한 사람을 저세상으로 보냈다면 죄로 갈 노릇이다. 절대 아니다.

그는 줄곧 고향에서만 살았다. 서울에서 학위를 따 고장의 대학에서 교육학 교수를 지낸 다음에도 거처를 옮기지 않았다. 서울에서도 나와는 학교와 직업이 달라 자주 만나지 못했다.

어떻든 그는 전문 분야 이외의 견문이 넓고 교양이 깊어 가물에 콩 나듯 만날 때마다 부럽게 느꼈다. 교편을 잡았다가 출판을 하다가 세월을 까먹은 나를 놀라게 한, 멀리 있어 더욱 외경하는 존재였다.

때문에 볼일이 있어 찾은 고향에서 생전의 그와 보낸 장면이 요새도 가끔 안타깝게 떠오른다.

작년 여름이었다. 그가 단골로 다니는 음식점에서 나는 대뜸 주접을 떨었다. 나다운 친근감의 표시였다.

"요전에 대장암 조직 검사를 받았다. 반세기 전에 네가 찌른 그 부위가 기어이 말썽을 부리는구나."

그는 영문을 모르겠다는 투로 눈을 깜박거렸다. 내가 재차 한쪽 볼기를 가만히 쳐들고 '메이시' 소리를 뱉자 비로소 배꼽을 쥐었다.

"이 친구야 그게 언제 적 하나시라고."

"하나시가 뭐야. 옛일이라고 해야지. 교육학자가 아직도 일본말을 쓰다니."

"자네를 만나니까 저절로 써금써금한 왜말 찌꺼기가 나오는군."

"아무리 내선일체가 급했기로 어린것들에게 어찌 그런 짓

250

을 시켰을까."

"망하려 들면 무슨 짓을 못해."

"예전에는 일본 정신으로 중국 전래의 문명을 활용하자는 화혼한재(和魂漢才)를 내세웠던 민족이."

"그것의 서양 편이 화혼양재(和魂洋才) 아닌가. 한국은 애당초부터 싹 무시하고 덤볐어."

"조선총독부의 강요와 달리, 소위 일본 나이치(內地)의 권세가들이 조선인과 이름이 같아지는 게 싫어 창씨개명을 반대했듯이."

"암."

"앗사리라는 일본말 있지? 깨끗이 졌다거나 결정했다는 뜻으로 흔히 쓰는 부사."

"어세가 더 좀 센 '마잇타(졌다)'도 있잖아. 유도나 검도, 예전에는 사무라이 용어로 멋있었어. 제꺼덕 무릎을 꿇고 머리가 마룻바닥이나 땅에 닿도록 깊숙이 절을 올리는 모양이."

"멋있는 것도 썼다. 여하튼 헛소리라고. 위안부 문제에 대한 저런 억설을 봐봐. 잘못했다. 죄송하다. 이 한 마디면 될 것을 저토록 비루하게 끌다니."

"누가 보면 웃겠다. 두 노틀이 과거와 현재를 오락가락 헤매는 말놀이를 보고."

"과거가 왜 나빠. 말놀이가 왜 나빠. 자네가 놀이라는 표현을 써서 그렇지. 이 둘이 곧 사람의 본색 아닌가. 좋은 미래를

위해서도 그렇고…… 언제나 똑같은 시선으로, 늘 상투적인
어법으로 나오지만 않으면……"

"말에도 젊고 늙고가 있을까."

"시바 료타로의 대담집 『일본어와 일본인』을 보면 '오카상
(어머니)'이라는 호칭은 메이지 초년에 문부성(文部省)이 만
들어 국어 교과서에 올리면서 생겼다더군. 그 전까지는 '하하
우에(母上)'나 '가상(母さん)'을, 지식인층과 서민층에서 각
각 썼대. 그러니까 일본말은 아직 젊다고 했네."

"글쎄 단순 논리에 가깝잖아? 생성 연도에 기준을 두고 말
의 수명을 잰다는 게. 같은 우랄·알타이어족에 속했던 한국
어와 일본어가 갈라진 것은 6천 년 전이라고 한 것도 그이야."

"그건 그렇고, 나는 우리 교실의 그때 그 시간에서 얼마나
많이 벗어났을까 의문이 이는 때도 있다네."

"어떤 점에서."

"모든 면에서."

"싱겁기는."

"말도 그래. 겉으로는 사람이 말을 만드는 것 같아도 궁극
적으로는 언어가 사람의 생각을 바꾸고 새로운 의식을 심어
준다구."

"어렵다 어려워."

"어렵지 않으면 사람이 아니지."

두 사람은 그러고 나서 헤어졌다. 하나는 미구에 다시 못 올

곳으로 가고. 하나는 그대로 주저앉아 되잖은 소리를 지껄이
면서 산다. 아. 아.

64년 동안의 사랑과 문학적 열정

권성우
(문학평론가, 숙명여대 국문과 교수)

1. 64년 동안의 사랑

한국전쟁이 한창이던 1952년 부산에 있는 전시연합대학에서 시험을 치르고 서울대 국문과에 입학한 최일남은 휴전 직후인 그 이듬해 겨울『문예』지에 데뷔작「쑥 이야기」(1953년 11월)를 발표한다. 그로부터 어언 64년이라는 오랜 시간이 흘렀다. 2017년 8월, 이제 우리 나이로 여든여섯에 이른 최일남은 데뷔작으로부터 두 세대가 넘는 기나긴 세월이 흐른 지금에도 여전히 현역 소설가로 신간 소설집 발간을 앞두고 있다. 물론 그사이에 생업인 언론인 역할에 전념하느라 소설 쓰기에 모든 열정을 바치기 힘든 시기도 있었지만, 60여 년 동안 그는 거의 매해 소설을 발표해왔다.[1] 대학생 최일남의 청춘은 소설로 인해 빛났고 그의 말년 역시 소설에 대한 오롯한 사랑으로 채워져 있다.

최일남이 밟아온 소설가로서의 여정은 이미 오래전에 한국 현대소설의 의미 깊은 전통이 된 전후 세대 작가 손창섭 (1922~2010), 장용학(1921~1999), 오상원(1930~1985) 등과 겹쳐진다. 역시 전후파 작가로 알려진 송병수(1932~2009)는 그와 동갑이기도 하다. 최일남이 소설가로서 데뷔한 연도는 10년 연상인 작가 선우휘(1922~1986)보다도 4년이나 빠르다. 그의 소설 쓰기가 얼마나 지속적으로 이루어졌는지를 입증하는 이러한 사실들 자체가 지금 하나의 커다란 놀라움으로 다가온다. 그렇다면 1953년에 시작되어 2017년 현재까지 지속되고 있는 최일남의 소설 쓰기를 일러 '64년 동안의 사랑'이라고 칭할 수 있지 않을까. 이러한 의미에서 소설가 최일남은 한국 현대소설사의 산증인이기도 할 것이다.

이번에 출간되는 소설집 『국화 밑에서』는 『아주 느린 시간』(문학동네, 2000), 『석류』(현대문학, 2004) 이후 13년 만에 발간되는 최일남의 소설적 성과이다. 아마도 『국화 밑에서』는 내 과문한 정보 내에서 보면, 자신의 고유한 문학 세계를 지니

---

1) 민충환 교수가 작성한 '작품 목록'에 따르면 1953년 「쑥 이야기」부터 2013년 「말이나 타령이나」에 이르는 60년 동안 작가 최일남이 소설 작품을 발표하지 않은 연도는 1954, 1955, 1961~1963, 1968~1971, 2009, 2011년 이렇게 11년에 불과하다. 민충환 엮음, 『최일남 소설어 사전』, 조율, 2015, pp. 9~11.

며 문단의 폭넓은 평판을 얻은 이 땅의 현역 소설가 중에서 가
장 높은 연배에 펴내는 소설집이 아닐까 싶다.

작가가 1983년에 발표한 단편소설 「서울의 초상」의 주인
공 민수는 "모든 것이 뒤죽박죽이고 걸핏하면 마음이 산란해
지는 처지"로 상징되는 한국전쟁 직후의 혼란기를 간신히 견
뎌내며 살아가는 인물이다. 그는 "물어물어 찾아간 H 선배의
가회동도 어지간히 깔끔했다. 다행히 폭격으로 어느 한쪽이
무너지지도 않았고 금이 간 데도 없었다. 〔……〕 어찌 됐건
전쟁은 끝났고 그 와중에서 살아남았다는 사실만이 기특하고
소중했다"고 되뇐다. 소설 내용으로 보면, 민수는 작가 최일
남의 분신이다. 한국전쟁 직후의 궁핍과 절망, 혼란, 정체성
의 위기를 온몸으로 겪으며 소설로 형상화하기도 했던 작가
최일남은 2017년 현재 아직도 전쟁의 위협이 전혀 가시지 않
은 휴전 상태의 한국 사회를 고성능의 돋보기를 쓰고 찬찬히
응시하고 있다.

이번 소설집에 수록된 일곱 편의 단편소설을 한 편 한 편 읽
어 내려가며, 나는 64년 동안 소설을 써온 작가의 마음과 경
지에 대해 곰곰이 생각해보았다. 이토록 기나긴 소설 쓰기 행
보를 가능하게 만든 마음의 밑자리는 과연 어떻게 설명될 수
있을까? 그것은 무엇보다 육체적 연령과 구별되는 정신의 젊
음, 인간과 세상에 대한 도저한 관심과 애정이라고 할 수 있으
리라. 이번에 읽은 일곱 편의 작품 곳곳에서 바로 그러한 미덕

과 깊은 문학적 내공을 발견할 수 있었다.

이 글은 소설가 최일남의 새로운 소설집『국화 밑에서』를 읽고서 느낀 몇 가지 사색과 단상의 기록이다. 내게는 즐거운 노동이기도 했던 이 글을 쓰는 체험은, 곧 앞으로 어떻게 오랜 세월 동안 지속적으로 글을 쓸 수 있는지에 대해 스스로에게 되물어보는 뜻깊은 시간이기도 했다.

2. 노년의 실존에 대한 진솔한 응시

2000년을 즈음하여 최일남은 그가 마주한 노년이라는 실존을 정면으로 응시하며 작품을 써왔다. 생각해보면, 그의 최근 작품 다수가 노년의 삶을 주제로 하고 있다는 사실은 매우 자연스럽다. 그 누구도 자신을 둘러싼 환경, 감각, 실존의 지평으로부터 전혀 자유롭지 못하리라. 그렇다. 이번 소설집에 수록된 작품들을 관류하는 주제는 무엇보다 죽음과 노년의 비애이다. 십수 년 전부터 최일남의 소설에는 죽음과 늙음은 물론이거니와 한층 구체적으로 장례, 영안실, 염(殮), 시체, 하관식, 부고 등에 대한 세밀한 묘사가 두드러지게 나타나 있다.『아주 느린 시간』에 수록된 표제작「아주 느린 시간」이나「사진」은 노년문학의 개성적인 성취라고 할 수 있거니와, 이러한 성과는 이번 소설집『국화 밑에서』를 통해 한층 인상적인 방식으로 계승된다.

표제작 「국화 밑에서」는 주인공이 하루에 두 군데 장례식 장을 방문하여, 상주와 대화를 나누거나 과거를 추억하는 장면으로 이루어져 있다. 그 대화와 과거에 대한 추억은 주로 장례, 죽음, 시체, 염, 화장한 후의 뼛가루 등의 장례 풍속에 관한 것이다. 가령 다음 대목을 꼼꼼히 읽어보자.

"그렇지. 저지난번에도 유가족들 사이에 끼어 심장병으로 죽은 친구의 입관식을 지켜보았는데 칠십 노인의 사안(死顔)이 어쩌면 그렇게 뽀얗지? 화장발 덕이 크겠지만서도 생시 때 저리 가라였다구. 숨을 죽이고 남편과 아버지의 마지막 모습을 지켜보던 미망인과 아들딸의 눈이 환해지더만. 흐느낌을 멈추고 입을 감쌌던 손바닥을 조용히 풀며 지극히 편안한 사안에 마음을 놓는 기색이 역력했다네." (pp. 26~27)

입관식에서 목도한 망자의 뽀얀 얼굴에 안도감을 느끼는 유가족의 심리를 절묘하게 포착하고 있는 장면이다. 죽음과 시체, 화장(火葬)을 둘러싼 풍속이나 다양한 지식의 향연은 이 작품을 읽는 즐거움의 커다란 부분이다. 예컨대 레닌의 아내 크룹스카야가 레닌 시신의 영구 전시를 반대한 사실을 로버트 서비스의 저작 『레닌 전기』에 기대어 소개하는 대목이라든가, 화장한 뼛가루를 어떻게 처리할 것인지에 대해 장폴 뒤부아의 장편소설『이성적인 화해』를 예로 들며 언급하는 부분, 가와바타 야스나리(川端康成)의 소설에 등장하는 죽음과 장례의 모습을 소개하는 구절에서는 폭넓은 독서에서 배어든 죽음에 대한 서늘한 통찰력을 느낄 수 있다.

그런가 하면 종합병원 영안실이 장례식장으로 대중적으로 사용되기 이전의 전통적인 장례 풍속에 대한 서술, 같은 반 친구인 봉수네 가족을 둘러싼 유년의 풍속을 묘사한 대목도 죽음과 연관된 세목을 얘기하고 있음에도 불구하고 정겹기까지 하다. 장례를 둘러싼 풍속과 부고는 말년에 이루어진 최일남 소설의 핵심적인 소재이자 관심사이다.

한편「밤에 줍는 이야기꽃」의 화자는 새벽에 EPL(프리미어 리그)이나 MLB(메이저리그) 등의 프로 스포츠를 즐겨 시청하며 자신을 둘러싼 실존과 노년의 의미에 대해 담담하게 되돌아본다. 가령 화자는 "노년에 들면 마음이 너그럽고 사리 분별에도 밝다고들 하던데 믿을 것이 못 된다. 도리어 갈팡질팡 줏대 없이 구는 수가 많다. 남을 신뢰하지 못하는 만큼 자신의 언행에 미리 핑계를 대고 알리바이성 변명을 준비하기 일쑤다"(pp. 119~20)라고 말한다. 이 독백은 흔히 알려진 대로 노년이 지혜, 성숙, 너그러움의 시기가 아니라 오히려 혼돈, 줏대 없음, 불신의 시기일 수도 있다는 착잡한 사실을 환기한다. 이와 유사한 내용이「물수제비」에도 서술되어 있다.

화자가 기억하는 세상을 뜬 아내와의 대화에는 "연만할수록 역경을 지혜롭게 헤치고, 대소사에 너그럽고 원만해진다는 것도 모두 헛소리인가 봐. 책에나 씌어 있는 말인가 봐요"(p. 93)라는 구절이 있다. 왜 그렇지 않겠는가. 수많은 체험을 하고 무수한 책을 읽었음에도 불구하고 인간을 대하는 마음이 근본적으로 변하기는 쉽지 않은 것이다. 오히려 노년에 들어와 자신의 편견을 강화하고 더욱 편협해지는 경우도 자주 발견할 수 있지 않은가. 그래서 "나이가 먹에 찰수록 저 자신을 가늠 잡기 힘듭니다"(「스노브 스노브」, p. 219)라는 언급이 나오는 것이리라. 「밤에 줍는 이야기꽃」에서 화자는 "노인은 대체로 나이가 비슷한 타인에게 냉랭하기 쉽다"(p. 126)고 되뇐다. 그 자체로 빛남과 순수의 상징이라고 할 수 없는 노년의 자기모멸의 감정, 그 비애와 음습한 시선을 꿰뚫어보는 예리한 안목의 소산이다.

「스노브 스노브」의 화자는 "공부자의 이순(耳順)을 들먹이기 과람하지만, 육십 줄에 끼자마자 막연히 동경했다면 동경한 늘그막의 여유, 분별, 이해, 무욕, 원숙, 경륜, 인품 따위 미덕은 거들떠볼 겨를이 없다구요"(p. 219)라고 토로한다. 화자를 비롯한 우리 사회의 노년층이 얼마나 부박하고 치열한 환경에서 힘겨운 생을 영위해왔는지를 여실히 보여주는 실례가 아닐까 싶다. 실제로 한국의 노년층은 OECD 국가 중에서도 가장 취약한 환경 속에서 말년을 영위하고 있는 게 아닌가.

「밤에 줍는 이야기꽃」의 주인공은 다음과 같이 처연하게 독백한다.

노회(老獪)는 소년의 클릭 한 방만 못하고, 경륜은 글로벌 스탠더드에 치여 별무소용이다. 나이와 함께 상승하고 속살이 찌기 마련이던 권위는 뒤를 받치는 콘텐츠가 부실하고 앙상한 만큼 하강 곡선을 긋기 바쁘다. (p. 129)

젊은 사람이 동무 따라 강남 간다면, 늙은 사람은 죽은 친구를 장송할 때마다 내 차례가 머지않구나 다짐한다. 전자에는 모험과 희망이, 후자한테는 연민과 인멸의 냄새가 난다. (p. 148)

죽음이 결코 낯설지 않은 노년의 삶, 모험과 희망, 상승의 감정보다는 연민과 하강, 소멸의 감정이 지닌 비애가 작가 특유의 촌철살인의 문장으로 생생하게 포착되어 있다. 그 누군들 세월에 따른 이러한 변화에서 자유로울 수 있겠는가. 이 애잔한 내면을 이해할 수 있을 때 비로소 최일남의 소설은 거부할 수 없는 매력으로 다가오지 않을까 싶다. 『국화 밑에서』에 의해 이 시대의 한국 소설은 노년의 실존과 내면에 대한 또 하나의 인상적인 경지와 단단한 묘사를 갖출 수 있게 되었다.

3. 고색창연하면서도 창의적인 언어 감각

『국화 밑에서』를 읽는 또 하나의 커다란 즐거움은 작가의 절묘하고 고색창연한 언어 감각에 있다. 지금까지 빌표된 최일남의 소설도 그러했지만, 이번 소설집에 묶인 소설들 역시 남다른 언어 감각을 보여준다. 이를테면 '칙살스럽다' '듬성드뭇하다' '께복쟁이' '눈 밑 살주머니' '헤실바실' '고릿적 애기' '호도깝스럽다' '들이당짝' '어지빠른' '시망스럽기 그지없어' '고슬고슬 쫀득한' 등의 순우리말과 토착어가 자연스럽게 구사된다. 이러한 언어 감각은 소설 읽기의 호기심과 흥미를 배가시킨다. 때로는 국어사전에도 등장하지 않는, 최일남의 고유한 기억에 간직된 창의적 표현도 등장한다. 그래서 『최일남 소설어 사전』이 출간될 수밖에 없었던 것 아닐까. 소설가를 '우리말의 넓이와 깊이, 그 자연스러운 아름다움을 위해 자발적으로 헌신하는 사람'이라고 정의한다면, 최일남은 그 영예로운 대열의 맨 앞자리에 기꺼이 포함될 수 있으리라.

고색창연한 토착어를 자주 사용한다고 해서 작가 최일남의 현실 감각이 고루한 세계에 머물러 있다고 볼 수는 없다. 예를 들어 표제작 「국화 밑에서」는 현대적인 문화적 추세나 사회 변화에 대해서도 대단히 적극적이고 민감하게 수용한다. 염장(殮匠)을 소재로 한 일본 영화 「오쿠리비토(おくりびと)」[2]가 언급되는 장면이나 손상된 주검을 복원하는 특수 처리 기

능을 담당하는 엠바머embalmer가 대화 소재로 등장하는 대목
은 작가가 지금 이 시대의 장례 풍속이나 현대 문화에 대해 만
만치 않은 정보를 지니고 있음을 뚜렷하게 보여준다. 「스노브
스노브」의 주인공은 선배와의 대화 중에, "불쑥불쑥 기어 나
오는 신조어를 알기는 알아야겠기에 집 아이들에게 뜻을 묻
기 바쁩니다"(p. 199)라고 말한다. 이러한 면모는 이 시대의
유행어에도 깊은 관심을 기울이는 작가 최일남의 초상이기도
할 것이다.

　최일남은 산문집 『어느 날 문득 손을 바라본다』(현대문학,
2006)에서 모국어에 대한 각별한 관심과 애정을 토로한 바 있
다. 일제 식민지 시대에 일본어 사용을 강요받았던 체험, 즉
"학년이 올라감에 따라 선생님들은 학교 밖에서도 반드시 일
본말을 쓰도록 닦달했다"는 억압은 그에게 오히려 "모국어
사랑의 감정이 덩달아 부풀었다"는 감정을 생성케 만들었던
것이다. 『국화 밑에서』에서도 유년기의 지난했던 체험이 등
장한다. "흙내가 고소해지기 시작하는 노인장일수록 회상의
거처를 자신의 유년에 매어두는 경향이 농후"(「아침바람 찬바
람에」, p. 178)해지기 때문일 것이다. 최일남에게 "식민지 세
대의 막판을 보내는 아이들의 학교생활은 날이 갈수록 지악

---

2) 2008년에 개봉한 다키타 요지로 감독의 영화. 국내에서는 「굿' 바이」라는 제목으
로 소개되었다.

스러웠다"(「말이나 타령이나」, p. 241)고 회상되는 그 시대의
상처는 무엇보다 모국어에 대한 억압에서 연유했다. 그 억압
은 결과적으로 "아사리는 지나치다. 바지락조개의 일본말이
기도 하고"(「국화 밑에서」, p. 19), "일본인들은 그걸 도만주
(土饅頭)라고 불러요. 직역하면 흙만두 아닌가. 묘 모양을 두
고 하는 말이겠지만 참 얄궂게 들리더라"(「국화 밑에서」, p.
31)에서 볼 수 있듯이, 한국어와 일본어의 차이에 대한 민감
한 감각으로 나타난다.

"아이들이 학습을 통해 터득한 일어는 빨랐다. 어디 가서
당대의 구황 식품으로 제격이었던 요모기(쑥)빵 달라는 소리
나 할 수 있는 수준이었다. 그런 아동들을 상대로 귀기(鬼氣)
서린 황족의 언어를 단박에 무작정 안기려 들다니"(「말이나
타령이나」, p. 239)에서 인식할 수 있듯이 일어 사용에 대한 폭
력이 소년 시절의 최일남에게 모종의 커다란 상처로 작용했
다. 그 상처와 억압은 이중적이다. "걸핏하면 일제 용어로 도
망가는 세대의 후덥지근한 기억"(「스노브 스노브」, pp. 196~
97)에서 목도할 수 있듯이, 아무리 벗어나려고 해도 일본어의
후광으로부터 자유롭지 않은 것이다. 동시에 그 억압의 체험
은 모국어에 대한 애정과 관심을 선사하기도 했다. 최일남이
다른 세대의 작가에 비해 한층 모국어의 표현 가능성과 언어
적 매력에 민감한 것은 바로 이러한 유년기 체험에서 비롯된
것이리라. 억압된 언어가 나중에 애틋한 관심과 사랑으로 회

귀하는 역설이 아닐까.

4. 대화의 소설 미학, 작품에 스며든 인문적 향기

익히 알려진 사실이거니와, 최일남 소설을 특징짓는 가장 핵심적인 요소는 등장인물 간의 대화이다. 인간과 사회에 대한 촌철살인에 가까운 대화가 지닌 묘미를 음미하는 과정은 최일남 소설이 지닌 매력의 가장 큰 부분이다. 『국화 밑에서』에 수록된 작품들도 대개 두 사람의 대화 형식으로 진행된다. 「메마른 입술 같은」에 등장하는 '혁명'에 대한 대화를 예로 들어보자. "혁명은 만찬이나 수놓기가 아니다. 우아하게 달성될 수 없다"(p. 56) 같은 구절은 혁명을 둘러싼 착잡하고 치명적인 진실을 단 두 문장을 통해 매우 인상적으로 전달한다. 이 대목은 어떤 사회과학 논문이나 역사책 이상으로 혁명의 본질을 예리하게 묘파하고 있다. 이런 대화의 매력을 향유하는 즐거움이 바로 최일남 소설 읽기의 보람인 것이다.

『국화 밑에서』에서 자주 목도할 수 있는 대화는 매우 자연스러우면서도 동시에 인문학적 성찬이라고 부를 수 있는 풍부한 지식과 정보의 향연이기도 하다. 가령 소설에 등장하는 대화에는 로버트 서비스의 『레닌 전기』, 장폴 뒤부아의 장편소설 『이성적인 화해』, 이마무라 도모의 『조선풍속집』, 가와바타 야스나리의 『고쓰히로이(뼈 줍기)』, 김현식·정선태가 편한 『삐라로 듣는 해방 직후의 목소리』, 그란트 미드의 『주한미군정 연구』, 송남헌의 『해방3년사』, 이기문이 편한 『속담 사전』, 요네하라 마리의 『팬티 인문학』, 스테판 에셀의 『분노하라』, 무라카미 하루키의 『1Q84』, 노신의 「광인일기」, 오다 마코토의 에세이, 필 빌링슬리의 『중국의 토비문화』, 시바 료타로 대담집 『일본어와 일본인』, 소싯적에 읽은 러시아 소설, 폭발 사고로 죽은 광부 마틴 톨러 주니어의 편지 등등의 책과 작품들이 출몰하며 식민지 시대의 대표 작가 임화, 이태준, 박태원, 정지용, 그리고 김규식, 함석헌, 도스토옙스키, 일본의 비평가 에토 준, 히틀러, 마오쩌둥, 아인슈타인, 레닌의 아내 크룹스카야, 맨체스터 유나이티드의 퍼거슨 감독 등이 등장한다. 특히 「메마른 입술 같은」이 그러한데, 이 작품은 다양한 책과 인물에서 촉발된 대화와 단상이 내용의 핵심이다. 이런 책과 인물에 대한 자유로운 소감을 독해하는 과정이 최일남의 소설을 즐기는 또 하나의 방법이 아닐까. 그렇다면 일면 세태소설에 가까운 최일남 소설의 진면목을 제대로 이해하는 것이 결코 쉽지만은 않다고 하겠다.

예를 들어 「물수제비」에 등장하는 다음과 같은 대화를 보라.

"서양 요리는 남자 혼자 먹고 있어도 그런대로 모양이 이상하지 않은 유일한 요리라는 말, 내가 했던가."

"했지. 자네 말이 아니라 아내를 암으로 떠나보낸 일본의 문학평론가 에토 준(江藤淳)이 글로 썼던 것이라면서. 재탕하려구?"(p. 103)

　달포 전에 세상을 뜬 아내를 둔 퇴직 교장인 소설 속 화자는 역시 혼자 지내는 친구와 만나 이렇게 대화한다. 이들의 대화에는 내내 "혼자 지내노라면 끼니를 거르는 것이 항다반사라는 걸 내가 안 알아주면 누가 알아주겠나"(p. 102)에서 확인할 수 있듯이, 혼자가 된 노년의 처연한 심경이 인상적으로 담겨 있다. 글쓰기를 지속할 수 없는 현실에 절망해, 말기암으로 먼저 세상을 떠난 아내를 따라 자살한 일본의 문학비평가 에토 준[3]의 발언을 떠올리며 이들은 혼자 남은 인생의 쓸쓸한 일상을 되돌아본다. 에토 준의 말년에 대한 정확한 이해 여부에 따라 이 대화에 대한 이해의 지평이 달라질 수도 있으리라.
　최일남의 소설에는 먹고 마시는 것에 관한 자잘한 일상사에 관한 대화에도 때로 깊은 인문적 향기가 스며들어 있다. 이 점은 "다른 한편에서 가끔씩 접하는, 상대적으로 연부역강한 문필가들의 죽음에 관한 독자적 인식이나 서술에도 그는 적잖이 관심을 갖고 산다"(「국화 밑에서」, p. 43)는 주인공, 아니

---

3) 비평가 에토 준의 자살이 지닌 의미에 대해서는 김윤식의 『내가 읽고 만난 일본』 (그린비, 2012)의 제3장 「글만 쓰되 목숨을 건 글만 쓰다 자결한 사내, 에토 준」 에 자세하게 서술되어 있다.

작가 최일남의 인문적 취향과 깊이 연관되리라.

물론 최일남의 소설 속에 등장하는 대화에는 민감한 사회적 쟁점이나 정치적 현실은 거의 등장하지 않는다. 소설 속 화자가 혁명에 대해 얘기하고 스테판 에셀의 『분노하라』에 대해 언급하지만, 거기에는 어떤 실천에 대한 구체적인 관심이 포함된 것은 아니다. 그래서 「메마른 입술 같은」에 등장하는 대화의 당사자들은 "그건 그렇고, 오늘 우리가 나눈 잡설은 무엇이오?"(p. 71)라고 반문한다. 그러나 이러한 잡설마저 없는 노년은 얼마나 쓸쓸할 것인가. 그 잡설은 단지 단순한 잡설이 아니라 인생의 농축된 진실과 소중한 체험이 깊이 스며든 그런 잡설에 가깝다. 그것은 차라리 노년의 쓸쓸함을 견디기 위한 필사적인 노력이자 실존적 기투(企投)이지 않을까.

5. 영원히 젊은 정신의 작가를 위하여

이 글을 쓰는 나는 2010년 2월 한국작가회의 임시총회에서 작가 최일남이 보여준 인상적인 모습을 아직도 잊을 수 없다. 촛불시위 불참 확인서를 조건으로 하여 예술단체 자금 지원을 하겠다는 이명박 정부의 통보를 계기로 열린 한국작가회의 임시총회에서, 당시 작가회의 이사장이던 최일남이 보여주었던 의연한 기개가 참으로 인상 깊게 다가왔던 것이다.

그가 "그깟 돈 안 받고 기관지 잠시 안 만들면 안 되나요"라고 단호한 입장을 밝히자, 그때까지 다소 신중했던 한국작가회의의 대응 방안은 원칙과 양식에 입각하여 과감하게 결정되었다. 내게는 그의 발언이 문사적 자존심의 한 상징처럼 느껴졌다.

이른바 신세대문학과 새로운 소설적 감각이 주된 화제가 되는 문단의 편향된 풍토에서, 오랜 세월 동안 축적된 연륜과 체험에서 비롯된 그윽한 소설적 내공과 박람강기(博覽强記)의 소설 미학, 고색창연한 언어 감각이 성공적으로 버무려진 최일남의 『국화 밑에서』는 그 자체로 우리 시대의 소설적 귀감으로 대접받기에 전혀 부족함이 없다. 올해로 여든여섯에 이른 이 노작가의 노작을 통해 나는 문학에서 연륜과 세월, 그리고 오랜 시간 동안 다져온 사람과 세상, 역사에 대한 눈썰미와 깊은 내공이 얼마나 소중한지를 새삼 깨달았다.

한 편의 작품을 직조하는 소설적 열정과 창의적인 언어 감각이라는 측면에서 보자면, 최일남의 소설은 어떤 젊은 작가의 소설보다도 젊다. 그 마음의 젊음이 그로 하여금 여전히 소설을 쓰게 만들고 있는 것이 아닐까. 작가가 지닌 정신적 '젊음'은 육체적 연령과는 전혀 상관없으리라.

앞으로도 오랜 세월 동안 최일남의 새로운 소설을 읽고 싶다. 그래서 나는 앞으로 『국화 옆에서』 이후의 다음 소설집을 다시 설레는 마음으로 기다릴 것이다. 이런 의미에서 작가의 건강을 마음 깊이 기원한다.

* 이 글의 5절 「영원히 젊은 정신의 작가를 위하여」와 표제작 「국화 밑에서」에 대한 내용은 『비평의 고독』(소명출판, 2016)에 수록된 「소설과 현실, 문학과 연륜」 가운데 「국화 밑에서」에 대한 단평을 일부 수정한 것이다.

   내놓고 실토하기 무엇하지만 요즈음의 노년소설은 형식이 예전과 많이 다른 듯하다. 객관적 서사(敍事)와 상상력의 단순한 비교를 두고 하는 소리가 아니다. 나같이 문단 데뷔 초장을 납[鉛] 냄새, 즉 신문사에서 보낸 사람은 더구나 처신이 힘들었다.

   이 책은 퍽 오랜만이다. 창작집 『석류』(2004년 6월) 이후에 쓴 작품들을 모은 것으로 모두 합치면 열네번째 소설집이다.

   이번에 더 좀 유념한 것은 일본이다. 일본어 교육을 받은 마지막 세대의 한 사람으로 비망록(備忘錄)을 적듯이 썼다.

2017년 여름

최일남

수록 작품 발표 지면

국화 밑에서　『문학의문학』 2010년 봄호

메마른 입술 같은　『현대문학』 2012년 1월호

물수제비(원제「수제비」)　『현대문학』 2006년 3월호

밤에 줍는 이야기꽃　『현대문학』 2008년 9월호

아침바람 찬바람에　『실천문학』 2010년 가을호

스노브 스노브　『문학사상』 2007년 11월호

말이나 타령이나　『현대문학』 2013년 4월호